ハヤカワ文庫JA

〈JA922〉

夜にその名を呼べば

佐々木 譲

早川書房

6286

目次

プロローグ　7
第一部　一九八六年十月　ベルリン　15
第二部　一九九一年十月　東京　141
第三部　一九九一年十月　小樽　259
エピローグ　456
解説／池上冬樹　461

夜にその名を呼べば

登場人物

神崎哲夫……………………欧亜交易の社員
神崎敏子……………………神崎哲夫の母
神崎裕子……………………神崎哲夫の妻
西田博文……………………欧亜交易の社長
西田早紀……………………西田博文の娘。帝産学園理事長の秘書
寒河江剛……………………横浜製作所の西ベルリン駐在員
重森逸郎……………………横浜製作所の営業本部次長
クルト・ケルナー………スイッチ貿易業者
エゴン・マイヤー………ドイツ民主共和国の貿易担当官
クリスチーネ……………マイヤーの秘書
オスカー・シュッテ……西ベルリンの画家
ブリギッテ………………西ベルリンの娼婦
真堂洋介……………………警視庁公安部外事一課の警視正
渡辺克次……………………真堂の部下
川口比等史………………フリーランスのライター
山際巡査部長……………北海道警察本部機動隊第一中隊第二分隊長
高柳警部……………………北海道警察本部警備部の警察官

プロローグ

一九八六年九月　東京

長い沈黙を破って、とうとう男のひとりが言った。

「ここまで発覚した以上、もう知らぬ存ぜぬで突っぱねることはできない」

向かい合っていたもうひとりの男が、おずおずと相手に訊いた。

「どうなります？」

最初に口を開いた男が答えた。

「とばっちりは日本のハイテク産業全部に及ぶ。いや、ひょっとしたら、内閣がひとつつぶれるかもしれん。責任者の処分なしには、済まされない」

空気清浄機のモーター音だけが、妙に耳障りに響く小部屋だった。表の外堀《そとぼり》通りには、都市特有のさまざまな種類、さまざまな調子の音があふれているはずだが、十二階のその部屋までは届いていない。部屋の窓は閉じられ、ブラインドの隙間からわずかに東京・霞が関の整った街並みがのぞいていた。

部屋の中央には、会議用の大きなテーブルがあった。長方形の化粧合板製で、表面には木目模様がプリントされている。いまそのテーブルに着いているふたりは、どちらも歳のころ四十代なかばで、申し合わせたかのようによく似た仕立ての濃紺のスーツを着ている。男たちのあいだには、ひと束の欧文の書類が置かれていた。

それまで、小部屋の沈黙は、三分近くも続いていた。最初の短い挨拶のあと、無言で書類のやりとりがあり、お互いが相手の書類をじっくりと吟味した。それからおよそ三分間、どちらからも言葉は発せられなかった。焦慮を押し殺した、荒い鼻息が交互に繰り返されるだけだ。もしその最中、誰かが部屋のドアをノックしたなら、部屋の空気は冷却された高分子化合物のように、たちまち粉々に砕け散ったことだろう。部屋に満ちているのは、強い緊張だった。その長い緊張のあとに、とうとう男たちは虚勢を棄てて口を開いたのだ。

最初に口を開いた男が繰り返した。

「処分は、確実だ。へたをすると、内閣がつぶれる」

相手の男が言った。

「差し出す首の用意はあります」

最初に口を開いた男は、不機嫌そうに言い放った。

「あんたがたの首など、いくつ出したって意味がない。そんな小汚い頭を、向こうが喜ぶとでも思ってるのか」

罵倒された男は、首を肩のあいだにひっこめて、上目づかいに訊ねた。

「では、当方にできることは」

「もういくつもないが、とにかくできるだけ小さなミスに見せるよう、対策を取れ。うちとの接点など、まちがえても勘繰られないようにな」

「と言いますと？」

「いいか。これはすべてあんたがたが勝手にやった不正輸出だ。監督官庁の目の届かぬところで行われた非合法取引きだ。その体裁を作れと言ってるんだ」

強い調子の指示を受けた男は、鼻から深く溜め息をついて言った。

「やはり、それしかありませんか」

「できるのか、できないのか」

「できないわけではありません。じつはこんな場合も想定して、対策はとってありました。うち自身は、いっさい無関係のことで通させていただきます」

「ほんとうにできるんだな。物が動いた事実は、消しようもないんだぞ」

「うちが、直接先方に売ったわけではありません」

「その言い分を、証明できるか」

「ええ。いたします」

「どうやるかは聞かん。しかし、処理をまちがえたら、被害は小さなものじゃない。おれたちにも、あんたたちにも。それはわかってるな」

「わかっています。うちの者を何人か、泣かせることになりますが、もしものときのことを考えた配置にしてありました」

「うまくやれ」

男は相手に深々と頭をさげて応えた。

「はい」

一九八六年十月　ウィーン

午後早くから降り始めた氷雨も、夕刻にはあがっていた。ヘッドライトに浮かび上がるベーリンガー通りの石畳は濡れてつややかに光り、対向車のヘッドライトや街灯を反射させていた。雨のせいか、路面には落ち葉が昨日よりも多く散らばっていた。

クルト・ケルナーは、自分が鼻唄をうたっていることに気づいた。

いま観てきたばかりのウィンナ・オペレッタ「ほほえみの国」から、「きみはわが心のすべて」のさわりをうたっていたのだ。興奮しすぎているかな、とケルナーは苦笑した。しかし、オペレッタの余韻に加え、きょうの午後には、総額六十万ドルになろうという商談をまとめたのだ。いや、それとも逆だろうか。六十万ドルのスイッチ取引きの成功に加え、国民歌劇場で陶酔のいっときを過ごしたから、これほどまでに興奮しているのか。

自宅のある一角が近づいてきた。ケルナーは鼻唄をやめ、メルセデスを減速して、ウィンカーランプをつけた。古風なファサードを持った五階建ての集合住宅が、夜の中に浮かび上がってきた。サイドミラーを確認してから、ケルナーは右にステアリングを切った。メルセデスは、一段高くなった歩道に乗り入れた。前輪がその段差を拾い、車がかすかに揺れた。

ケルナーはいったん車を停めて、リモート・コントローラーを正面に向けた。建物の脇に、中庭へと通じる扉がある。信号を受けて、自動開閉装置をつけた木製の扉が手前にせりあがった。ケルナーはあらためて車を発進させ、石を敷いた駐車場にメルセデスを乗り入れた。

今夜はとっておきのモーゼル・ワインを抜こう。ケルナーは車からおりながら思った。六十万ドルのスイッチ取引きの成功祝いだ。手数料そのものは一パーセント、わずか六千ドルだが、ケルナーがこの取引き全体から受ける利益はおよそ七万ドルになるはずだった。スイス銀行の口座に、また一行、まぶしい数字の列がつけ加わることになる。チェコスロバキアとオランダ、インド、西ドイツとのあいだに入ってまとめた、複雑なスイッチ貿易の成果だった。

これも、十八年間、クレディットアンシュタルト銀行の対ソ連東欧貿易部門で骨身を惜しまず働いて培ってきたノウハウゆえのものだ。スイッチャーとして独立以来四年、このあいだに自家用車はパサートからメルセデスの500SLに変わった。そしてベーリンガー通りのフラット。ケルナーは自分のスイッチャーとしての成功に満足していた。あとはゴルバチョフの政権が、このままブレジネフ政権並みに長く続くことを期待するだけだ。ミハイル・ゴルバチョフがソビエト連邦を統治している限り、商売の機会は拡大しこそすれ、縮小されることはないだろう。つまり、自分の成功も拡大再生産されてゆくというわけだ。とりわけ昨年来、自分の事務所にいくつか日本企業が得意についたことで、商売の範囲はいっそうひろがった。これからは商談の単位も、最低が百万ドルくらいにはなるかもしれないのだ。

助手席からアタッシェケースを持ち上げて車をおり、集合住宅の中庭側の入口へと向かった。ここのフラットは昨年秋に買ったばかり。ふたつの大戦のあいだに建てられた、五階建ての建物の五階が、彼の所有だった。通いのメイドもひとり、使っていた。

錠を開けてエレベーターホールに身体を入れ、エレベーターの呼び出しボタンを押した。エレベーターの金色の扉はすぐに開いた。ケルナーはコートのボタンをはずしながら箱に乗りこんだ。エレベーターは、いったん左右に軽く揺れながら、上昇を始めた。

独立した事務所と、メルセデスと、ベーリンガー通りの高級フラット。彼の人生に不足している物があるとしたら、妻と子供だろうが、ケルナーにはまだ結婚しようという気はなかった。ブダペストとモスクワに、ひとりずつ愛人がいる。ワルシャワには不特定のガールフレンドたち。いまのところ、それでケルナーの性生活は満たされていたし、ウィーンの私生活は、むしろ白紙のままのほうが都合がよかった。

エレベーターは五階で停まった。扉が開くと、そこは専用のエレベーターホールだった。長椅子を一脚置いた、二等船室ほどの空間。ほの明るい常夜灯をつけっぱなしにしてある。革を張った正面の扉には、電子式のロックを取りつけてあった。右手の飾り時計は、夜の十一時五分を示している。

ロックを開けて、ケルナーはリビングルームに入った。テーブルの上に夕刊紙が三部、揃えて置かれていた。メイドが帰りがけに置いていったものだ。横を通るとき、一番上の新聞の見出しの一部が目に入った。

「日系企業、新たなココム違反

米国防次官、不快を表明」

また対共産圏輸出統制委員会《ココム》規制違反事件か。

ケルナーは、その見出しに注意をひかれたが、新聞を取り上げることなくそのまま居間を奥へと横切った。新聞はこのあとゆっくり読むことができる。

ケルナー自身の手がけるソ連、東欧との貿易には、一部たしかに非合法、違法と言える部分も少なくないが、リスクを恐れていては、大きな利益は望むことはできなかった。摘発や告訴を覚悟したうえでの事業だった。似たような貿易のケースが、また東京かワシントンで発覚したのだろう。

なんという日系企業かは知らぬが、とケルナーはコートを脱ぎながら思った。自分にまかせてくれるなら、ココム規制品目であろうとなんだろうと、発覚、摘発の危険ははるかに少ないものになったのに。たとえば同じ日系企業なら、横浜製作所や新昭和精機のように。

ケルナーはコートを居間の椅子の背にかけ、中庭に面した自分の書斎に入った。ツェドリッツ街の事務所とまったく同じ設備を整えた部屋だ。三本の電話回線。ＩＢＭのパーソナル・コンピュータとプリンタ。ファクシミリ。ゼロックス。ケルナーは、モーゼル・ワインを開ける前に、ＩＢＭできょうの為替相場と各国の債権相場を確かめておくつもりだった。

書斎に入ったとき、ちょうどファクスが紙を吐き出しているところだった。ケルナーは部屋の天井灯をつけて、デスクに近寄った。

上下逆さの文字が読めた。

「クルト・ケルナー殿
ゴールドマン兄弟商会発信
ヨコハマ製作所の件につき……」

ふと気づいた。

デスクの上が、散らかっている。本来なら引き出しの中にあるべき書類が、黒い革のデスクマットの上に乱雑に置かれていた。

ケルナーの全神経に、警報が走った。五感が急速に鋭敏に働き始めた。ケルナーは室内に自分以外の誰かがいることを察知した。ひとりか。あるいはふたり。体温が感じられる。押し殺した呼吸の気配がある。部屋に誰かがいる。

恐怖を感じる間もなかった。ケルナーが振り向いたとき、目の前に閃光があった。圧搾空気の抜けるような音が、ほとんど同時に聞こえた。ケルナーは閃光が急速に収縮してゆくのを確かに感じた。縮んでゆく光の背後に、一瞬ひとの影を見たようにも思った。しかし確かめるだけの余裕はなかった。閃光が消えたとき、ケルナーの意識も霧散したのだった。

第一部　一九八六年十月　ベルリン

1

神崎哲夫《かんざきてつお》がシュトラルアウアー通りに面したその建物の玄関口に出たのは、午後五時を十五分ばかりすぎた時刻だった。

空は灰色にいくらか濃淡がある程度の曇り空だ。もっとも地表近くの雲の層だけが、西から東へ早い速度で流れていた。その空の下、ベルリン市の東側、ソ連軍管理地域は、夏の日に束の間見せた明るさなどとうに消して、大戦以前とさほど変わらぬ重く憂鬱そうな表情を見せている。道行く人々はコートを着こみ、あるいは合成繊維の丈の短い上着を着て、ポケットに両手を入れ、いくらか前屈みに歩いていた。

神崎哲夫は、左手に革のアタッシェケースをさげたまま、通りの左右に目をやった。いましがた、商談の相手が、車を手配してあると言ってくれていた。送迎のための車があるはずだった。

通りの左手、二十メートルほど離れた位置で、黒っぽいボルボが動き出した。これがリープクネヒト樹脂加工組合の公用の送迎車だとしたら、彼らの事業はなかなかの業績を挙げていることになる。ふつうは政府の高官たちのためにあてられる車なのだ。

ボルボは神崎哲夫の前で停車した。すぐに助手席のドアが開いた。

見慣れた顔がのぞいた。

「ようこそ、神崎さん」

エゴン・マイヤーだった。ドイツ民主共和国の外国貿易会議所・機械部門担当官。神崎は、これまで何度か彼と商談で会ったことがある。四十歳に少し間のある、ドイツ人にしてはやや小柄な男だ。髪が薄く、メタルフレームの眼鏡をかけている。いかにも能吏めいた印象があった。

神崎哲夫は、事情を理解した。この日の商談は、マイヤーには直接関係のないものだった。東ベルリン訪問を事前に連絡してもいない。そのマイヤーが神崎の迎えに出てきたということは、おそらく東ドイツの官僚機構の中を、神崎の東ベルリン訪問の情報がいち早く流れたということなのだろう。マイヤーがこれを知って、わざわざリープクネヒト樹脂加工組合の建物まで、出向いてくれたというわけだ。

助手席から女性がおりてきて、神崎に笑みを向けてきた。見覚えがある。マイヤーの女性秘書のひとりだ。神崎も反射的に頭をさげた。

マイヤーが達者な日本語で言った。

「神崎さん、水くさい。こちらにきたんだったら、電話してくれたらよかったのに」

「すぐ戻るものですから」神崎は言った。「やっかいな商談でもなかったし」

「とにかく乗ってください。チェックポイント・チャーリーでも、フリードリッヒ・シュトラーセ駅でも、お送りしますよ」

女性秘書が、神崎に助手席に乗るよううながしてくる。彼女はたしか、クリスチーネと言ったろうか。背の割りには顔の小さな、金髪を短く刈った女性だった。

「お言葉に甘えようかな」

「そうしてください。どちらの方です」

「フリードリッヒ・シュトラーセ駅。あそこから、Uバーンに乗ります」

神崎がボルボに乗りこむと、秘書のクリスチーネは後部席に身体を入れた。ふたりがドアを閉じたところで、車はすぐにリープクネヒト樹脂加工組合の建物の前から発進した。

マイヤーはギアを上げながら言った。

「きょうも、一日ビザで入ったんですか」

神崎は答えた。

「ええ。二十五マルク両替してね」

「神崎さんのことだ。申請していただければ、我が政府はいつでも業務ビザを発行しますよ」

「必要ありませんよ。こういう出張が、さほどの頻度になるとも思えないから」

「そんなことはありませんよ。今年だけで何度目でしたっけ。五度目?」

「きょうで四回目ですよ」

「なんだったら、東ベルリン側に事務所を設けたっていいじゃありませんか。そういう日本企業は増えてきているんです」

「食品や雑貨を扱うならべつですけれどもね。うちはもっぱら機械を扱ってるんです。ココムという難物が、わたしたちの商売にいちいち横槍を入れてくる。わたしたちの商売が、東ベルリンに事務所を置くほどの規模になるには、まだしばらくかかりますよ」

「そういえば」マイヤーはシュトラルアウアー通りの中央車線で、車を加速しながら言った。「ニュースを聞いていますよ。おたくの名が出ていましたね」

神崎哲夫は、アタッシェケースの中のヘラルド・トリビューン紙を思い出しながら言った。

「ソ連との取引きのことが、引っ掛かったようです。うちは、ココムを刺激しないよう、注意していたはずなんですがね」

彼はその新聞を、昨日、デュッセルドルフを発つとき、空港で買ったのだ。

「日系企業、またココム違反

米政府筋、不快を表明」

そう見出しが出ていた。記事の中には、はっきりと日本企業二社の名があがっていた。東芝機械と、横浜製作所だ。同じ紙面に、東京発のニュースも、十行ばかり掲載されていた。

要旨はこうだ。

「通産省は困惑、ただちに事情調査に入ると言明。

東芝機械幹部はノーコメント、横浜製作所広報室も、事実関係を調査中とのみ発表」と。

それはたぶん、神崎が昨年春にまとめた商談のことを指しているにちがいなかった。フィンランドの企業をあいだに入れて、ソビエト連邦・機械公団に収めた三台の数値制御工作機械設備。総計八億円の商談だった。横浜製作所のココム規制違反とは、まずまちがいなくその一件を指している。

マイヤーは交差点でステアリングを切った。車はシュトラルアウアー通りからライプツィヒ通りに入った。マイヤーは道の前方に目を向けたまま言った。

「日本の企業も、経済界も、はっきりと米国に言えばいいんです。ココムなんてすでに時代遅れだと。日本の経済界がココム規制に従う法的義務はないのだと。ココム規制は、いまや米国の資本がほかの西側諸国を出し抜くためのいい隠れ蓑になっている。日本政府がココムの顔色をうかがっているあいだに、目端のきく西側企業は、着々と実績を積み重ねているんですからね」

神崎は慎重に応えた。

「わたしが本社に期待しているのも、そのような姿勢なんです。ココムなんてものが、いつまでも持つはずがない。もうそろそろ、政府もほかの日本企業も、ココムの廃止を強く主張してゆかねばならないんです。わたしだって、いつまでも闇屋みたいな真似をしていたくない」

「神崎さんは、闇屋ですか？」

神崎は、自分の言葉の調子を反省しながらも言った。

「まちがいなく、わたしのしていることは密貿易ですよ。本社からダミーの会社に出向して、規制の目をかいくぐって、ハイテク製品を東側に売っているんですからね」

「いつか、本社から表彰されますよ。いまこの時代に実績を作った会社が、次の時代の東欧圏貿易のおいしいところをいただけるんです」

後ろの席で、クリスチーネがマイヤーに何事か言った。早口のドイツ語だった。神崎には聞き取ることができなかった。日本語で話さないでくれ、ということなのかもしれない。

マイヤーが言った。

「きょうはわたしたち、わたしとクリスチーネという意味ですが、わたしたち、同じ職場の友人のところを訪ねるんです。楽しい集まりになるはずですが、神崎さん、ご一緒にいかがですか？　十二時までには、責任もって検問所までお送りしますが」

「ありがとう。でも、きょうはする仕事がいくつか残っています。すぐに西ベルリンの方に帰りますよ」

「残念ですな」

マイヤーが肩をすくめたせいだろう。クリスチーネがドイツ語で神崎に言ってきた。

「ほんの一時間だけでも？」

神崎は首を後部席に向けて、ドイツ語で答えた。

「ほんとうに申し訳ない。でも、この次の機会には、ぜひ」

言いながら、神崎はクリスチーネの瞳が、明るいブルーであることにあらためて気づいた。真夏のハーウェル湖の湖水を思わせるような、透明度の高いブルー。そしてクリスチーネが頬に浮かべる笑みは、神崎の警戒心やら仕事の予定やら計画やらのいっさいを氷解させるだけの破壊力を秘めているように思えた。

神崎は顔を道路の前方へと戻しながら、もう一度言った。

「ほんとうに、ほんとうに残念ですが」

マイヤーが言った。

「パーティのほうはこんどの機会ということにしても、先日のお話は考えてもらえましたか」

きたか、と思いながら、神崎は答えた。きょう、マイヤーがわざわざ神崎を送りにやってきたのは、こちらの誘いのためだ。けっしてホームパーティへ招待するためではない。

神崎哲夫は慎重に言った。

「わたしは規制くぐりはやっていますが、これは自分の会社の製品についてです。よその会社の製品まで、扱おうとは思いませんよ」

「お願いしたいのは、ただのコンサルティング業務ですよ」とマイヤー。「ひと月にいっぺん、ベルリンでわたしどもと会ってもらえるだけでいい」

「その時間は、とれそうもありません」

「ほんとうは、コンサルタントなんて言わずに、フルタイムでこちらで働いてくれ、とお願いしたいところなのですがね。でも、わたしたちは、日本企業並みの給料を神崎さんに払うことはできないんです。ホーネッカー議長よりも高給取りということになってしまいますのでね」

「わたしだって、安月給の身ですよ。家内にも苦労させている」

「何といっても、神崎さんはこちらの事情に明るいし、貿易実務にも詳しい。機械製品の技術面についても、並みのエンジニア以上の知識がありますからね。ま、親会社もそう簡単には手放したりはしないでしょうが」

「買いかぶりすぎですよ」

マイヤーは、神崎の答えなど聞こえていないかのような調子で言った。

「どうです。こちら側の窓口は、クリスチーネということになりますよ。彼女の優秀さはご存じでしょう。あちこちから、引っ張りだこの女性なんです」

どういう意味なのだろう、と神崎は考えた。こんな女性秘書がつくなら、産業スパイも悪くない仕事だと言っているのか。それとも、もっと下司な意味に受け取っていいのか。

神崎は後部席のクリスチーネの顔を思い起こしながら言った。

「わたしの能力をそのように評価していただいていることは、うれしく思います。でも、やはりお申し入れの件は、はっきりお断りするしかありません」

「神崎さんの好きなオペラにしたって、東ベルリンの国立オペラ劇場の水準は、そうとうなものですよ。それを気軽に聴きにゆける」

「もうそのへんにしましょう。マイヤーさん」

「そうですか。残念ですね。でもまあ、仕方がありません。でも、やがて時代も変わるかもしれません。世界なんて、ある朝いっぺんに変わる、ということだって、信じて悪いわけじゃない。胸にとめておいてください」

マイヤーの運転するボルボは、ライプツィヒ通りから右折してフリードリッヒ通りに入った。曲がるとき、左手の先にチャーリー検問所の明かりが見えた。検問所からその交差点まで、車の列ができている。テールランプの赤い灯が、百メートルほどの長さに連なっていた。

並んでいる乗用車のたいがいは、西ベルリンに住んで、東ベルリンで働いている外国人たちの車にちがいなかった。言葉を替えれば、業務上、どうしてもオフィスを東ベルリンにおかねばならない西側のビジネスマンたちの車だ。かといって、西ヨーロッパ諸国の市民が暮らすには、東ベルリンの生活水準は少々きついものがある。だから彼らは、毎日煩瑣な手続きを繰り返しながらも、西ベルリン側に住まいを持って、東ベルリンに通っているのだ。

フリードリッヒ通りを直進して、ウンター・デン・リンデン大通りを横切った。フリードリッヒ・シュトラーセ駅の建物と、高架の鉄道が見えてきた。神崎はフリードリッヒ・シュトラーセ駅でいったん地下におり、検問所を抜けて、西ベルリンに向かう地下鉄に乗るつもりだった。

駅前で車が停まった。神崎哲夫はマイヤーとクリスチーネに礼を言って車をおりた。

クリスチーネが、後部席から歩道におりたった。このあと彼女は、ボルボの助手席に乗ってゆくのだろう。ゆったりとした編みこみのスウェーターに、ツイード地のスカート、革のハーフブーツ。スウェーターの胸のふくらみは、バイエルン出身の娘並みに見えた。

クリスチーネは手を差し出してきた。

「神崎さん。じゃあ、この次はぜひ」

神崎はその手を軽くにぎり返して言った。

「次は、もっとゆっくりお会いしましょう」

マイヤーが、助手席の側に身を乗り出し、神崎の顔を見上げて言った。

「何かあったら、お電話ください。こんどの事件が大きく問題になるようなら、お役に立つ方法も考えられるかもしれない」

ヘラルド・トリビューンの記事のことを言っているのだろうか。

マイヤーの言葉の意味は不明だったが、神崎哲夫は訊き返さずに手を上げた。

「ありがとう。じゃあ、また」

クリスチーネも手を上げて言った。

「じゃあ、また。神崎さん」

神崎はふたりに背を向けると、大股に駅前の広場を横切った。

ホテルに戻ったら、すぐデュッセルドルフ事務所と横浜製作所の東京本社に電話を入れなければならなかった。たぶん、新たな指示を受けることになるはずだ。

ココム規制違反発覚。

たぶんもう言い逃れできないところまで、証拠があがっているはずだ。

それも神崎が扱ったのは、最新鋭の数値制御工作機械。プラスチックの射出成形機や教材用のデスクトップ・コンピュータなどならともかく、軍事技術用と疑われても仕方のないハイテク製品だ。事件が日米政府間の政治問題化したとしてもふしぎはない。巧妙な対策が必要だった。もしまだ、後手にまわっていないとしたらだ。しかし、もし手遅れだったとしたら……。

そこまで考えてから、神崎哲夫は首を振った。

とりあえず、悩むのは、検問所を抜けてからだ。西ベルリンに入ってからだ。

腕時計を見た。午後五時二十分になっていた。

2

神崎がウイッテンベルク広場の地下鉄駅を出たときは、もう午後六時になろうとしていた。検問がいつもよりも手間どったのだった。

ウイッテンベルク広場の地下鉄駅は、広場の四方にウイングを伸ばした十字型をしている。出口は東西の二方向に設けられていた。駅舎のまわりには、いつも多くの屋台が出て、花や野菜、スナックなどを売っている。神崎が出たのは、東口だった。

すっかり日も落ちていたが、西ベルリン一の百貨店、カーデーベーに近い繁華街は、東側では見ることのできぬ、きらびやかな電気装飾をまとって、神崎を迎えてくれた。真正面にカイザー・ウィルヘルム教会が見える。第二次大戦で破壊されたままの塔と、これを囲むように建てられた鉄とガラス・ブロックの新教会。新教会のガラスは、この時刻、内側からブルーの光でライトアップされていた。

出口の脇の敷石の上に、大きな絵が描かれていた。街頭画家の作品だ。何色ものチョークで描かれた、ブランデンブルク門とその周辺。門を取り囲んで、裸の男女が踊っていた。マチスの「踊る人」のもじりのようだ。神崎はなんとはなしに足をゆるめ、その絵を眺めた。

ふいに声をかけられた。

「アイネマルク。一マルクくれないか」

横から言ってきたのは、金髪を長く伸ばした青年だった。見覚えがあった。これまでにも、二回、同じこの場で、同じことを求められたことがある。街頭絵描きだ。

「一マルク。頼む」と、青年は繰り返した。「この傑作を描いた手間に、一マルク」

神崎は足をとめた。

青年の風貌は、ふた昔前なら、パリにもサンフランシスコにも多く見かけた種類のものだ。オリーブ色の米軍の野戦服と、ひざに穴のあいたブルーデニムのジーンズ。髪の伸ばしかたは、ジョン・レノンを思わせるものだった。ベルリンでは、頭の脇をそったり髪を立てた青年の姿は珍しくない。ロンドンで生まれたパンク風俗も、この街にはかなり定着しているのだ。しかし彼は、パンクともちがう種類の青年らしかった。

立ちどまっただけで、一マルクは高い。神崎は首を振った。そのまま歩き出そうとしたが、青年は神崎に並んでついてくる。彼には、粗暴そうな印象はなかった。むしろどこか自分の物乞いを楽しんでいるかのようなゆとりさえ感じられた。

青年はこんどは英語で言った。

「一マルク。頼むよ。金持ちの日本人」

神崎はもう一度立ちどまって言った。

「これで三回目だ。二カ月前にもここでやったぜ。覚えているか」

「ああ。二マルクもらった。あのときは、帝国議事堂の絵じゃなかったかい。おかげで、絵の具が買えたよ」

「ほんとうの絵描きなのか」

「天才だよ」

「その絵を売れよ」

「売るさ。壁がもし売れるようになったときにはな。おれはもっぱら地面や壁に描いているんだ。地面はよそへ持ってゆくわけにはいかないが、壁画のほうは、いつか新国立絵画館あたりに展示される日がくる。いつのことかわからないが、きっとくる。壁がそっくりどこかのギャラリーに並ぶ時代がくるのさ」

「壁って言うのは？」と神崎は訊いた。「あの、壁のことか」

「ベルリンで壁っていえば、あの壁だろ。ただの家の壁にも描くけれどもな」

「金をとって描けばいいんだ」

「それは日本人の発想だよ」

「この絵をちらりと見ただけで、一マルクはないと思うが」

「みみっちいことを言うなよ、日本人。いつかおれの作品が博物館入りする日のために、太っ腹なところを見せてくれよ。天才を育てる費用としちゃ、鼻糞みたいなものじゃないか」

神崎は苦笑した。これだけまくしたてられたら、もう降参するしかない。苦笑しながら神崎の右手は、コートのポケットの中で財布を探っていた。

ポケットから手を出してみると、指が選んでいたのは、五マルクの硬貨だった。神崎はその手に硬貨を押しつけた。

青年は硬貨を見て意外そうに言った。

「五マルクだぜ。まちがいじゃないのか」

神崎はうなずいて言った。

「壁がいつかは博物館行きだっていう、その信念に五マルクだ。絵の具を買ってくれ」

不精ひげの下で、青年の頬がほころんだ。

「ありがとう、日本人」

神崎はもう一度小さくうなずいて、道を歩きだした。ここからホテルまで、歩いてほんの三分ほどだった。

3

ベルリン・ペンタ・ホテルは、西ベルリンのニュルンベルガー通りに面して建っている。通りのほかの建物と表面を合わせ、背の高さを揃えた、七階建てのホテルだ。一九八〇年に建ったばかりで、設備も近代的だった。日本人ビジネス客の多いインター・コンチネンタルやブリストル・ホテル・ケンピンスキーともほぼ同じ格だが、日本人客はさほど目立たない。主にアメリカや英国からのビジネス客が利用している。神崎哲夫のベルリンでの滞在理由にとっては、むしろそのほうが都合がよかった。神崎哲夫は、ベルリン出張の際はほとんどこのホテルに部屋をとることにしていた。

この日、神崎哲夫がホテルに帰り着いたのは、午後の六時五分すぎだった。フロントにファクシミリが届いていた。

ごく簡単な内容だ。

「今夜、そちらに合流する。　西田」

ファクシミリ用紙は、神崎哲夫が便宜上籍を置く、欧亜交易のものだった。ということは、西田、とはその欧亜交易の社長、西田博文《にしだひろふみ》のことになる。欧亜交易は横浜製作所の系列会社のひとつで、デュッセルドルフに事務所があった。神崎も、そのデュッセルドルフの事務所から、一昨日ベルリンに出張してきたのだった。

神崎はいぶかった。この日西田がベルリンにやってこなければならぬ理由に、心当たりがなかった。東ドイツのリープクネヒト樹脂加工組合との商談はごく簡単なもので、とくべつ社長の西田が出るまでもない。またこの日、ほかにベルリンで大きな取引きがあるとは、デュッセルドルフを発つときまで、神崎は聞いてはいなかった。いったいどんな急用ができたのだろう。神崎は首をかしげてそのメモをコートのポケットに突っこんだ。

部屋のキーを受け取ると、ロビーに向かい合うドラッグストアで、ヘラルド・トリビューンを選んで買った。例の事件の続報を読むつもりだった。神崎は新聞を小脇にはさんで、エレベーターに乗りこんだ。箱に乗って振り返ったとき、ロビーの奥の椅子で新聞を読んでいた男と視線が合った。黒っぽい髪の白人の中年男だ。何かを注意深く観察していたかのような、遠慮のない目と見えた。男は神崎と視線が合うとすぐに目をそらした。そこにエレベーターの扉が閉じられてきた。男の姿は遮られて見えなくなった。

エレベーターを四階でおり、部屋に入った。ニュルンベルガー通りに面した、簡素な造りの部屋だ。神崎はコートも脱がぬまま、窓際の明かりをつけて新聞を広げた。

目指す記事は、国際経済面にあった。

「米国防次官、対日制裁を示唆
　日本政府は特使派遣を検討」

この日の記事でも、東芝機械と横浜製作所は名指しで激しく非難されていた。米国防次官の日本政府攻撃のトーンは、前日よりもいっそう強まっている。通産省は両社の幹部を二度にわたって呼びつけ、事情を聴取したという。東芝機械の幹部は取材陣に対して相変わらずノーコメントを通していた。横浜製作所の専務は、本社で外国人記者のインタビューに応じ、同社にかけられたココム規制違反の容疑について、見解を発表していた。

記事のその部分はこうだ。

「なお同社幹部は、指摘された数値制御工作機のソ連への輸出の事実はないと、疑惑を全面的に否定した。つけ加えて、考えられる可能性があるとすれば、ソ連の国営企業オルチョニキッェ社に納入されたという設備は、一昨年の秋にフィンランドへ輸出された三台の機械が該当するのではないかとの見解を示した。この商談はデュッセルドルフに事務所を置く日系の貿易会社を通じて行われたもので、同社自身が直接フィンランド企業と契約したものではないという。同社は通産省に対して、関連書類等をすべて提出ずみであり、疑惑の早期解明を期待しているとのことである」

二度読んでから、神崎哲夫は苦笑して新聞紙をテーブルの上に置いた。

神崎の判断では、あの商談がココムに発覚したとなれば、早くから米国諜報機関の調査対象となったか、あるいは密告があったか、どちらかだった。タイミングを考えると、おそらく密告だろう。物の流れについては、横浜製作所から欧亜交易を通し、さらにそこからフィンランドの企業へ納入するという複雑な経路を使っている。しかも決済には、ウィーンのスイッチ貿易業者をあいだに入れた。神崎には、これは簡単に発覚する取引きではないという自信があったのだ。

それが発覚したとなれば、ココムの側は物の流れも金の流れもかなり正確に把握してしまっていると考えられる。いまさら本社が、無関係を装うことには無理があるような気がした。デュッセルドルフに本社を置く日系貿易会社とは、つまり横浜製作所のダミー会社、欧亜交易のことであり、同社と横浜製作所との関連など、資本の出所からメンバーの出身母体、業務内容に至るまで、その道の専門家が調べるなら、すぐに明らかになる。ここはむしろ、素直に容疑を認めたうえで、発覚した経緯の不明朗さを指摘すべきだろう。おそらく背後には、ソ連・東欧圏貿易ではつねに競合しあってきた浜松機械と三友物産がある。あるいはさらに、米国の機械メーカーの影がないとも言い切れない。まあしかし、本社のやることだから……。

部屋の電話が鳴り出した。

受話器を取ると、聞き慣れた声が聞こえてきた。上司の西田博文のものだ。

「おれだが、伝言は伝わっているか」

ほんの少し、緊張か不安のようなものが感じられる声音だった。西田はもともとは神崎と同じ横浜製作所の営業部の社員だ。三年前に、独立の形をとってこの横浜製作所の系列子会社の社長に就任した。今年四十七歳になる、東欧貿易のベテランであった。

神崎は答えた。

「ええ。いまどちらです？　もうベルリンですか」

「ああ、空港に着いたばかりだ」

「また、どういうご用件なんです？　リープクネヒトのほうは、とくに問題は起こってませんよ」

西田は少しだけ声をひそめて言った。

「そっちのことじゃない。本社のほうの指示なんだ。例の件だよ」

「例の？」

「例の、お騒がせの件だ」

ココム規制違反のことを言っているようだ。しかしそのココム規制違反の件で、なぜ欧亜交易の社長が、いまベルリンにこなければならないのだろう。

神崎が黙っていると、西田博文は言った。

「いくつか書類を整理しろってことだ。こっちの金庫の現金も、とりあえずベルリンに移すよう指示されたんだ」

「ベルリンにと言いますと？」

「駐在員事務所だ」

「妙なことをするんですね」

「理由はわからんがな。東京も、パニックを起こしてるんじゃないのか」

駐在員事務所とは、横浜製作所本社のベルリン連絡事務所を指していた。横浜製作所は、東欧との貿易にはまったく関与しない本社直轄の営業部員をひとり、西ベルリンに駐在させているのだ。その事務所は、名目上も実質的にも神崎の所属する欧亜交易とはつながりはないが、しかし神崎たちにはやはり系列の企業だとの意識はあった。駐在員とは個人的な交遊もある。横浜製作所本社からは、どちらも自分の手足と見えることはまちがいあるまい。そこに、欧亜交易の金庫の中身を移す。いったい何の隠蔽工作なのだろう。神崎には、本社の意図が理解できなかった。

電話回線の向こうで、西田が言った。

「そっちに部屋を予約してあるが、チェックインは少し遅れる」

「何か別の用事でも？」

「ああ。先に、寒河江《さがえ》と会う」

寒河江とは、横浜製作所の西ベルリン駐在員の名だ。クーダムのはずれのペンションに一室を借りて住んでいた。その部屋が、横浜製作所の駐在員事務所でもあった。

西田が訊いてきた。

「もう、食事はすんだのか」

「いえ、まだです」

「じゃあ、すませておけ。おれがチェックインしてから、そっちで少し情報交換といこう」

「とくにわたしも、情報は持っていませんよ」

「誰でもいいから、日本のお前の知り合いなんかと連絡とってみてくれないか。おれは、本社の方からは、国際電話はするなと言われた。いま通話記録が残っちゃまずいそうだ」

「神経質なんですね」

「これは、おれたちが考えている以上に、厄介な事件なのかもしれんぞ。それじゃあ、あとで」

　電話は向こうから切れた。

　神崎はいったんコートと上着を脱いでから、あらためて受話器を手にとった。腕時計に目を落とすと、午後六時十八分。いま東京は深夜ではあるが、母には、思いたったら何時に電話してもよいと言われていた。

　タイをゆるめてから電話を取り、東京の番号を押した。国際回線はすぐにつながった。

「遅くにごめん、おかあさん」神崎哲夫は電話口に出た相手に言った。「何か変わったことはないかい」

　母はもともと早寝のタイプだ。瞬時に目覚めたようだ。

「とくにないけど、あなたの会社のことが、ずいぶんニュースに出てますよ」

「横浜製作所の名前でしょう。でもあそこは、いちおうはぼくの会社じゃないんだよ。ぼくはいま、欧亜交易って商社の社員だ」

「同じことでしょう。たしかあなたは、わたしにそう説明して、ドイツへ行ったと思ったけど」

「とにかく別法人なんだ。でもどんなニュースになってるんだろう。こちらでは、あまり詳しくは報道されていない」

「わたしにも、よくわからない記事なんだけれどね。ココム違反ってことをやって、ソ連に何か大変な機械を売ったんだって？　ソ連の潜水艦や飛行機の性能がぐんとよくなるような機械らしいけど」

「そういう伝えかたは正確じゃないな。民生用の工作機械だよ。兵器の部品を売ったわけじゃない」

「だけど、新聞でもラジオでも、みんな、あなたの会社を売国奴扱いしてるわ。べつの会社のほうには、右翼が拳銃を持って殴りこんだそうですよ」

「うちの」そう言いかけてから、神崎は言い直した。「横浜製作所のほうは、何か言っているのかい」

「今朝のニュースに社長さんが出ていた。自分のところは、不正輸出にはいっさい関係ない。むしろ自分たちも詐欺の被害者だと言うような言い方をしていたよ」

「よく言うよ」神崎は話題を変えた。「裕子《ゆうこ》がいたら、出してくれる。元気なんだろうね」

「いま六カ月目。元気ですよ。待ってて」

五秒ばかりの沈黙があった。母親が、神崎の妻を呼んでいるのだろう。時刻から考えて、妻はたぶん台所か洗濯機置き場だ。

妻の裕子は、この八月まで、デュッセルドルフで神崎と一緒に暮らしていた。妊娠がわかったので一時帰国し、そのまま神崎の生家のほうで暮らしている。日本で出産する予定だった。

何の前置きもなく、受話器から若い弾んだ声が飛び出してきた。

「おはよう、いまどちら？」

裕子は神崎とは一歳ちがいの三十歳ちょうど。歳が近いこともあって、同性の友人同士のような言葉づかいがそのままだった。

神崎は妻に答えた。

「ベルリンからだ。出張中」

「ニュースは知ってる？」

「ココム違反事件のことかい？」

「ええ。哲夫さんの仕事に、何か関係のあることなのかしら」

「少しはね。ぼくがこっちで扱った取引きだ」

「何か犯罪にあたることなの？　ソ連に軍事技術を渡したって、いろんな人が横浜製作所のことを悪く言ってるけど」

「見方によるな。法律に少し触れていることは確かだけど、駐車違反みたいなものさ。ぼくは確信犯だよ」

「きのうのニュースで、横浜製作所の本社の専務が言ってたわ。欧亜交易って会社は子会社ではないって。本社を退職した人たちが作った会社なので、多少の取引きはあるけど、無関係だって。ソ連への輸出のことは、欧亜交易が横浜のほうをだましてやったことだそうよ」

「そんなことを言ってると、あとで辻褄合わせができなくなって苦労するのにな」

「とにかく大きな政治問題になる雲行きだわ。哲夫さん、国会に呼び出されるなんてことはあるのかしら」

「それは、偉いさんの役目だ。ぼくのような、前線の社員のする仕事じゃないよ」

「なんだ」声に失望の調子。

「呼び出されたほうがいいのかい」

「早めに帰国することになるかと思って」

神崎は、妻の無邪気な言いぐさに笑った。

「どっちみち、正月休みには帰るよ」

「そのころは、九カ月だわ。おなかが目立っていると思う。きっと、みっともなくなってるわ」

「きみがカバみたいになってたって、気にしないよ」

「バツ、バツ、バツ」と、裕子は言った。ふたりのあいだで取り決めてある、愛の言葉。はたに聞かれても照れずにすむ、理解しがたい言葉。もともとは、米国人の手紙の習慣だ。キスを送る、という意味をこめた、×の字の繰り返し。

「バツ、バツ、バツ」と神崎は返した。「じゃあ、また電話する」

4

神崎哲夫は自分の手帳を開いて電話番号を確かめ、あらためて電話機に手を伸ばした。西田博文が情報交換をしたいと言っている。神崎自身も、この件についてもう少し詳しく事情を知りたいところだった。当事者たちの得ている情報と分析を知りたかった。しかし西田の話では、本社への通話は避けるようにと指示が出ているという。となれば、神崎が訊ねることのできる当事者の数は限られてくる。少なくとも、オフィスか自宅に直接電話できる相手は。

神崎は電話番号を押した。昨日の午前中にも、一度かけた電話だった。

国際通話がつながった。二回のコールで、相手が受話器を取り上げた。

神崎は英語で言った。

「こちらは、欧亜交易、神崎です。こんばんは」

回線の向こうで、とまどったような息づかいが聞こえた。

神崎は繰り返した。

「欧亜交易、神崎です。ミスター・ケルナー?」

低い男の声で返事があった。ドイツ語訛の強い英語だ。

「ミスター・ケルナーは不在だ。あなたは？」

あまり愛想のよい声ではなかった。横柄にも聞こえる調子があった。

「日本の欧亜交易、神崎です。ケルナーさんとお話をしたいんですが」

「日本人？」

「ええ」

「ミスター・ケルナーの知り合いか」

「ええ。彼の取引き相手です」

「いま、どこから？」

「ベルリンですが。彼はまだオフィスのほうですか」

「いや、ミスター・ケルナーはオフィスにもいない」

「じゃあ、かけなおしましょうか。また一時間くらいあとにでも」

「もう一度、名前を言ってくれないか。名前と、会社名を」

「神崎哲夫。欧亜交易」気になって神崎は訊いた。「何かあったんですか。ケルナー氏はどこにいるんです」

「彼は死んだよ」

聞き違えたと思った。神崎はもう一度訊いた。

「どこにいるとおっしゃいました？」

「彼は死んでいる。殺されたんだ」

「死んだ？」

「ああ。撃たれている。この部屋でな」

「あなたは？」

「ウィーン警察の者だ。いま、この部屋を検分中なんだ」

冗談を言っている声音ではない。神崎はその言葉を受け入れた。受け入れて立ち直るのに、数秒の時間が必要だった。

「ハロー」相手が言った。「ケルナーには、どんな用件なんだ。よかったら、聞かせてもらえないか」

「業務上の話ですよ。取引きのことで、二、三確認したいことがあった。それだけです」神崎は自分から訊いた。「ケルナー氏が撃たれたのは、いつです？」

昨日の午後、神崎はやはりこのベルリンから、ケルナーの事務所に電話している。「ノープロブレム」そう陽気に言っていた彼の言葉の調子を、まだ耳は覚えていた。

ウィーン警察だという男は言った。

「たぶん昨日の夜だろう。さっき、メイドが死体を発見したんだ」

「撃たれたというのは、確かなんですか」

「一目見ただけでわかる。額に穴が開いている。専門家の仕事のようだ。それより、聞かせてもらいたいんだが」

神崎は言った。

「取り込み中のようですから、とりあえず電話は切りましょう」

ウィーン警察の者、と名乗った男は、あわてたようだった。

「ハロー、ハロー」

かまわず神崎は電話を切った。

受話器を置いてその場に立ち上がり、意味なく窓のカーテンに手をやった。通りの向かい側には、ヨーロッパ・センターの巨大な駐車場がある。窓がなく、通路が傾斜していた。いま一台の乗用車が、スロープをゆっくり昇ってゆくところだった。

左手のビルには、四つ、段ちがいに、不規則に並んだ黄色い矩形の光。人が住んでいるのか、それともオフィスなのかはわからなかった。カーテンが引かれているからといって、必ずしも住居とは断定できまい。西田博文がいま訪ねているはずの寒河江の住居も、半分は横浜製作所ベルリン駐在員事務所を兼ねている。ファクシミリから金庫、コピーマシンまで備えてあるのだ。一度訪ねたことのあるケルナーのフラットも似たようなものだった。神崎がいまかけた電話は、その彼の自宅フラットのデスクにつながったはずだった。

神崎はカーテンをもどして、電話機に目をやった。いまのやりとりの全体が、非現実のもののように思えた。あの声、あの言葉はほんとうにあったものか。ほんとうに自分は、ケルナーの死を告げられたのか。

神崎は窓辺に立ったまま思った。ケルナーが死んだ。いまこの時期、ココム規制違反を承知の取引きに関与してもらったスイッチ貿易業者が殺された。これは、偶然のことだろうか。

通話を反芻してみた。まちがいはない。相手の男はいかにもオーストリア人らしい訛の英語で言っていた。ケルナーは死んだ。撃たれて、殺されたのだと。

いま、ケルナーが殺人の専門家らしき者に殺されたのは、自分たちの商売と何かつながりはあるだろうか。横浜製作所のココム規制違反の発覚と、何か関係はあるのだろうか。彼は欧亜交易とソ連の国営企業とのあいだに入り、複雑なスイッチ取引きによって、誰もが損をしない、うまい商売をまとめあげた。外貨不足のソ連に工作機械を売りつけ、売った側にも相応の利益をもたらしてくれたのだ。彼はこのココム規制違反取引きの仲介役であり、全体を俯瞰する当事者のひとりだった。

その彼が、殺された。誰が、何の目的で殺したのかは、聞かなかった。おそらくウィーン警察もまだそこまで調べをつけてはいないのだろう。痴情や怨恨が理由であることも考えられるが、しかしその場合、専門家を使ってまでの殺人ということになるだろうか。これはやはり、彼の仕事、彼の業務に関わった事件と見たほうがよいのではないか。ケルナーは、欧亜交易以外にも、西側のメーカーのソ連・東欧圏貿易に数多く関係していた。多少はあくどい取引きもまとめてきたはずで、取引きがこじれた場合、その報復を受けることは想像がつくのだ。彼は、国際的な犯罪組織の密貿易にも関わっていた可能性すらある。

とはいえ、いま、この時期、という点が引っかかった。撃たれたのは、昨日だという。問題の事件が発覚したのは、三日前のことだ。三日前の新聞に、初めて記事が掲載された。神崎が読んだのは、ヘラルド・トリビューンだった。パリで発行される、米国系の英字紙だ。ニューヨーク・タイムズとワシントン・ポストが共同で発行している新聞で、印刷はパリだが、ヨーロッパの大都市ではたいがい買うことができる。

米国のクオリティ・ペーパー二社による発行だから、こと米国政府関連の記事の信頼性は高い。その新聞の三日前の紙面に、ワシントン発のニュースとして第一報が載ったのだ。一昨日からは、ほかの新聞やテレビなどもこの記事を追いかけ始めた。日本でも、事情は同じことだったろう。そうして事態がどれほど拡大するのか注視しているうちに、事件に直接関与していたオーストリア人貿易商が死んだ。殺されたのだ。

考えすぎだ。

神崎哲夫は時計を見た。午後六時を、四十分ほどまわっていた。少し空腹を感じてきていた。食事にしてもいい時刻だ。ココム規制違反の発覚と、ケルナーの死との関連は、食事をとりながら吟味してみることにしよう。神崎はいったん脱いだ上着をあらためて引っかけた。

ロビーに下りて、神崎はキーをフロントのキーボックスに落とした。昨夜はホテルの中のレストランで食べていたが、この日は河岸を変えるつもりだった。近くには、こぢんまりとしたドイツの家庭料理を食べさせる店がある。そこに行ってみるつもりだった。

ロビーを抜けるとき、目が無意識にあの白人男を探していた。三十分ほど前、鋭い目であたりに注意を向けていた男。黒い髪で、黒っぽいスーツを着た中年男。男の姿はなかった。

5

神崎哲夫は、ウィッテンベルク広場の北側にあるビストロに入って、ひとりきりの夕食をとった。ポテトとソーセージとサワーキャベツのごく簡単な食事だ。それにモーゼル・ワインをグラスで二杯。ゆっくり食事をしながら、ケルナーの死の意味について考えたが、いかんせん情報が少なすぎた。推測の働かせようもなかった。
レストランを出たときは、午後七時四十分だった。神崎は広場からタウエンツィェン通りを歩いて、ニュルンベルガー通りのホテルまでもどった。
フロントにメッセージが残っていた。英文だった。

「午後八時　ポツダマー通り110の、ラーツケラーにきてくれ
　ニシダ
受信午後七時十五分」

ホテルの交換手が、英語で受けて書き留めたのだろう。神崎はメッセージを手にして、ロ

ビーのソファに腰をおろした。

ポツダマー通りのラーツケラーというのは、たぶんレストランか酒場にちがいあるまい。ドイツのあちこちの都市で、よく見かける名だった。しかし、そこで西田が自分にどんな用なのだろう。例の隠蔽工作に関することなのだろうか。

ポツダマー通り、という点も気になった。西田が会うことにしているベルリン駐在員の寒《さ》河《が》江《え》剛《つよし》は、クーダム通りのずっと西に住んでいる。ポツダマー通りとは方向が逆だった。なぜ西田は、空港からそんな方向に向かったのだろう。なぜ直接、寒河江の借りている部屋に行かなかったのだろう。

「東京も、パニックを起こしてるんじゃないのか」西田の言っていた言葉が思い出された。「通話記録が残っちゃまずいそうだ……」

東京、つまり横浜製作所本社が恐慌に陥っているということは、そのベルリン駐在員の寒河江も同様であるということか。彼も極度に神経質になり、事務所への西田の訪問を避けようとしているのかもしれない。欧亜交易と横浜製作所とのあいだの関連、連携の記録や証拠がいっさい残らないようにと。

とにかく行ってみよう。

神崎は立ち上がった。ポツダマー通りの指定の番地までは、タクシーでせいぜい五分だろう。ポツダマー通りは、夜になると街娼や麻薬のディーラーが徘徊する、あまり清潔とは言えぬ通りだが、とくべつ治安が悪いというわけでもない。少なくとも、フランクフルト中央駅の前の、あの歌舞伎町《かぶきちょう》にも似たエリアほどには。行くこと自体をためらわねばならぬ理由はなかった。それになにより、上司の指示なのだ。早めに行くしかあるまい。

指定されたラーツケラーは、Uバーンのクルファステン駅に近い位置にあった。交差点から十数メートル北寄りで、ポツダマー通りに面している。あたりは人気が少なく、車の通行量もごくわずかだった。酒場やビリヤード場の看板が、暗い通りの両側にいくつか見えた。それぞれの店は、互いにそれぞれを敬遠し、背を向け合っているようだった。

店の間口は三間ほどで、入口の軒の下にシュルテイス・ビールの看板が掲げられている。ガラス窓から、内部の様子をうかがうことができた。奥に細長い店のようだった。客の顔までは見分けることはできなかったが、天井の黄色いランプの灯は数えることができた。

ドアを開けて、神崎は身体を店に入れた。

カウンターに着いていた何人かの客が、神崎に目を向けてきた。くだけた身なりの若い男女だった。ひとりの女は紫の髪を立てている。革のミニスカートに黒いタイツをはいていた。

店の中まで進んで、客の顔をあらためてみた。全部で二十人ほどの客が、めいめいビールやウィスキーを飲んでいたが、西田博文の姿はなかった。

時計を確かめてみた。八時五分前だ。早く着きすぎたかもしれない。アポイントの五分前には到着、とは、横浜製作所の営業社員研修で叩きこまれた原則だった。西田もさほど時間にルーズな男ではない。彼の場合は、あるいはアポイント一分前の到着を習慣としているのかもしれなかった。

カウンターに着くと、中年のバーテンダーが首を傾けてきた。

「ビールを」神崎はバーテンダーに注文して、スツールに腰をおろした。

ひと口ビールを飲んだとき、紫の髪の女が、何か問いたげに神崎を見つめてきた。ご注文はなあに、とでも言っているような表情だった。

彼女は娼婦か？　視線をそらして、神崎はあらためて客たちの風体、雰囲気を確かめてみた。耳にピアスをつけた若い男がいる。革のボマージャケットを着た、リーゼントヘアの男も。鳥撃ち帽をかぶって、目びさしの下から落ち着きなく視線を動かしている男もいた。どうやらここは、ポツダマー通りの典型的な酒場のひとつだったようだ。つまり、娼婦と麻薬のディーラーと、その客たちがたむろする店。彼らの商談の場所。

鳥撃ち帽の男と目が合った。男はつと自分の席を立ち、神崎の隣りにきて、何ごとか話しかけてきた。ドイツ語のようだが、聞き取れなかった。スラングなのかもしれない。薬《ヤク》を買うか、とでも訊いてきたのだろう。首を振ると、男は肩をすくめて離れていった。

神崎は、自分が物欲しげに見えぬよう気をつかった。娼婦にせよ、麻薬の密売人にせよ、いまの男のように物分かりのいい者ばかりではあるまい。執拗に言い寄られたり、からまれたりするのはまっぴらだった。神崎はあとはほとんど他の客たちに目を向けることなく、ひたすら真正面のミラーを睨むことにした。

スコッチやバーボン・ウィスキーの瓶の隙間に、三十一歳の額の広い東洋人の顔が映っていた。硬めの生地のスーツを着こみ、タイをきつく締めた、どこかスクエアな印象のある日本人。東欧貿易を手がける、ごく小さな専門商社のセールス・エンジニアの顔だ。コートの襟が曲がっていた。神崎は正面の鏡を見つめたまま、襟を直した。

一杯目のジョッキが空き、二杯目も空になった。神崎は、これで何度目かと考えつつも、腕時計を見た。午後八時二十分。約束の時刻を二十分もすぎている。

寒河江との話が延びているのだろうか。隠蔽工作の処理方法をめぐって、細かなプランが練られているのか。口裏合わせのシナリオが作られている最中なのか。本社は、寒河江の方には、どのような指示を出してきているのだろう。西田博文は、欧亜交易の現金も、寒河江の事務所に移すと言っていた。西田の言う現金が、もし欧亜交易の売上げの預金残高のことを指すのだとしたなら、きょう現在ではそれは二百万ドル近い額であったはずだ。西田はその預金をすべて現金に替えてベルリンに来ているのだろうか。

気がかりなことを思い出した。ウィーンのスイッチ貿易業者、ケルナーの死だ。プロの手で殺された、とウィーン警察を名乗る男が言っていた。彼の死の意味をどうとらえたらよいか。本社やベルリン駐在員の寒河江は、この件で何か情報を握っているのだろうか。それとも、ケルナーの死を知っているのは自分だけか。自分はいましがた、現場捜索の行われているその最中に電話をしてしまったのだ。おそらくまだ、プレスへの発表はないだろう。自分の独占情報かもしれない。

無意識にまた時計に目がいった。八時二十二分。西田の遅れが、気がかりというよりも、むしろ不安に感じられてきた。

バーテンダーが近づいてきて、神崎の前からジョッキをさげようとした。もう一杯飲むか、とバーテンダーは目で訊いてくる。神崎は短くためらってからうなずいた。

紫の髪の女が、神崎の隣りにきた。遠慮なく、神崎の顔をのぞきこんでくる。目のふちにも、唇にも、紫色の化粧品を塗った女だった。年齢の見当はつかなかったが、二十二を上まわっていることはないだろう。

女は英語で言った。

「煙草をくれない？」

神崎は小さく首を振った。

「あいにく、煙草は吸わないんだ」

「日本人？」

「そう」

「煙草は吸わないけど、お酒は飲む。ほかには、あなた、嗜好品ってあるの？」

「たとえば？」

「セックス」

「妻とは、楽しんでいる」

「ああ、そうなの」期待した返答ではなかったようだ。女は苦笑した。「奥さん、上手なの？」

「テクニックはないけど、素材が最高だよ」

女は、今度はもっとはっきりと笑った。並びのいい白い歯が、紫色の口もとからのぞいた。

「いま、奥さんを待ってるのかしら」

「ボスだ。仕事なんだよ」

「こんな店で、どんな仕事の話をするの？」

「退屈な話さ」

バーテンダーが、ジョッキを神崎の前に置いて、女に目で合図した。よせよ、と言ったのか、あるいは、この手の男は客じゃないよ、とでも教えたのか。

その直後だ。カウンターの隅の電話が鳴った。カウンターに着いていた客たちは、みな電話に目を向けた。神崎の意識も、電話へと向いた。

バーテンダーが客に背を向けて受話器を取った。馴染み客からのものではないようだ。何ごとか、聞き返すような仕種。バーテンダーは振り向いた。神崎と視線が合うと、バーテンダーは受話器をてのひらで押さえて訊いてきた。

「神崎って言うのはあんたかい？」

神崎はうなずいた。「ぼくだ」西田からの電話だろう。

「あんたに電話だ。こっちで取ってくれ」

神崎はスツールをおりてカウンターの端まで歩いた。バーテンダーが受話器を渡してきた。コードのついた、少々時代遅れの受話器だった。神崎はカウンターの上に身体を乗り出し、その受話器を取った。

「神崎ですが」

予想ははずれた。相手は言った。

「寒河江だ。しばらく」

さほど親しくはないが、とりあえず系列会社の同じ営業マン同士として、多少のつきあいのある男の声だった。いま、西田博文が会っているはずの相手でもある。

神崎は訊いた。

「うちの社長、そっちですか。ここで待ち合わせていたんだけど」

「ああ、そうなんだ」早口で寒河江は言った。「それで、ちょっと予定を変更だ。車で拾うから、場所を移してくれ」

「どこにです?」

「ティアガルテンの、戦勝記念塔の交差点だ。塔の下じゃなく、ロータリーの西南の角のところで待っていてくれ」

「妙なところですね」戦勝記念塔の周囲は、緑濃い広大な公園である。ブランデンブルク門に近いし、塔自体にも展望台があるから昼間は観光客も訪れるが、夜はほとんど人気もなくなる場所のはずだ。「車なら、ここに迎えにきてもらえませんか」

「ちょっと方向ちがいなんだ」寒河江はきっぱりと拒絶した。「ちょっと事情を説明してる暇がないな。五分後でどうだ。行っていてくれ。拾うから」

「しかし」

「じゃあ、五分後に」

電話は、一方的に切れた。

神崎は受話器を持ったまま、顔をしかめた。もともと傲岸な印象のある男だったが、いまの言いぐさはいったいなんだ。こちらがまるで、やつの部下であるかのような態度だった。やつの指示には、一も二もなく従うのが当然という口のききようだった。第一、不親切で配慮が足りない。三十分近くも人を待たせておいて、詫びの言葉ひとつもなかったではないか。

それを言ってやるにも、電話はもう切れていた。しかたがない。あとで面と向かって指摘してやることにしよう。神崎はバーテンダーに受話器を返した。

それにしても、戦勝記念塔の西南側、塔の下ではなく、交差点の西南側の角、とは妙な待ち合わせ場所だ。六月十七日通りと三本の広い道路が交差する五叉路だから、車でピックアップするにはたしかに便利と言える場所かもしれないが、自分はそこまでまたタクシーで移動しなければならないのだ。

カウンターに着いていた客たちが、なんとはなしに神崎を見ている。電話の中身が、もしや自分に関係しているのでは、とでも思っているのかもしれない。とくに何の根拠もないはずだが、店の電話はときおり常連たちの連絡や情報交換に使われていることはまちがいないところなのだ。

紫色の髪を立てた女も、神崎を見ていた。目にかすかに失望の色。女は訊いた。

「どこかに行ってしまうの？」

神崎はうなずいた。

「別の場所で会うことになったんだ」

「もう少し話をしたかったんだけど」

「このつぎだね」

「ビール一杯、ごちそうしてくれない」

神崎はポケットを探った。五マルクのコインが出てきた。ビール代には、少々足りないか？　それでもその五マルクを渡すと、女は無邪気そうに頬をゆるめた。

「ありがと」

神崎は女に微笑し、店を出た。


タクシーをつかまえるまで、三分ほどかかった。空車がまったくなかったのだ。やっと一台、近づいてきた空車があり、神崎は大きく手を振った。ベージュ色に塗装されたメルセデスが、いったん神崎の前を通りすぎてから停まった。いかがわしい客ではないことを確かめたようだ。

車に乗りこんでから、神崎は運転手に告げた。

「戦勝記念塔の下。交差点でおろしてくれ」

運転手はふしぎそうに訊いてきた。

「観光かい」

「デイトなのさ」

「ふうん」

何と誤解したのか、運転手はそれ以上詮索してはこなかった。

タクシーはポツダマー通りからルツォー通りに入り、さらにクリンゲルヘッファー通りへと右折した。すぐに左右は暗い森となった。ティアガルテンだ。かつては王室の狩猟場だったという、緑濃い公園だった。この季節、紅葉は始まったばかり。木々の葉はまだ大部分が緑のままで、夜の闇の中に溶けている。道に沿って街灯はついてはいるが、散策する歩行者の姿などは、ひとつも目に入らなかった。

真正面に、ほのかに戦勝記念塔が見える。最上部に金色の天使像を載せた、高さ約八十メートルのモニュメントだった。塔の向こう側は、ベルビュー宮殿の敷地となっている。交差点を右手に曲がれば、真正面にブランデンブルク門。門の前のコンクリートの壁を乗り越えれば、そこは東ベルリンということになる。

記念塔のある交差点まできて、運転手が訊いた。

「ここでいいのかい」

神崎は答えた。

「うん、ここだ。ありがとう」

料金を払って、タクシーからおりた。空気が冷えている。周囲の森の呼吸のせいかもしれない。神崎はコートの胸をかきあわせて、あたりを見渡した。

交差点は、中央に記念塔を配した、円形のロータリーとなっている。いま神崎がおり立ったのは、ロータリーの東南側だった。指定の場所は、通りを反対側へ渡らねばならない。信号が変わるのを待ち、神崎はロータリーの西南側へと向かった。

6

ロータリーの公園側には、広い歩道部分がある。幅は十メートル以上あるだろう。歩道とティアガルテンを分けているのは、人の胸の高さほどの石垣だ。円弧状に延びている石垣の中央には、公園の奥へと通じる門が開いていた。歩道と車道との境目にそって、古風な街灯が立っている。街灯の明かりは、もちろんティアガルテンの森の奥までは届いていない。ただそこに深い闇があることを示しているだけだった。

神崎哲夫は、石垣に沿ってその門の前まで歩き、周辺を見渡した。五分後、と指定されてから七分ほど立っている。となれば、拾ってくれるはずの寒河江と西田は、もうこの場所に着いていてふしぎはない。しかし、ロータリーの西南側には、停まっている車もなければ、人の姿もなかった。

神崎は石垣の前に立って、ロータリーに入ってくる車に片っ端から目をやった。一瞬でも早く、迎えの車の接近を確認したい気分だったのだ。寒河江が乗っている車は、濃紺のアウディ80だったはずだ。一年ほど前、一度乗せてもらったことがあった。もっとも、それを思い出したところで、近づいてくる車の中からどれほど早く寒河江の車を確認できるだろう。

この暗さだ。アウディ80がヘッドライトを点滅させて近づいてでもこないかぎり、神崎の目には区別がつかない。

ただ立っているだけでは、寒気が身にしみてきた。神崎はコートのポケットに両手を入れ、肩をすぼめて、その場で足ぶみした。三分ほどたってから時計を見た。八時四十二分になっていた。五分後、と指定されてから、十分経過したことになる。

神崎は石垣に沿って六月十七日通り方向へ歩き、角まできてからまたロータリーをもどった。それを三回繰り返したが、車はやはりこない。神崎は自分がいくらか寒河江に腹を立てていることを感じながら、立ちどまって石垣に寄りかかった。

隠蔽工作。それはいったいどんなものになるのだろう、と神崎はあらためて考えた。いま、西田博文と寒河江とが協議しているはずの、ココム規制違反発覚に対する工作の中身。欧亜交易のこの取引きに関連する書類をすべてベルリン駐在員事務所に移し、現金も移すことにどんな意味があるのか。横浜製作所は、欧亜交易に日本なりあるいはアメリカ政府の調査機関なりの、捜査の手が入ると読んでいるということか。インボイスやら送り状やら、関連書類の一切が押収されること。さらに資産の凍結、没収までも心配しているということなのだろうか。自分と西田は、単純なココム破りのつもりでいたが、あの輸出にはもっと重い意味があったということなのだろうか。始末書や謝罪くらいではすまない問題になると踏んでいるのか。たしかに米国の報道の調子はいささかセンセーショナルであり、アメリカ政府の非難と弾劾の調子が過度に激越という印象はあるが……。

ケルナーの死が、また思い出された。もしかすると彼は、ココム破りを苦々しく思う米国政府の手で始末されたのかもしれない。対ソ貿易、対東欧貿易で、米国政府の面に泥を塗ることは許さないと、その決意表明のひとつとして、あのスイッチ貿易業者は殺されたのかもしれない。

つい先日のレイキャビクでの米ソ首脳会談のあと、レーガン政権の中枢で、対ソ連、対東ヨーロッパに関する政策の変更、あるいは見直しが行われたか。それとも問題の重点は、日米経済摩擦のほうか。簡単に言い直せば、突き上げは国防省サイドからか、商務省サイドからか。いずれにせよ、この時期の日本企業のココム規制違反の発覚には、意図がある。米国政府の世界戦略の一環であることは確実だ。小さな貿易会社の社員にすぎない自分にも、その程度の推測はつく。ただの偶然ではあるはずがなかった。

神崎の想念は、ふいに断ち切られた。すぐ背後で、小さな、ごくごくかすかな金属音があったのだ。カチリと、硬い金属同士が触れ合う音だ。小鳥とリス以外には、ほとんど何も動物はおらず、ましてや金属器を使う存在などあるはずもない公園の中で、金属音。

神崎の全神経が張り詰めた。意識がすべて背後の闇へと向けられた。そこに、また物音。乾いた繊維か細胞組織が、破壊されるときのような音。紙か木の葉が、踏まれたときのような音。神崎の耳からその音源までの距離は、せいぜい二メートル。

神崎の脳細胞が、爆発するかのような速さでひとつのことを示した。

撃たれる！

そのことがひらめいた同じ瞬間、戦勝記念塔を回りこんでくる車があった。車はタイヤをきしませてロータリーを回ってきた。ヘッドライトの強い明かりが神崎の目の前をよぎった。

意識してはいなかった。論理でも、合理的な結論でもない。ただ、恐怖が、戦慄が、筋肉を激しく収縮させたのだ。神崎は背をかがめ、首をすくめていた。背後で、圧搾空気が激しく漏れるような音が聞こえた。一瞬の、勢いのある音だった。頭上の空気を、何かが激しく切り裂いた。かすかに、火薬の匂い。

神崎は右手に飛びのき、そのまま駆け出した。最初の二歩はよろめいたが、ウォームアップの余裕はない。三歩目には、全力疾走だった。

車が左手から神崎を追い越してゆく。寒河江のアウディではない。無関係のスポーツカーだ。

背後で物音。無人であったはずの場所に、人の気配だ。衣類の擦れる音、靴が敷石に触れる音が聞こえた。ティアガルテンの暗がりから、誰かが石垣を飛びこえて躍り出てきたのだ。神崎は振り向かなかった。荒く靴音を立てながら、駆けた。

右手の石垣で、何かが弾けた。積み石の表面に硬い物がぶつかったようだ。火花が飛んだ。

確かめるまでもない。銃弾だ。

正面の信号は赤だった。一台、右手から車が疾走してくる。ヘッドライトが五十メートルばかり先から急接近していた。神崎は躊躇しなかった。一瞬も足をゆるめずに、通りへと飛び出した。クラクションが激しく鳴った。

顔がヘッドライトに照らし出された。ライトの熱さえ感じられたと思った。轟音が、質量を伴って襲いかかってきた。ひるがえったコートの裾が、一瞬うしろに強く引かれた。神崎は敷石の角に足をひっかけ、その場に前向きに倒れこんだ。車が急制動をかけた。耳障りな擦過音が、神崎のすぐ背後を横切った。ゴムの焼ける臭いが一瞬匂った。

両手をついて立ち上がると、神崎はすぐに駆け出した。曲がることは無理だ。追ってくる者から、直線方向に離れなければならない。ローターリーの東南側の角を、ブランデンブルク門の方向へ逃げなければならなかった。振り返っている暇はない。足音が追ってくるかどうか、耳をそばだてている余裕もなかった。神崎はローターリーを駆けた。

西南側と同様に、石垣の中ほどに、ティアガルテンの中へと通じる門があった。細かな砂利を敷き詰めた道が、まっすぐに森の奥へと向かっている。見通すことができるのは、道の先せいぜい十メートルくらいまでだ。神崎は門の中へと駆けこんだ。自分の足音が変わったのがわかった。敷石を踏む音から、砂利を蹴り飛ばす音だ。

かまわず公園の奥へと走った。木々とその隙間の空間との区別がつくようになった。黒々と、深い暗黒に見える部分が木立ち。いくらか薄い黒、空虚な闇と見える部分が空であり、木立ちの隙間の空間だった。

神崎は道からそれて、芝生の上に出た。靴がすっとやわらかな土に沈んだ。靴のまわりに、芝がまとわりつく感触がある。足音が小さくなった。神崎は芝生を無我夢中で駆けた。足元に邪魔物など転がっていないことを願った。倒木も、花壇の垣根も、放置された三輪車も、人の死体なども。

砂利を蹴たてて駆けてくる者がいる。追跡者だ。神崎は目に入った茂みの反対側へとまわって、腰を落とした。逃げるには、とにかくいったん呼吸を整え、状況を分析してみなければならなかった。

足音がふいに消えた。立ち止まったのか？　それとも自分と同様に、芝生に入ったのか。追跡してくる者の姿は見えなかった。神崎はコートを頭からかぶった。顔の白さやシャツの襟の白さが見えてはならなかった。コートをかぶれば、たぶん自分の姿は闇にまぎれる。

撃たれた。

その事実に、神崎はあらためて衝撃を受けた。背後の、石垣のうしろ、ティアガルテンの森の中から、自分は発砲された。

あの短い破裂音。コンプレッサーから一瞬、圧搾空気が漏れたような音。あれは拳銃の発射音にまちがいあるまい。破裂音のように聞こえなかったのは、何か消音装置のようなものをつけていたせいかもしれない。銃器に関しての知識はなかったが、しかしたとえばウサギかキツネの呼吸の音と、機械的な音との区別はつく。自分は背後のごく間近から発砲されたのだ。

脳細胞は、間一髪の差で、その危険を察知してくれた。言葉になる前に、身体を反応させてくれていた。咄嗟に首をすくめさせてくれた。あの瞬間、スポーツカーがロータリーに飛びこんできたこともよかった。あのタイヤのきしみとヘッドライトの一閃が、発砲した者をかすかに緊張させたのだ。発射された銃弾は、自分の頭上を飛び去った。そして、石垣に跳ねたあの銃弾。いま、この夜中にこのティアガルテンに駆けこんできた足音。思い過ごしでも勘違いでもない。自分は狙われている。殺される対象となっている。

強盗だろうか、と神崎は冷静になろうとして思った。しかしこれがもし強盗であったとしたなら、彼は正面から銃を持って近づき、金を出せと言ったはずだ。異常な殺人鬼でもないかぎりは、最初から撃ってくることはない。だから発砲してきた者は……それが男か女かはわからないが……最初から神崎を殺すことが狙いだった。神崎を殺す意思があったと見なければなるまい。だからこそ、襲撃が失敗しても、まだ自分を追いかけてくるのだ。これが強盗ならば、失敗を悟った時点で、その場から立ち去ろうとするのではないか。

大脳は、なぜあの瞬間、自分が撃たれると判断したのだろう。神崎はもう一度、論理を組立てようとしてみた。自分が撃たれる訳、殺されねばならぬ理由について。

ケルナーの死。そうだ。ウィーンのスイッチ貿易業者が、昨夜額を撃たれて死んでいた。その情報を得たばかりだった。それが脳のどこかの部分に強くインプットされていたのだろう。自分が、ココム規制違反という、ある視点から見るなら国際的な犯罪と言える商取引きに関わっていたという自覚もあった。しかもその違反が発覚、国際問題化して、関係者たちが証拠の湮滅やら裏工作やらに動き出していることも認識していた。

そして、きょうの不可解な事態。約束の場所に上司は姿を見せず、別の人物から人気のない場所へ行くよう指示された。そのこと自体が、神崎を不審にさせるに充分だった。何か困った事態が起こっているのではないかと、そう想像させていた。

そこにあの金属音だ。いま思い返すなら、あれはたぶん拳銃のどこかを操作した音だ。撃鉄を起こしたか、安全装置をはずしたか、引き金が半分だけ引かれて、別の部品に触れたときの音だろう。これらの情報が一秒の百万分の一ほどの短い時間に、大脳の内部を行き交った。そして大脳は、細胞が言葉を探して提示するよりも早く、筋肉に指令を出していたのだ。首をすくめろ！　と。

待てよ、と神崎は思い直す。自分がこのココム規制違反の関係者ということで殺されるとしても、誰が殺す。誰が自分の死を望む？

アメリカ政府筋か？　国防省かＣＩＡなど、同盟国の対ソ接近、対東欧接近に過敏になっている機関が、自分たちの逆鱗に触れたとして神崎抹殺を決めたのか。

いや、と神崎はその分析を否定した。たかが零細商社の営業マンひとりに、アメリカ政府はそれほどの関心を持つだろうか。抹殺などという、言ってみれば過剰な反応を示すだろうか。やつらがもし欧亜交易の事業の内容を正確に把握していたとしたなら、神崎哲夫という男の存在など、歯牙にもかける必要がないことも承知しているだろう。神崎は、リビアに水爆の信管を売ったわけでもなければ、米国の諜報関係者のリストをソ連に流したわけでもないのだ。

では横浜製作所本社か？　だとしたら何のために？　証拠湮滅？　口封じか？

神崎自身は、ココムの存在の非合理性を、何度も周囲に語ってきた。欧亜交易の親会社、横浜製作所の社員たちにも、もちろん欧亜交易社長の西田にも。もし違反が発覚した場合は、むしろココムの根拠をこそ問うべきであるというのが持論だった。自分たちは兵器や軍事機密を売っているわけではない。民間の工作機械メーカーが民需製品をどこに売ろうと、そのことについて日本政府やアメリカ政府が、とやかく言うことはできないはずだった。もしココム規制違反容疑で神崎が逮捕されたならば、裁判の場ではその正当性を強く主張することになったろう。だから、本社は口封じが必要だったのか。

撃ってきた者は、たぶんあそこで待っていたのだ。あそこに誰がいるのか、初めからわかっていたと見なければならないだろう。後ろから発砲してきたのだから。その場所を指定してきたのは、横浜製作所のベルリン駐在員、寒河江剛だった。

神崎はその場で思わず身震いしていた。

やつが、この襲撃を仕組んだのか。やつが関わっているのか。そこそこのつきあいもあり、何度か食事をしたこともある仲の、あの男が。撃ってきたのはやつか？

まさか、と神崎は首を振った。映画の世界ならばともかく、ふつうのサラリーマンが人殺しなど簡単にできるものではない。平凡な日常生活を営みながら、ときおり平然と人も殺すなどということができるものではない。いくら自分の人を見る目が甘いにしても、やつが撃ってきたとは思えない。この場所に呼び出したのは寒河江だが、撃ってきたのは別人だろう。

ケルナー殺しは、専門家の仕事とのことだった。ひょっとすると横浜製作所の誰かが、職業的な殺人者を雇ったのだろうか。本社に、それほど大胆な証拠湮滅をやろうと決断できる人物がいるだろうか。それともこの事件は、神崎自身が認識しているよりもずっと大きな、経済的政治的スキャンダルになっているのか。

茂みの向こう側で、小さな音がした。枯れた枝が折れたような音だった。神崎は身を固くして、闇に目をこらした。茂みの隙間の向こう、ちょうど空がのぞいている位置を、一瞬何かがよぎったような気がした。

耳をすました。芝を踏む音がかすかに聞こえたような気がした。神崎は息を殺した。わずかな呼吸ひとつさえ、相手に気取られてはならなかった。コートの衣擦れひとつ立ててはならなかった。

芝を踏む音は、やがて聞こえなくなった。襲撃者はティアガルテンの奥へ遠ざかっていったか、それとも近くに潜んで、こちらが動き出すのを待っているか、そのどちらかだ。うかつに動くわけにはゆかない。絶対安全と確信できるまで、この場で彫像と化していなければならないのだ。神崎は東京の妻と母親の顔を思い浮かべて、自らを支えようとしてみた。ふたりのために、そして、もうじき生まれてくる子供のためにも、自分はこんなところで撃たれて殺されるわけにはゆかなかった。こんな理不尽で不条理な事態を、受け入れるわけにはゆかなかった。神崎は、恐怖に耐えながらも、腹部の筋肉の緊張をゆるめ、ゆっくりと息を吸いこんだ。腹式呼吸で、冷静さをとりもどすためだった。

7

二十分かあるいはそれ以上の時間、神崎は茂みの陰にうずくまったままでいた。公園に逃げこんだ直後の足音以外、ほかに物音は聞かなかった。出ていった足音もない。夜のこの時刻のティアガルテンには、散策しようとか、小動物の生態を観察しようなどという物好きは皆無だった。戦勝記念塔のロータリーをまわる車の音だけが、断続的に近づいてきては、また消えていくだけだった。

襲ってきた者は、ティアガルテンの奥深くへ入っていったままのようだ。細かな砂利敷きの通路からはずれ、芝生の上を足音を立てずに進んで、公園の奥へと踏みこんでいったのだろう。神崎を追っているつもりで。

神崎は、西ベルリンの地図を思い描いた。自分はロータリーからティアガルテンの東南側に飛びこんだ。公園内には散策用の通路が何本も通っているが、ロータリーの入口から東南にまっすぐ延びる通路を進めば、たしか旧日本大使館の前あたりに出る。一本ずれて道をとるなら、ベルリン・フィルのコンサート・ホールあたりか。どちらに出るにせよ、ふだんは人通りの多い場所ではない。それどころか、公園の中でもコンサート・ホール北側あたりは、街娼たちの商売の場となっていると聞いたことがあった。芝生のあちこちに、使用ずみのコンドームが棄てられているとか。ポツダマー通りに近いせいだ。

ポツダマー通り。

つい先刻まで、自分がポツダマー通りの酒場で西田を待っていたことを思い出した。

「午後八時　ポツダマー通り110の、ラーツケラーにきてくれ　ニシダ」

ホテルに、そうメッセージが残されていたのだ。

ところが行って三十分待っても、西田博文は姿を現さなかった。ふしぎに思っているところへ、寒河江からの電話。やりとりは、正確にはどのようなものだったろう。

神崎は寒河江に確認したのだった。

——うちの社長、そっちですか。ここで待ち合わせていたんだけど。

これに対して、寒河江の返事はどうであったか。

——ああ、そうなんだ。それでちょっと予定を変更だ。

彼はそう答えたのではなかったか。ただ、ここにいる、とか、一緒だ、という、明快な答えではなかった。口調も、妙に早口だった。そのことを話題にはしたくないという意思がこめられていたかのように。

いまとなっては、適当に話を合わせただけという印象もある。寒河江は、西田とは一緒ではなかったのではないか。もしかすると、西田はホテルに残されたメッセージどおり、ポツダマー通りのあの店で神崎を待っているかもしれない。さっきは単純に遅れていただけで。

いや、と思い直す。寒河江と西田が一緒ではなかったとしたら、なぜ寒河江はあの店に神崎がいることを知っていたのか。ホテルにメッセージを残した者しか、その事実を知らないはずだ。

メッセージ自体が、西田からのものではなかったのか？　電話を受けたのは、自分ではない。ホテルの交換手だ。相手が西田だと名乗れば、受信用紙にはその名が記される。あのメッセージは、西田ではなく、寒河江が残したものだったのか。でも、なぜ？　寒河江は直接最初から、戦勝記念塔に神崎を呼び出すこともできたのだ。二重の手間をかける必要はない。

やはり、西田が待っているのだろうか。

神崎はそっと両手を顔の前に近づけて、コートの袖をまくって腕時計を見た。夜光時計の針が、九時五分を示していた。

もう五分だけ待って、と神崎は思った。ポツダマー通りのあの店に行ってみよう。もしかすると、本当の西田自身が、何か伝言を残しているかもしれない。どっちみち、この公園から、ロータリーやクリンゲルヘッファー通りへ出ることは危険すぎた。街灯のある、それなりに見通しのきく通りなのだ。殺人者が自分の車をこの近辺に置いていることははっきりしているし、もしかすると別に監視者がついているかもしれない。つまり、ここから手近な通りに出ることは、殺人者の前に、無防備に身体をさらすことになりかねなかった。道へ出て、すぐにタクシーをつかまえることも期待薄だ。ケーリー・グラントを真似てトラックの前に飛び出すことも、実際にはできるものではない。道へ出るなら、ロータリーからできるだけ離れた位置でなければならない。

神崎はその場でそっと身体をひねってみた。星のない夜空に、木々の枝のシルエットがくっきりと見えた。茂みと芝生とが、ぼんやりとはいえ、区別がついた。目が夜に慣れてきていた。だいじょうぶだ。あとは、慎重さだけがあればいい。自分はこの公園の中を、つまずいたり、迷子になることなく、歩いてゆける。突っ切ってゆくことができる。

神崎は胸のうちで数を数え始めた。五分。つまり、三百秒の後に、自分は立ち上がるのだ。

公園の南を走るティアガルテン通りに出るまで、四十分以上もかかった。足音を立てぬように芝生の上を進み、木立ちや茂みに行く手をふさがれたときだけ、砂利の道の上に足を乗せたのだ。もちろん、周囲への警戒は一瞬たりとも怠らなかった。襲撃者が、どこかに潜んで自分を待ち構えていることは充分に予想されたのだ。静まりかえった公園の中を、砕石を踏みしめる音をたて、息も荒く駆け抜けるわけにはゆかなかった。数メートル進んでは耳をすまし、また数メートル歩いては、前方の暗がりに目をこらさなければならなかった。

ティアガルテン通りに達してからも、神崎は左右に目を凝らし、駐車中の車や、たたずむ人影を探した。ティアガルテン通りは、東西ベルリンが分断されたいまは、六月十七日通りと同様、ほとんど実用上の意味を失っている通りだった。かつては市中心部の官庁街から大使館街に延びる重要路だったのだろうが、いまはただティアガルテンの外縁を示すというだけの役割りでしかない。交通量も極端に少なく、歩道を歩く人影などはまったく見当たらなかった。公園側の歩道に沿って、路上駐車中の車が数台あったが、これはティアガルテンの闇を利用しにきた男女のものだろう。

それでも神崎は、その路上駐車の車の列から充分離れたところまで公園内を歩いた。ひとつ三叉路があった。神崎はそこを公園からの脱出地と決め、車の通行が完全に途切れたところを見はからって、ティアガルテン通りを渡った。

渡りきっても足をゆるめず、直角に交差していた通りを進んだ。ちらりと道路の表示に目をやった。シュタッフェンベルク通り。道の左右どちらの側にも、黒々とした巨大な近代建築の影が、そびえたっている。広い庭に囲まれて、ちょうど小山のように鎮座しているのだ。窓の明かりは見えなかった。その建物の中に逃げこむことも頭をかすめたが、公共建築物であれば、すでにすべての扉が閉じられている可能性が高い。夜勤の警備員も、神崎の説明に耳を貸してくれるかどうか。神崎はその考えを振り払い、とにかくポツダマー通りまで出ることにした。もしかして警察に保護を求める必要が出たとしても、とにかくあの店に行ってからだ。

通りを駆けてゆくと、ラントベールカン川に出た。両岸の通りは、深夜の青梅《おうめ》街道程度の交通量がある。これだけ車が通っているなら、逆に身は安全だろう。神崎はほんの少しだけ、速度をゆるめた。

川の幅はせいぜい十メートルほどか。川と言うより、運河、と呼ぶべきなのかもしれない。昔、ローザ・ルクセンブルクとカール・リープクネヒトが虐殺されて投げこまれた川だ。ふたりの死体は、川の下流、ティアガルテン内の小さな鉄橋のそばに上がったのだという。ローザとリープクネヒトの虐殺。いやなことを思い出した、と神崎は悔やんだ。いま思い出す事実としては、いささかおぞましい。しかし、代わりに自分を鼓舞してくれる何ごとも思いつかなかった。神崎は頭を激しく振りながら、その川にかかる橋を渡った。

川の南側までくると、街の明かりの数も、光量も増えていた。いくつか歩道を歩く人の影も見えた。ここまでくると、むしろ走っているほうが人目につく。目立つことになる。神崎はコートの襟を立てると、走るのをやめ、大股に通りを歩きだした。あのラーツケラーまで、もうほんの十分ほどだろう。

神崎哲夫は、正確には十一分後に、ポツダマー通り110のラーツケラーの前に立っていた。

ドアを開けて店に入ると、中年のバーテンダーが顔を向けてきた。神崎と気づくと、顔にかすかに困惑のようなものが走った。動揺、あるいは嫌悪とも取ることのできる、かすかな表情の変化だった。

バーテンダーは、まばたきしながら神崎の頭やコートに視線を走らせてくる。神崎はようやく、いまの自分の姿に気づいた。一時間ほど前にこの店にきたときとはちがい、いま自分は木の葉や埃や湿った土にまみれているのだ。汗のためにおそらくシャツの襟も汚れ、髪も顔も浮浪者然としているのだろう。よく言ったとしても、いま野戦を終えたばかりのゲリラ兵士のように見えているか。

神崎はいささか気おくれを感じながらカウンターに近づき、バーテンダーに訊いた。

「あのあと、ぼくに何か伝言はなかったろうか」

バーテンダーは、無言で首を振った。

質問の意味がわからなかったか？　神崎は訊きなおした。

「ぼくは神崎という日本人だ。さっき、ここにいた客だ。ぼくが出ていってから、ぼくに電話はかかってこなかったろうか」

バーテンダーは視線をそらして、また首を振った。愛想がないというよりは、奇妙に拒絶的な態度だった。

神崎は小さく鼻から息を吐いて、まわりの客たちに目をやった。カウンターに着いていた客たちも、どこか不審げな、警戒ぎみの表情を見せている。自分たちの外見やら衣装やら化粧やらを棚にあげて、神崎を怪しむような目で見つめていた。

神崎はその客たちの目を避けるように、視線を奥へと向けた。ちょうど、奥のテーブルからひとりの男が立ち上がったところだった。その男と目が合った。

神崎は驚いた。見覚えのある男だったのだ。あの路上の絵描きだ。ジョン・レノンふうに髪を伸ばした青年。

青年は神崎のそばまでやってくると、小声で早口に言った。

「出よう。こい」

神崎は訊き返した。

「え？」

青年は返事をしなかった。左手で、神崎の背を押してくる。真顔だった。

神崎は青年に押されるようにして、店の外へと出た。青年は神崎の脇に手を当てたまま、ポツダマー通りを南に向かって歩き出した。神崎もしかたなく青年に並んで歩いた。

青年が顔を前方に向けたまま言った。

「あんた、もしかして、犯罪に関係したか？」

どういう意味だ？　犯罪とは、いったい何のことだ？　あの戦勝記念塔のロータリーでの襲撃のことを言っているのか。だとしたら、自分はたしかに犯罪に関係したようだが。ただし、被害者として。

神崎が黙っていると、青年は言った。

「少し前、ポツダム広場で殺人があった。殺されたのは、日本人らしい」

「殺人？」相手の言葉は意味をなして脳細胞に達しなかった。神崎は訊き返した。「日本人が？」

「そうだ。日本人が殺された。一時間ばかり前に死体が見つかって、いま広場には警察がうようよきてるよ。この通りにも警察がまわってる。おかげで、ディーラーや女たちの商売は上がったりだ。みんな、よそへ移ってしまった」

「あんたは、どうしてそれを知ってるんだ？」

「あの店にいたんだ。警察もやってきたし、ほかからも情報は入ってくる。たぶんあんたも、一時間くらい前まで、あの店にいたんだろう」

「人を待ってた」

「バーテンダーも警察にそう言ってたよ。日本人の客があったって。待ってた相手は日本人か？」

「そうだ」

「警察は、ポッダム広場で殺された日本人と、ポツダマー通りで人を待っていた日本人とのあいだに、何か関連があると疑っていたようだぜ。このあたり、ふつうの観光客がくるようなところじゃないからな」

道の先から、緊急自動車のホーンの音が聞こえてきた。青年が神崎のコートを引っ張った。

「こっちへ」

神崎は、青年に引っ張られて、通りの脇の暗がりに入った。集合住宅の玄関口だ。ホーンの音が近づいてきて、目の前を警察車が通り過ぎていった。白と緑とに塗り分けられた、西ベルリン警察のワゴン車。青い警告灯を回転させていた。

ポツダマー通りは、先でゆるい右カーブとなっている。その先に、ときにはサーカスのテントなども建つ広い空き地、ポツダム広場があり、ポツダム広場のむき出しの土の上をさらに東へ歩いてゆくと、高さ四メートルのコンクリート・パネル製の壁にぶつかる。警察車は、その広場の方向へと曲がっていった。

　神崎は青年に訊いた。

「殺された日本人がどんな人物なのか、あんた、何か知っているか」

　青年は答えた。

「スーツを着た、ホワイトカラーふうだったそうだ。小太りで、頭の薄い中年男だ。頭を割られていたって話だ」

「誰か、見たのか」

「ああ。あの店の常連の女の子が」青年はいったん言葉を切ってから言い直した。「あの店で客をつかまえてる女が、ポツダム広場にたまたまいたんだ。警察と救急車がやってきたとき、好奇心でのぞいたそうだよ。日本人だっていうのは、おれが店で警察の話を聞いたんだ。鼈甲の眼鏡をかけていたってさ」

　めまいを感じた。神崎は建物の壁に手をついた。

「どうした?」青年が訊いてきた。「心臓でも苦しいのか」

　神崎は、ようやくの想いで言った。

「どうやら、殺されたっていう日本人は、ぼくの上司らしい。ぼくがあの店で待ってた相手だ」

「それだけじゃない。ぼくも、たったいま、殺されかけたばかりなんだ。ティアガルテンで、拳銃を持った男に襲われた」

「こいつはまた!」

「ただごとじゃないな」

青年は周囲を見渡しながら言った。

「どこかでコーヒーでも飲もうか。話を聞いてやるよ」

「頼む」

「おれは、オスカー。オスカー・シュッテだ。オスカーって呼んでくれ」

「神崎。神崎って言うんだ」

神崎は自分の膝から、力が抜けてゆくのを感じた。身体を支えているだけの気力が、ふいに失せていった。膝を折って、神崎はその場にへたりこんだ。

8

連れてゆかれたのは、ノレンドルフ広場に近いプールバーだった。オスカー・シュッテと名乗った絵描きの青年が、足早に道の先を歩き、神崎が重い足を引きずるようにしてあとについたのだった。ポツダマー通りから十分弱の距離に、そのバーはあった。

バーは戦後に建てられたと見える建物の一階で、フロアが二層になっていた。店の道路側のフロアには、アーケード・ゲームがいくつも並んでおり、数人の若い男が退屈そうにゲームマシンに向かっていた。奥のフロアは半地下になっていて、ここにバーカウンターと四台のビリヤード台があった。玉突きに興じているのは、ひと組だけだ。壁に沿って、いくつかテーブル席も設けられていた。全体に薄暗く、テーブルとビリヤード台だけが、赤っぽい明かりで照らされていた。

神崎とオスカーは、奥のフロアの、最も奥まった位置にあるテーブルに向かい合った。誰の視線からも隠れた席、もちろん通りからも絶対に見えることのない席だった。

注文したコーヒーが運ばれてくると、オスカーは言った。

「あんた、一体何者なんだ？　ただの日本人会社員じゃないんだろ」

神崎は、コーヒーをひと口すすってから答えた。

「ただの会社員だ。ただし、ソ連や東ドイツとも取引きをやっている」

「それだけか?」

「それだけだ。だけど、アメリカや日本の政府は、そのことを快く思ってはいないようだ」

「どうして?」

「共産圏を利する行為だと、やつらは判断しているんだ」

神崎は、自分の仕事の中身とココムとの関連について、簡単にオスカーに話した。経済活動の話が絵描きに呑みこめるかどうか心配したが、オスカーはドイツの大学生程度の社会常識は持っていた。ここ数日、日系企業の大きなココム規制違反が発覚し、新聞沙汰になっていることも知っていた。話は容易だった。

「だから」と神崎は説明を締めくくった。「ぼくの上司が、横浜製作所の意向を受けてベルリンにやってきた。横浜のほうの駐在員と、何か証拠隠しのようなことをするつもりだったようだ。たぶんかなりの額の現金も持ってきていたはずだ。そうして、こういう事態さ。ぼくが上司からの連絡を受けて、あの酒場で待っているあいだに、上司のほうは近所で殺されてしまった。ぼくは駐在員からの呼び出し電話で戦勝記念塔に出かけ、何者かに発砲されたんだ」

「夕方以降のことを」とオスカーが言った。「時間を追って聞かせてくれ」

神崎は逆に言った。

「あんたが、あの店にいたわけも教えてくれ。あんたは、ただの絵描きじゃなかったのか」

「馴染みの店なんだよ。友達が、あそこで商売してる」

「麻薬を売っているのか」

「ちがう。その、別のものだ」

「別のもの？」

「夢と言うのか、希望と言ったらいいか。身体、と言うこともできるが」

娼婦に友人がいる。その答えを聞いて、神崎はオスカーの身元についての想像を飛躍させた。彼はもしかすると、ベルリンの犯罪組織に関わっている男なのか。風貌にも話しぶりにも、すさんだところは感じられなかったが、彼自身も女衒《ぜげん》かヒモなのだろうか。

神崎は警戒ぎみに訊いた。

「その友人たちは、何か非合法の組織に属しているのか。あんたも、その女たちの元締めか何かなのか」

「いいや。みんなインディペンデントさ。やくざからも、法律からも」

「あんたは、絵の具を買うと言って小銭をせびったはずだぜ。なのに、酒を飲んでいたようだな」

オスカーは、悪びれた様子も見せずに言った。

「あんたからの五マルクで、さっそく絵の具は買ったさ。酒代は、べつの人間が出してくれたんだよ。さ、とにかく話してみろよ」

神崎は、オスカーの答えに苦笑した。弁解にしては、素朴すぎる。無邪気すぎる言い分だった。しかし、受け入れることのできない釈明でもない。くだくだしく言葉を連ねなかったところに、神崎はむしろ好感を感じた。いいだろう。詳しく事情を話しても、困ったことにはなるまい。

神崎はその日ホテルにもどってからのことを、ひとつひとつ思い起こしながら話した。西田からの電話のこと、東京との電話の中身、そしてケルナーの自宅への電話のことも。ケルナーが殺されていたという部分で、オスカーは眉をひそめた。

話しながら、神崎は自分が少しずつ落ち着いてゆくのを感じた。相手は弁護士でも精神科医でもなかったが、話すことで神崎の胸のうちに平静さがもどってきた。オスカーが聞き上手であったのかもしれない。

すべて話し終えると、オスカーは言った。

「その寒河江っていう駐在員とは、親しかったのかい」

神崎は答えた。

「年に一、二度会う程度の仲だ。ベルリンに出張にきたときなんかにね。毎度ってわけじゃないが」

「信用できる男かい？」

「どういう意味で？」

「人として、男としてさ。たとえばあんたに妹がいるとして、その妹を紹介できるような男かどうかってことだ」

神崎は考えこんだ。なかば同僚とも言える寒河江のことを、これまでそのように評価してみたことはなかった。彼は営業部員としては優秀だ。切れる男だと言ってもいいだろう。何事にも物おじしない積極的な性格で、どんな場でも最初に注目されるタイプだ。横浜製作所の新人研修の場では、おそらく初日からグループ・リーダーとなったにちがいない。自信家であり、野心家でもある。上司からの受けも、けっして悪くはないはずだ。しかし、自分の妹を紹介できるかどうか。

いや、と神崎は思った。彼はどちらかと言えば、自分の妹などは遠ざけておきたい種類の男だ。神崎には妹はなかったが、そのような状況を想像することはできる。彼は他人を愛することよりも、自分の社会的な地位なり評価なりゴルフ場の会員権なりのほうを愛する種類の男のように思えた。いっとき妹に関心を見せたとしても、それは自分の征服欲を満足させるまでだろう。妹の名がいったんコレクションに加わってしまえば、あとはたちまち冷淡になり、棄てるのではないか。

神崎はオスカーの目をまっすぐに見つめて首を振った。

「いや、百パーセント信用できるわけじゃない」

「じゃあ」オスカーは言った。「あんたももう見当つけてるんだろうが、そいつがこの事件にからんでるぜ。ホテルのメッセージの件もそうだ」

「ぼくを殺そうとしているというのか」

「もちろん、自分で手がけるつもりじゃないだろうさ。自分が考え出したことでもないかもしれない。だけど、関わってる。一枚かんでる」

「どうして？」

「証拠湮滅。関係者の口封じさ」

「ぼくは、横浜製作所の関係者だ。元社員で、いまもダミー会社で横浜製作所のために働いている。なのにやつらが、ぼくを殺そうとするか」

「ありえないことだ、と、きっぱり否定できるか。絶対にありえないと」

神崎は返答に窮した。

ひとつ、似たようなケースを思い出したのだ。十年ほど前か、まだ神崎が入社していないころのことだ。横浜製作所の船外エンジンが欠陥商品だとして、消費者グループから告発を受けたことがあった。電気系統の設計ミスで、エンジンの過熱による事故がたて続けに起こったのだ。相模湾《さがみ》では、横浜製のエンジンをつけた小型船が遭難、ふたりが死んだ。消費者グループは、総計三億円の補償を要求してきたという。

横浜製作所は、これに対して、相手方弁護士を逆に恐喝で告発するという挙に出た。二千万円を弁護士に手渡したうえで、これは恐喝だと反撃したのだ。弁護士との細かなやりとりから、弁護士のいくらか乱れた私生活、それに消費者団体の運営のいい加減さに関する情報まで、証拠をたっぷりと揃えての告発だった。けっきょく事件は裁判で争われ、相手方弁護士は有罪判決を受けた。横浜製作所の船外エンジンが欠陥商品であったかどうかは、そのスキャンダラスな裁判にまぎれてうやむやとなった。

横浜製作所では、あのケースの処理方法が、いまも危機管理の成功例として幹部たちの頭に刷りこまれているのではないか。同じように窮地に陥ったとき、社はやはり同様のことをやってのけるのではないか。それは充分に考えられることだった。

神崎は弱々しく答えた。

「ない、とは言えない」

オスカーは言った。

「あんたの上司の殺人にも、そいつがからんでいる可能性が強いな」

「だって、発見された死体は、頭を割られていたと言わなかったか。ぼくを襲ってきた男は、拳銃を持っていたようなんだ。西田のほうには、どうして拳銃を使わなかったんだろう」

「素人のやったことに見せる必要があったんじゃないか」

「なぜ？」

「隠蔽工作だと見破られないようにさ」

「じゃあ、ぼくにはなぜ拳銃を使った」

「とりあえずは、別々の事件に見えるよ。拳銃で撃たれた死体が、ひと晩にふたつ出てくれば、誰だってこれは、裏のある大がかりな事件だと思う。しかしひとりの死を素人の仕業に見せておけば、とりあえずは警察の目をくらますことはできる」

「ウィーンでは、もうひとりプロの手で殺されているのに？」

「別の国の出来事だ。関連した捜査をするには、かなりの物的証拠が必要になるよ」

「ということは」神崎は溜め息をついてから言った。「ぼくがあの酒場に呼び出されたのは、誰かがぼくを西田殺しの犯人に仕立てるためなのか」

まだ言いまわしの主格に、寒河江や横浜製作所本社の名を挙げることには、ためらいがあった。神崎はその部分をあえて曖昧に言った。

「たぶんな」オスカーは、あっさりと人称代名詞を使って言った。「彼らは、わざとあんたの姿を大勢に目撃させたのさ。殺人現場にほど近い、いかがわしい酒場だ。条件は悪くないよ。現場には何か遺留品もあったんじゃないかな。あんたがやったことだと証拠づけるようなものがね」

「たとえば？」

「あんたの財布とか、会社のバッジとか、名刺とかさ」

「財布は持ってる」

「たとえばの話だよ。それだけの準備をしてやったことのはずだ。警察のほうも、そこに別の日本人がいたと証明するものがあれば、あんたを疑う。疑わざるを得ないんだ。たぶん現場からは、そいつが持っていたっていう現金も消えているはずだしな」

神崎は言った。

「ぼくは、これから警察に保護を求めるつもりでいるんだ。プロの殺人者に狙われているんだ。ホテルも危ない。警察に守ってもらって、西田の殺人と、寒河江との関連を話してみよ

「よせ」オスカーは諭すように言った。「殺人の嫌疑をかけられているときに、のこのこ出ていくもんじゃないよ。警察はあんたの嫌疑を晴らすために取り調べてはくれない。あんたの犯罪を立証するために、情熱を注いでくれるよ。警察に行くのは、もっと後でいい」

「でも、ぼくはやっていないんだ。細かに調べてもらったら、ぼくには殺人の暇などなかったことがわかるさ」

「いいかい。さいわい殺されなかったために、逆にあんたには、一時間以上、誰にも証明できない空白ができてしまってるんだぜ。ティアガルテンの一時間だ」

「西田が殺された時刻とは、ずれているはずだ。きっと西田は、ぼくがラーツケラーから消えた直後に、ポツダム広場で死体となって発見されているんだろう。戦勝記念塔までのタクシーの運転手が、ぼくの現場不在証明ってものを出してくれるさ」

「わずか数分の差だ。警察はそこを見事に埋めてくれるよ」

「だいいち、ぼくには社長を殺さなければならない理由がない」

「金だ」

「じゃあ、ぼくが狙われた理由はいったいなんだ？　ぼくに罪を着せる計画なら、ぼくを殺すことはない」

「あんたを月並みな犯罪者として葬りたいんだ。あんたは上司から金を奪ったことになっているはずだし、あんたの射殺体が戦勝記念塔のそばで見つかっても、強盗にその金が狙われたのだと解釈できる」

「どう言われようと、ぼくは無実なんだ。ここはやはり、疑いを晴らすためにも、警察に出頭すべきじゃないだろうか」

「甘いな。ちょっと楽観的すぎる見方だぜ。だいいち西ベルリン警察は、ココム違反を犯して東と通じていた男に、あまり好意は持ってくれないんじゃないのか。あんたは人殺しはやっていないにしても、東側と不正に貿易をやっていたことは確かな事実なんだ」オスカーは、周囲を見渡してから、少しだけ声をひそめて言った。「あんたは殺人容疑で取り調べられるだけじゃないよ。たぶんスパイ容疑がつく。西ドイツの公安警察と、ＣＩＡがやってくるさ。やつらの取調べは、あまり紳士的なものとは思わないほうがいい」

「スパイの嫌疑だって、簡単に晴れる」

「いや。聞いたかぎりじゃ、あんたがスパイだっていう状況証拠は揃っているよ。ココム違反の確信犯なんだしな」

言われてみれば、オスカーの言葉は正鵠を突いている。どうやら自分は、警察に頼ることもできぬ事態に陥っているようだ。言葉を失い、神崎は額に手を当てた。

オスカーは席を立ちながら言った。

「ちょっと待っててくれ。おれが、もう少し情報を集めてみる。電話をかけてくるよ。早まるなよ」

神崎はうなずいて、大ぶりの陶器のコーヒーカップを口もとまで運んだ。半分ほど残っていたコーヒーは、すっかり冷たくなっていた。

9

オスカーは五分ほどでもどってきた。ビリヤード台のあいだを歩きながら、肩をすくめてくる。その仕種と表情から察するに、さほどよい情報は得られなかったようだ。

椅子に腰をおろすなり、オスカーは言った。

「ポツダマー通りにたむろしてる友人がいるんだが、そいつからもう少し詳しい話を聞くことができた。死体はやはり、ニシダという名前の日本人商社マンだ。パスポートから身元がわかったそうだ」

神崎は訊いた。

「容疑者は、誰か特定されているのか」

「ああ。警察はやっぱり、誰か日本人を捜しているってさ。根拠はわからないが、とにかく日本人を容疑者として手配できる程度の証拠は持っているようだ。空港やツォー駅では、日本人のチェックが始まってるそうだ」

「どんな日本人か、聞いたかい」

「いや。しかし、けっして小柄ではない、面長の顔の日本人ってことだ。歳は三十歳前後だそうだよ」

「ぼくのことを言ってるみたいだな」

「ずばりだと思うね。ポツダマー通り近辺に出てる街娼たちが、みな刑事たちから質問を受けてる。そういう男を見なかったかって」

「あんたの友人は、どうしてそういう情報を得ることができるんだ」

「警察と、ポツダマー通りの酒場にくる連中は、持ちつ持たれつなんだ。情報を交換しあうこともある。確度の高い情報のはずだ」

「空港や駅にも警察が行っているとなると、きっとホテルにも手がまわってるな。もちろん殺し屋もホテルのそばを警戒しているだろう」

言ってから思い出した。きょうの夕刻、東ベルリンからもどってきたときに、ベルリン・ペンタ・ホテルのロビーにいた、中年の白人男。新聞紙を広げてはいたが、その背後から神崎に視線を向けていた男。たまたま目が合っただけにしては、妙に胸のどこかに引っかかるものを感じさせた男。もしや彼は……。

オスカーは言った。

「あんたは殺し屋には狙われ、警察に駆けこむこともできないって状況に追いこまれたな。うかつには動けない。これからどうするか、考えはあるか」

神崎は冷えきったコーヒーをすすってから言った。

「寒河江と連絡をとってみたい。あいつが、ほんとうにこの件に関わっているのかどうか、そこのところを確かめたいんだ」

「これだけ明白なことなのに？」

「憶測でしかないよ」

「もしそうだと証明されたら？」

「無実を証明する手立てを揃える。そのうえで、警察に出頭だ」

「スパイ容疑の件もあるんだぜ」

「殺人犯として追われるよりはましだ」

「そうとは思わないけどもね」オスカーは言った。「それにしても、とにかく自由の身であるうちに、いろいろやらなきゃならないわけだ。今夜、行く当てはあるのか。ホテルにもどるわけには行かないんだろう」

「当てはない」

「おれの寝ぐらは、クロイツベルクだ。よければぼくるか。ベッドは用意してやるよ」

「どうして？」神崎はふしぎに思っていることを訊いた。さっき酒場から連れ出されたとき以来、ずっと気になっていたこと。ありがたく甘えてはいたが、やはり確認しておくべきこと。「ぼくはあんたの知り合いでも友人でもない。何の義理もない。そのぼくに、どうしてそう親身になってくれるんだ？　いや、そもそもぼくの無実を、どうして信じてくれる？」

「あんたはおれの最大のパトロンだよ」オスカーは屈託なく笑って言った。「おれの芸術の理解者でもある。それだけのことだ」

「きょうの五マルクのために、ぼくの無実を信じてくれるのか」

「もしあんたがその日本人を殺していたのだとしても、おれには関係のないことだ。あんたとその日本人とのことだ。おれとあんたとのあいだのことじゃない。おれはあんたに、少々恩義があるんだ。それは返さなきゃならないだろう」

「たった五マルクで？」

「金額じゃないって。それに、おれは自分の人生の最大の敵とやりあえるんだ。おれは自発的にやってることだよ」

「あんたの最大の敵って言うのは、警察のことを言っているのか」

「いや。おれの敵ってのは、退屈だ」

ふいに神崎は、自分の目がうるむのを感じた。オスカーの言葉は、遭難現場に差し出された、一本の救命綱だった。地獄の審判の場で出された、神崎支持の意思表示だった。オスカー自身はそれを否定してもだ。感謝の念が、胸にあふれた。

神崎は目をぬぐって言った。

「ありがとう。世話になる。ありがとう」

オスカーは、よせよと言うように手を振って言った。

「いいさ。それより、寒河江って男のこと、どうするつもりだ。何か目算があるのか」

「ああ」

神崎は、寒河江の関与を確かめるための案を、口にした。いまオスカーが電話をかけているあいだに、思いついた方法だった。

神崎があらためて腕時計を見たとき、時刻はすでに午後十時四十分になっていた。

耳に当てた受話器の中で、最初の呼び出し音が鳴り終わった。一秒の沈黙。そして、二度目の呼び出し音。呼び出し音は、中途で切れた。

「ハロー？」寒河江の声だ。妙に緊張していた。

神崎は言った。

「ぼくです。神崎」

相手が絶句したのがわかった。うっと声をつまらせたかもしれない。

神崎は、努めて無邪気を装った声で言った。

「戦勝記念塔のところで待ってたんだけど、強盗に襲われてしまった。それでティアガルテンに逃げこんで、ほうほうの態で、市街まで出てきたんです。会えなくて、申し訳ない。あそこでずっと待ってたんじゃないんですか」

「いや、いいんだ」動揺の感じられる声で、寒河江は言った。「強盗に襲われたって？」

「そうなんです。拳銃をいきなりぶっ放してきた。慌てて逃げてきた。間一髪でしたよ」

「無事なのか？　怪我はしてないんだな」

「してません。だいじょうぶです。それにしても、ベルリンはここまで治安が悪くなってしまったんですかね。うしろから近づいてきて、いきなり発砲ですよ。ニューヨークでも、こんなことは滅多にないんじゃないのかな」

「まずい場所を指定してしまったな」

「いいんです。それより、そっちには、うちの社長、行ってるんですね」

「うん、ああ」

嘘をついた。

まちがいない。この一連のできごとには、寒河江が関与している。やつが事件の当事者のひとり、裏方のひとりだ。答えかたをまちがえたぞ、寒河江。ここではお前は、西田の死をすでに知っていると答えなければならなかったのだ。もう取り返しはつかない。

神崎は言った。

「ちょっと出してくれません。話したいことがあるんです」

「いや、西田さんは」寒河江は狼狽して言った。「ちょっと前に帰ったんだ。ホテルに向かってる。何の話だ？」

「いや、いないんならいいんです。ホテルで直接話しますよ」

「それより、おれのほうも話があるんだ。いまどこだ。ペンタにもどってるのか」

「いえ、ぼくはいま」

神崎は、オスカーと打ち合わせておいた酒場の名を出した。このプールバーの斜向かいにあるビアホールだ。通りに面した窓から、その店の入口と周辺を監視することができる。

寒河江が言った。

「よし、ちょっとそこで待っていてくれないか。こんどこそ、おれがピックアップするよ。すぐ迎えに行く」

「いや、これからホテルにもどりますよ。ティアガルテンの中を逃げ回ってたんで、くたくたなんです。そちらで話せませんか。いまから帰れば、社長ももどってるでしょうし」

「話はホテルでもいいけど、とにかく、そこにいてくれ。一緒にホテルのほうに移ろう。おれもあんたのことを心配してたんだ。はぐれてしまったからな。喉が渇いてるし、あんたにも一杯ごちそうするよ。ホテルに行けば、いきなり仕事の話ってことになるし」

「わかりました」神崎はそこで折れることにした。「じゃあ、ここで待ってますよ」

「どこの、なんてとこにいるか、もう一度言ってくれ」

神崎が酒場の名をもう一度言い、通りと所番地を告げると、寒河江は言った。

「五分かそこいらで行けると思う」

「じゃあ、お待ちしてますよ」

電話を切ってから、神崎はぶるりと身体をふるわせた。背筋を、悪寒が走り抜けたのだ。想像したとおりだった。横浜製作所が、ダミー会社の社員たちの始末にかかっている。レトリックではなく、文字通り抹殺しようとしているのだ。職業的な殺人者を使って、不要な企業戦士、厄介な存在になった兵卒を消そうと動いているのだ。企業の論理というよりは、それは軍隊の論理であり、あるいは組織暴力団の論理だった。盤上ゲームの規則と呼んでもよいかもしれない。駒の使い捨て。それが、現実にいま行われている。実行されている。神崎が終身の雇用を期待し、忠誠を尽くしてきた企業が、かくも冷酷に無慈悲に、社員の処分にかかっているのだ。ついさっきまでは、とても信じられなかったことが、事実であると確認できた。悪寒は当然の反応だった。神崎はまた足から力が抜けたのを感じた。プールバーの隅の公衆電話の前で、神崎はまた壁に手をつき、自分の身体を支えた。

五分後。

テーブルに着いていた神崎のもとに、オスカーがやってきた。彼は表通りに出て、神崎が寒河江に指定した酒場の周囲を観察していたのだ。

オスカーは神崎の前に立ち、背をかがめて言った。

「あんたの言ったとおりだ。いま、黒っぽいBMWが店のそばに停まった。スモークガラスで、中ははっきり見ることはできないが、白人男がひとり乗っているようだ。おりてはこない。日本人はきてはいない」

神崎はうなずいた。そこまでは予想できたことだ。あの電話から五分後に、店にやってくるのは、絶対に寒河江ではありえなかった。その場に登場するのは、あの戦勝記念塔のロータリーにもやってきた男。消音装置つきの拳銃を持った男にちがいなかったのだ。そのBMWに乗っている男が、戦勝記念塔で神崎を襲った男であることはまずまちがいのないところだ。予想どおりの時刻に指定の店に現れて、車もおりずにいるというのだから。

神崎は、立ち上がりながら言った。

「じゃ、さっき話したとおりの電話を、頼む」

神崎とオスカーは、プールバーの隅の公衆電話の前まで歩いた。歩きながら、神崎はオスカーにコインと一枚のメモ用紙を渡した。オスカーにはひとつ、芝居をしてもらうつもりだった。

メモを見ながら、オスカーがプッシュボタンを押した。神崎はオスカーの横顔を注視した。寒河江が戦勝記念塔での襲撃にからんでいることは、もう百パーセント確認できてはいるが、人ひとり、それも同僚とも言うべき男の重大な名誉と人格に関わることだ。だめ押しの確認をしなければならない。百二十パーセントの確実さを得なければならなかった。

ボタンを押し終えてから、ほんの一秒か二秒後、オスカーの瞳に光がともった。相手が受話器を取ったようだ。神崎もオスカーの持つ受話器に耳を近づけた。

オスカーはちらりと横目で神崎を見ながら、受話器に向かってドイツ語で言った。

「彼はいない。どうしたらいい」

相手が何か、早口で言うのが聞こえた。言葉は聞き取れなかったが、やはりドイツ語だろう。そして、すぐにツーという発信音。電話は向こうから切れたようだ。

オスカーは鼻で笑って受話器をもどした。

神崎は訊いた。

「なんだって?」

「慌てていたよ。怒鳴ってきた。だめだ。かけてくるなと言ったろ。こっちから連絡するってな。訛のあるドイツ語。あれはまちがいなく日本人のものだ」

「寒河江が、家にいたんだ。ぼくを迎えに出たはずの男がね」

「おれの声が、誰のものか区別はつかなかったようだ」

「そのために、短く言ってくれと頼んだ」

「やつは、相手が誰か、確かめるくらいのことをすべきだったよな」

「気持ちのゆとりがなくなってるんだろう。やつが裏にいるっていう、もう少しはっきりした証拠が欲しかったけれどもな」

「充分さ。あの言葉だけで、話は通じたんだ。おれたちの想像は、どんぴしゃりと当たっていたことになる。さてつぎは、連中はどう出てくるかな」

「寒河江は、すぐにBMWの車載電話にかけなおすだろう。しかし殺し屋と話がかみ合わない。そこで事態がまずいほうに動いていることを知るんだ。ぼくたちにはめられたってことを知るよ。店の前の車は、ここを出ていくだろう」

「あの殺し屋のほうは、もう心配しなくていいってことかな」

「いや、ぼくがホテルにもどることは無理だろう。あのBMWの男は、たぶんついさっきまで、ホテルのほうを張っていたはずなんだ。ぼくらに引っかかったと知れば、もう一度ホテルの入口前でぼくを待つんじゃないのかな」

「それとは別に、ロビーには警察が待っているだろうよ」

オスカーは、こいと言うように首を傾け、フロアを歩き出した。神崎も後に続いた。オスカーは軽やかな身のこなしでアーケード・ゲームのあいだを抜け、通りに面したガラスのそばに立った。

　神崎もオスカーの横に立って額をガラスに押しつけた。暗い通りの向こう側、真正面ではなく、かなり左寄りの位置に、酒場の看板が見える。その前の路上には、駐車中の車が一台あった。黒っぽい乗用車だ。

　神崎はオスカーに訊いた。

「あの車か」

「ああ」オスカーは答えた。「あんたの電話のあと、あの店の前にやってきたたった一台の車だよ。中には、まだ男が乗っている。しかも、エンジンはかけたままだ。これが日中の銀行の前なら、警察は放っておかないぜ」

　言い終わらないうちに、乗用車のヘッドライトがついた。ウインカーランプが点滅し、車はふいに発進した。いきり立つ猟犬を、突然解放したかのような急発進だった。路面を蹴りあげるタイヤの音が、神崎たちの耳にも聞こえてきた。車はその場で荒っぽくUターンして、反対方向へ走り去っていった。

　通りには、短い時間、車の通行が絶えた。歩行者の姿もない。十月の西ベルリンの、午後の十一時前。街は冷やかで拒絶的だった。堅く隙のない殻をまとっていた。窓から外を眺めながら、神崎は自分の喉から絶望の溜め息が出そうになるのを、ようやくこらえた。まだ溜め息をついてはいられなかった。絶対安全を確信できるまで、反撃の根拠を得たと信じることができるまで、ほんのわずかな弱気も自分に許すことはできなかった。

10

オスカーの住まいは、Uバーンのコッツバッサー駅に近い一角にあった。クロイツベルクと呼ばれる地域である。再開発が遅れているために家賃が安く、トルコ人やユーゴスラビア人、それに若いボヘミアンたちが多く住んでいる。西ベルリンの中でもかなり人種構成が多様で、小市民的な空気の希薄なエリアだった。神崎哲夫は、地名だけは知っていたものの、これまでこの地区には足を踏み入れたことはなかった。

Uバーンの高架駅から五分ほど歩いた。カバブ・レストランや酒場の並ぶ通りから北側に折れると、街灯の数も建物の窓明かりも極端に少なくなった。取り壊し工事中の建物や空き地がいくつか目に入った。タイヤのないトラックが一台、路上に鎮座していた。

そんな暗い通りをしばらく進んでから、オスカーが足をとめた。

「ここだよ」

そう言って、オスカーはあごで目の前の建物を示した。神崎もその場に立ちどまって、建物を見上げた。

それは、明らかに戦前に建てられたと見える五階建てのビルだった。一見石造りふうのファサードを持ってはいるが、壁はほうぼうで剝離しており、玄関まわりや窓枠の傷みも目についた。壁全面に何か模様らしきものが描かれているが、夜の暗さのせいで、その模様を識別することはできなかった。いくつかの窓から黄色い明かりがもれていたが、カーテンの引かれた窓はひとつもなかった。ビルの内部から、ロック・ミュージックの音がもれてきていた。

オスカーが言った。

「おれたちのコミューンだ。仲間が四十人くらい住んでいる」

「コミューン?」神崎は気づいた。「あんたは、ここでは不法占拠者《スクワッター》なのか」

オスカーはうなずいた。

「そうだ。空き家だったこのビルに、二年ほど前に、仲間と一緒に移り住んだ。何度か警察ともめたんだけどもな、けっきょく市のほうが折れて、取り壊しになるまでのあいだ、おれたちに居住権を認めたんだ。あと一年、ここに住むことができる」

西ベルリンの不法占拠者たちの事情については、神崎も多少の情報を得ていた。空き家となった建物に、勝手に住み着いた者たち。数年前までは、ベルリン市警察は、占拠された家に片っ端から押し入り、不法居住者たちを排除した。このため、西ベルリンのホームレス・ピープルと警察は、何度も激しい衝突を繰り返した。クロイツベルクでは、何度か火炎瓶さえ飛び交う騒ぎになったという。いまは市の方針も変わり、むしろ不法占拠者たちに空きビルの管理を委ねて、事態の鎮静化をはかっている。

「まあ、入れよ」オスカーは言った。「水道も電気もきている。水洗トイレも使える。暖房は石炭で、エレベーターもないが、見てくれほどひどい住まいじゃないんだ。地下には、共同経営のカフェまである」

玄関口には、壊れた木箱や段ボールの箱が無造作に積まれている。腐った有機物の臭気も漂っていた。それにアンモニアの匂い。自主管理がなされているとはいっても、住人たちの中には、管理されることに最初からなじまぬ種類の者も少なくないのだろう。オスカーから提供されるベッドの状態が想像できたが、しかし神崎には贅沢は言えなかった。つけ狙う者と警察から安全であれば、それで充分だった。

玄関から続く廊下を正面へ進んだ。途中の暗がりで、若い男がふたり、顔を近づけて話しこんでいた。ひとりは、まだ子供と言ってもいいほどの年齢に見えた。

廊下の奥に、地下に降りる階段があった。ロックの音は、地下室の方から響いてきている。カフェで流している音楽なのだろう。ライブではないようだ。音量は石の壁を震わせるほどだった。オスカーはその音の奔流をかき分けるようにして階段をおりていった。神崎もあとに続いた。

重い木製のドアを開けると、そこがカフェだった。煙草の煙がたちこめている。たちこめる煙の下に、三十人か四十人の客。スキンヘッドがあった。ピンクに染められたモヒカン刈りがあった。鋲を頭にくっつけたような髪型もあった。六〇年代ふうの長髪もあれば、米国海兵隊の兵士のような頭もある。ビールのケースや木箱が椅子とテーブルの代わりだった。

直接床に座りこんでいる者もいた。抱き合っているカップル、濃厚なキスの真っ最中というカップルの姿もいくつか見えた。

フロアの中央の狭い空間で、女が数人踊っていた。ひとりの顔に見覚えがあった。紫色の髪を立てた、若い女。黒いスウェーターに黒いミニスカート、黒いタイツ。ポツダマー通りの、ラーツケラーにいた女だ。

神崎の視線に気づいて、オスカーが言ってきた。

「ブリギッテだ。ここの住人のひとりだ。きょう、どこかで会ってるだろう」

神崎は言った。

「あの酒場にいた。商売をしているように見えたけど」

「人はみんな、自分が売れるものを売って生きてゆかなくちゃならないのさ。彼女は体操選手だった。二年前、東ドイツを脱出してきたとき、彼女が持ち出すことができたのはあの肉体だけだったんだよ」

オスカーについて奥へと歩き、手近な木の箱に腰をおろした。壁ぎわの、パイプの脇の隙間だった。周囲の客たちがオスカーに目礼し、神崎には怪訝そうな目を向けてきた。神崎は愛想笑いを見せてやった。スーツとステンカラーのコートなんぞを着こんではいるが、自分もまた西ベルリンのまっとうな市民社会には居場所のない身だ。つまりわれわれは同類なのだ、との意味をこめた愛想笑いだった。

オスカーに小銭を渡すと、彼はすぐに缶ビールを二本持ってもどってきた。

プルトップを開けながら、オスカーは言った。

「明日の朝になれば、いくらか情報も増える。あんたの立場がどうなっているのかもはっきりしてくるさ。どうするかは、そのとき決めたらいい。警察に出頭するか、寒河江って野郎に会いにゆくか、何をするんでもいいけれどもさ」

神崎は缶ビールをひと口飲んでから訊いた。

「今夜は、ぼくはどうすればいい？」

「ちょっと飲もうぜ。それから部屋に案内するよ。二階の、いちばん奥の部屋。空いてるベッドがある。ベッドの主だった男が、アムステルダムに行ってしまって、そのまま帰ってこないんだ」

「どうかしたのか」

「たぶん」オスカーは口調も変えずに言った。「向こうで、薬《ヤク》の仕入れに失敗して、拘置所にでも入れられてるんだろう」

神崎は周囲の客たちの風体をあらためて眺めわたしながら言った。

「ユニークな人たちの多いコミューンのようだな」

「あんたはこういうコミューンより、公務員団地に住むほうが性に合ってるのかな」

「ぼくに合わないって言うよりは、このコミューンの住人のほうが、ぼくが目障りなんじゃないかな」

「ま、ひと晩だけだ。仲良くやってくれよ。ここにいる誰もが聖人君子ってわけじゃないけ

ろう。

オスカーはビール缶を持ったまま、席を立っていった。友人たちと話す用件でもあるのだろう。

空いたその席に、女が座った。あの紫色の髪の女だった。オスカーは、ブリギッテ、と言っていたか。

女は、興味津々という目で神崎を見つめて言った。

「ハイ」

「こんばんは」と神崎は応えた。「また会ったね」

ブリギッテは、いきなり英語で訊いてきた。

「あんた、人を殺したんだって?」

その口調には、非難はこめられてはいなかった。ただの質問だ。

神崎は首を振った。

「いいや。していない。どうやら濡れ衣を着せられたようだけどもね」

ブリギッテは言った。

「警察が、二度もラーツケラーに来ていったのよ。最初は、妙な人物を見なかったかってね。二度目にきたときは、三十代の日本人のことを知らないかって訊ねまわってたわ」

「きみも訊かれたのかい」

「ええ」

「なんて答えた？」

「ポツダマー通りで妙じゃないものは、密告屋とお酒の配送員ぐらいよ。あとはみんな妙でしょう。そう言ってやったわ」

「相手の反応は？」

「何か悪態をついて、別の客に質問を始めたわ」ブリギッテは視線を神崎の缶ビールに落とした。「ごちそうしてくれない？　煙草は別の人からもらうから」

神崎はコートのポケットを探り、五マルクをブリギッテに渡した。ブリギッテはいったん席を立ち、すぐに缶ビールをひと缶持ってもどってきた。

ブリギッテは、ビールをひと口飲んでからまた神崎に訊いてきた。

「ここに泊まるの？」

「そのつもりだ」神崎は答えた。「ホテルには、殺し屋と警察が待ってるんだ」

「殺し屋と警察？」ブリギッテは微笑した。「まるでメル・ギブソンの映画の世界みたいね」

ブリギッテのその微笑は、彼女の職種と結びつけて考えるには、いささか愛くるしく幼いものだった。音楽アカデミーの一年生の微笑、と言っても通じるもののように思えた。神崎はつりこまれて微笑んだ。同時に神崎は、彼女の瞳が明るいブルーであることに気づいた。きょうは、こんな目の色の女性によく会う日だ。壁の向こうで、クリスチーネ。壁のこちらのクロイツベルクで、ブリギッテ。

ブリギッテは言った。

「で、あなたは犯罪組織の秘密を探っていた日本人ジャーナリストってことか」

「ちがうよ。ただの貿易会社の社員だ。日本の機械をあちこちに売っていた」ブリギッテの微笑が、神崎の緊張をいくらか解いてくれたようだ。神崎はおどけて、わざとたどたどしく言った。「これ、日本製の機械。品物、いいよ。安いよ。あなた、買いなさい」

「貿易会社社員が、どうして殺し屋に狙われるの？」

「正直なところ、自分でも、よくわからない。いまのこの状態が、何か悪い夢のように思うよ」

「ポツダマー通りにいた警察は、現実だったわ。夢じゃない。日本人が殺されたって聞いたけど」

「事実だそうだよ。死んだのは、ぼくの上司だ」

「あんたが、あの店で待っていた人ね」

「ああ」

「その人に会いに出ていったんでしょう」

「あの店にいた連中は、みんなそう取るだろうな。ぼくが出て行き、それからしばらくして、ポツダム広場で日本人の死体が見つかる。店にいた日本人に殺人の嫌疑がかかる。そういう段取りになっていたんだ」

ブリギッテは理解できなかったようだ。彼女は首を振りながら言った。

「なにか、困ったことに巻きこまれたってことなの？」

「そう」

「警察も味方をしてはくれないの」

「期待できない」

「オスカーとは、どういうつきあい？」

「きょう、彼の才能に五マルク投資した」

「きょうのきょうなの？」

「ふしぎなことじゃないだろう」神崎は逆に訊いた。「きみは彼とは、どういうつきあい？」

「ときどきモデルになる。ときどきセックスするわ」

「恋人ってこと？」

「ううん。家主ってとこね。ここに住んでもいいと言ってくれたんだもの。いい友人でもあるわ。でも、恋人じゃない」

突然、入口のほうが騒がしくなった。ドアが開き、その向こうから激しい調子のやりとりが聞こえてくる。客たちは一斉にドアに目を向けた。

男が入口に顔を出して叫んだ。

「警察だ。手入れだ！」

大半の客が、その場に棒立ちになった。慌てて煙草を消す者もいた。ビール缶の床に転がる音。音楽の音量が急に小さくなった。ドアの向こうから、荒っぽい靴音が聞こえてきた。

神崎も立ち上がった。

何の手入れだ？　この自分の捜索か。それとも、麻薬の取締りか何かなのか。

事情もわからないまま、神崎は素早くあたりを見まわした。非常口はどこだ。隠れ場所は？

オスカーと視線が合った。彼の顔にも、はっきり緊張が表れている。オスカーは首を振ってきたが、それは、心配するな、と言ったというよりは、やはり、あきらめろと言ったように見えた。

入口に、制服警官の姿が見えた。ふたりだ。警棒を抜いている。その背後にも、コートを着た男たち。店の中の客たちの声が、小さくなった。

ふいにブリギッテが神崎に抱きつき、唇を近づけてきた。神崎は驚いてよろめき、ブリギッテを受けとめたまま、その場に尻から倒れこんだ。

ブリギッテが言った。

「黙ってて。あたしとキスして」

ブリギッテは神崎に馬乗りになり、神崎の顔を両手で包みこんだ。唇が重なってきた。ビールの匂いのする吐息。ブリギッテの舌が神崎の唇を押し分けて入ってきた。抵抗してみたが、彼女の接吻は有無を言わせぬものだった。

そのキスを受け入れたことで、神崎は妙に居直った気分となった。ここで西ベルリン警察に拘束されるなら、とにかく洗いざらい知っている事実、体験したことを話してみるまでだ。

ブリギッテのてのひらに顔を包まれ、周囲の様子を見ることはできなかった。しかし、声は聞こえた。

誰かが、オスカー・シュッテの名を呼んでいる。警察官かもしれない。

ブリギッテは神崎の身体の上で、腰を揺すってくる。衣類こそ身につけてはいるが、はたからはそうとう卑猥な行為と見えるだろう。唇の吸いかたも荒っぽかった。神崎は、店には似たようなカップルが何組かいたことを思い出した。彼らはいまこの瞬間、あの濃厚な愛撫と接吻をやめているのだろうか。それとも警察などまったく無視して、まだ自分たちだけの世界に没頭しているのか。

神崎の耳に靴音が聞こえた。ひとり、いや、ふたりだ。ふたりの、おそらく男が、店内をゆっくりまわっている。堅い靴音が、コンクリートを流した床に響いている。

ひとつの靴音は、神崎のすぐ足もとまできた。ブリギッテと自分の痴態を見下ろしているのかもしれない。ブリギッテは鼻息も荒く、神崎の唇を吸い続けている。腰の動きも止まらない。神崎もブリギッテの腰から尻に自分の手をはわせた。

靴音が遠ざかっていった。店の中に、落ち着きがもどってきたようだ。いったんは途絶えていた話し声が聞こえてくる。誰も手錠をかけられたり、検束されたりはしていないようだ。混乱は起きてはいない。

ブリギッテが唇を離した。神崎はあたりに目をやろうとしたが、ブリギッテは神崎の顔を抑えたままだ。

「待ってて」ブリギッテは小さく鋭く言った。「もう少しだけ」

一分か二分たってから、ようやくブリギッテが唇を離し、背を起こした。顔が自由になった。神崎は店の中に視線をめぐらした。制服警官も、私服の刑事たちの姿もない。どうやら、危機は去ったようだ。店の客たちは、いくらかしらけたような顔で苦笑し、あるいは苦々しげに煙草をふかしている。警官がくる前から抱き合っていたカップルは、相変わらずそのまま抱擁を続けていた。

ぶつぶつ言う声が聞こえた。

「驚かせやがるの」

「麻薬課かと思ってしまったぜ」

「いったい何だ？　連中、何の用があったんだ」

オスカーが近寄ってきた。ブリギッテは立ち上がって、神崎に手を出してくる。神崎はその手をつかんで、身体を起こした。

オスカーは言った。

「ブリギッテ、お前は機転がきくなあ」

ブリギッテは、ほめられた子犬のように鼻を鳴らして言った。

「でしょう」

神崎はオスカーに訊いた。

「連中は、どんな用事だったんだ？　やっぱりおれを捜していたのか」

「おれだ」とオスカーは答えた。「おれがラーツケラーからあんたを連れ出したろう。そのことをたれこんだ野郎がいたのさ。それで連中は、オスカー・シュッテっていう馴染み客が、日本人と一緒に出ていったってね。おれを尋問にきたってわけだ。おれは、このビルの占拠の件で、西ベルリン警察には多少覚えのいい人物だからな。やつらはオスカー・シュッテと聞いて、すぐにこのクロイツベルクまで吹っ飛んできたんだ」

「なんて訊かれたんだ？」

「あの日本人はどこだ、どんな関係なんだ、知り合いなのかどうか、そんなことだ」

「あんたの答えは？」

「あそこで酒代をたかっただけだ、って答えた。店の外で別れたってね。あんたの名も知らないし、それまで見たこともないって言ってやった」

「信用したろうか」

「連中には、おれの言葉を疑わなきゃならない理由もないんだ。日本人貿易会社員と、クロイツベルクの貧乏絵描きの組合せだ。接点なんて、ふつうはありえないからな」

「店の中を調べて行ったようだけれど」

「とりあえず、日本人らしいのがいないかどうか、調べていたようだな。しかし、捜索令状があるわけじゃない。店の客をざっと見るだけしかなかったのさ」

「きわどかったわけだ」神崎はちらりとブリギッテを見た。「彼女のキスのおかげで、顔を見られずにすんだ」

オスカーもブリギッテを見ながら言った。

「彼女も、それなりに楽しんだようだぜ」

ブリギッテははにかんで言った。

「ここのビール代のお礼よ」

神崎は言った。

「ここでは、五マルク出すと、どんな望みもかなうようだな」

オスカーはブリギッテと神崎の肩に手をかけて言ってきた。

「どうせなら、もう少し出す気はあるかい。二階のおれの部屋には、ストーブもある。石炭もひと籠買ったばかりだ。これにワインがつけば、あの部屋は天国になる。ワインを飲みながら、明日の朝を待つっていうのはどうだい」

「素敵な提案だが、ぼくはここを離れたほうがいいんじゃないか。こんどの事件では、あんたの名も警察には記録されたんだから」

「一度やってきたところには、警察はあらためてやってきたりはしないよ。いまは、ここは西ベルリンでいちばん安全な場所になったんだ」

「そうか」神崎はオスカーの言葉を吟味して言った。「道理だな」

神崎はオスカーに案内されて、地下から二階へと上がった。神崎のうしろから、ブリギッテがついてきた。建物に入ったときに感じた臭気は、さほど気にならなくなっていた。

オスカーの寝起きする部屋は、二階の裏手側にあった。オペラ「ラ・ボエーム」の舞台を連想させる部屋だ。広いが、粗末なテーブルと椅子、それに描きかけのキャンバスのほかには、何もない。テレビのセットもなければ、ステレオ装置もなかった。ましてやマッキントッシュやファクシミリはなかった。十九世紀の貧乏芸術家の住居そのものだった。隅のベッドの上には、洗濯物が干されていた。窓から外をのぞくと、そこには黒々とした空き地があるだけだ。再開発が予定されている一角なのだろう。

オスカーは言った。

「おれたちが占拠を始めたころは、ここはトイレも使えなかったんだ。小便も糞も、バケツにためていたんだからな。豚小屋以下だった。しかし、そのころから較べるなら、いまはトランプタワー並みの快適さだ。さ、椅子にかけて楽にしてくれ」

神崎は勧められた椅子に腰をおろして、腕時計に目をやった。十一時五十分になろうとしていた。ふいに激しい疲労を感じた。意識することもできなかった肉体の消耗に気づいた。背中をしゃんと伸ばすこともできないほど、身体はくたびれきっていた。足は筋肉が強張って棒になったかのようだ。ティアガルテンの森の中を駆けたせいか、あちこちの関節も痛んだ。

オスカーがふしぎそうに言った。

「どうした。顔色が悪いが」

頭の中が一瞬白くなった。すっと意識が遠のいてゆく。目の前は紗のカーテンでもおりたようだ。貧血か。神崎は両手で頭を抱えこみ、脳に血がもどるのを待った。ゆっくりと数を数えてみた。四、五、六、七……。白濁した意識が、やがてまた澄明になっていった。

神崎は首を振り、腰をあげながら言った。

「オスカー。くたくただ。パーティには付き合うことができない。ベッドへ案内してくれないか」

身体がぐらりと揺れた。オスカーとブリギッテの手が、すっと神崎の左右に延びてきたのがわかった。神崎はこんどこそ本当に、意識を失った。

11

悪い夢を見て、夜中に何度も目を覚ました。耐えがたい恐怖の連続する夢ばかりだった。どこまでも追われる夢、繰り返し絶体絶命の危機に追いやられる夢だ。もしかすると、うなされていたかもしれない。

そして朝の五時ごろからは、もう夢を見るほどには熟睡しなかった。時間がたち、朝がくるのを、ひたすら待ち望みながらのまどろみとなった。十月をなかばも過ぎてのベルリンは、朝の訪れが遅かった。午前六時になっても、まだ空は白んではこない。六時半になっても、部屋の窓の外の空はブルーブラック・インクの色そのものだった。

七時少し前、ようやく空が白んできたころ、部屋のドアがノックされた。神崎がかすれた声で返事をすると、すぐにドアが開いた。もとよりロックはされていない。入ってきたのは、オスカーだった。

オスカーはベッドに近づいてきて言った。

「眠れたかい?」

神崎はベッドに身体を起こして答えた。

「熟睡はできなかったようだ」

「無理もないさな。同情するよ」

「何かニュースでも？」

「新聞を二紙、買ってきた。日本人殺害の事件が出ているよ。テレビでももうじきニュースが始まる。テレビを借りてきてあるが、おれの部屋にこないか」

「見せてくれ」

部屋の冷えきった空気の中で、手早く衣類を身につけた。シャツもスーツも、運動と汗とでくたびれていた。かすかに匂ってさえいる。もしきょう一日このまま着替えができなかったとしたら、神崎の外見はほとんど浮浪者に近いものになるだろう。警察が胡散臭く思って当然の見てくれとなるだろう。自分はきょう、はたして着替えを置いてあるホテルの部屋にもどることができるのだろうか。清潔で糊のきいた白いシャツと、プレスのきいたウールのスーツが欲しいところだった。堂々と無実を主張し、陰謀を暴くためにも、まっとうな市民の制服が必要だった。

汗がひいてこわばった靴下をはくとき、神崎は自分がほんとうに犯罪者になったような気分を感じた。逃げまわる指名手配犯の惨めさを味わった。人は自分の下着や靴下にひけめがあるとき、いとも容易に、してもいない犯罪を自供し、あるいは嫌疑を認めてしまうのではないか。拷問に音をあげてしまうのではないだろうか。

オスカーの部屋は、暖まっていた。ブリギッテがちょうどコーヒーを淹れているところだった。石炭ストーブの上のヤカンから、勢いよく湯気が出ている。石炭はまだたっぷり残っているようだ。オスカーは「ラ・ボエーム」の主人公たちほどには困窮してはいないというわけだ。

ブリギッテに目であいさつしてから、テレビの前の椅子に腰をおろした。オスカーが広げた新聞紙を渡してきた。西ベルリンの大衆紙だ。紙面の右上に、西田博文の顔写真が名刺大の大きさで掲載されていた。おそらくは、西田のパスポートのものと同一の写真だ。

「ポツダム広場の殺人
　日本人商社マン殺さる
　二百万ドルの現金はどこへ？」

見出しに続けて、丹念に記事を読んだ。
記事の要旨はこうだった。

昨日夜九時ころ、ポツダム広場で、東洋人男性が倒れているのが見つかった。通行人が発見したもので、警察と救急車が駆けつけたときには、すでに死亡していた。被害者は、遺留品からデュッセルドルフに本社のある日系貿易会社社長の、ニシダ・ヒロフミ（四十七）と判明した。死因は頭を鈍器のようなもので殴られたためと見られている。

警察の調べによれば、欧亜交易の別の社員も現在ベルリンに滞在中だが、その社員の消息は昨夜来不明。西田自身は、昨日とつぜん銀行から二百万ドル近い現金を引き出しており、この現金を持ったまま、従業員にも詳しい事情を話さずにベルリンに向かったという。現場からはこの現金は発見されていない。現場付近では、殺された日本人の部下らしい男が目撃されており、警察はこの男を重要参考人として捜している……。

別の記事の見出しはこうだ。

「ポツダム広場でまた殺人
日本人旅行客、殺さる
被害者が二百万ドルで買おうとしたものは？
警察はポツダマー通りでパトロールを強化
街娼たちは一斉に地下へ」

記事の要旨。

ポツダマー通りで、昨夜またひとつ、殺人事件が発生した。こんどの被害者は中年の日本人旅行客。なぜかひとり人気のない夜のポツダム広場に立っていて、被害にあった。

日本人の身元は、持っていたパスポート等から、デュッセルドルフに事務所のある日系貿易会社の代表と判明した。ニシダ・ヒロフミ、四十七歳。彼は昨日、唐突にベルリン出張を思い立ち、銀行から会社の運転資金を二百万ドル引き出して、ベルリンに向かったという。彼が持っていたはずの現金入りの鞄は見つかってはいない。ポツダマー通りで死体が見つかったことから、この日本人が取引きしようとしていたものは、おそらく黒いシルクに包まれた何かであろうと見られる。

同じ会社の社員が現在ベルリンに滞在中であり、死体発見現場からは、彼のものとみられる名刺入れが発見されている。また彼が事件発生の前後に現場付近で目撃されていることから、殺人の理由は、ポツダム広場での複数の当事者による取引きがこじれたためとも想像できる。警察はこの社員を重要参考人とみて行方を追っている……。

両方の記事から、西ベルリン市警が神崎哲夫を追っていることは確認できた。またどちらの記事も、この殺人事件の背後に、別の犯罪の存在をほのめかしている。欧亜交易の社長とその部下による横領か詐欺の疑いだ。たぶんこの現金の引き出しについては、夜のうちに西ベルリン市警は調べをつけてしまったのだろう。デュッセルドルフの従業員と連絡がついたのだ。

記事が示唆していることのもうひとつは、その二百万ドルの現金は、神崎の手にあるということだ。つまり、神崎にはいま、単純な殺人だけではなく、現金強奪の容疑もかかっているということになる。神崎は警察に出頭した場合、現金の行方についても、厳しい追及を受けることになる。

　現場に残されていたという名刺入れの件は思い当たることがなかった。西田の名刺入れの中に、自分、神崎哲夫の名刺も入っていたということなのだろうか。それとも、この陰謀を仕組んだ誰かが、そのような小道具をしつらえ、あえて現場に残してきたということだろうか。いまなら、後者の線にも充分に納得がゆくが。

　欧亜交易のココム規制違反事件との関わりについては、どちらの記事にも言及がなかった。西ベルリン市警はそこまでまだ調べをつけていないのだろう。被害者の勤め先、欧亜交易と、ココム規制違反で告発されたばかりの横浜製作所との関連に気づいていないのだ。いずれココム規制違反の報道がもっと大きくなれば、西ベルリン市警がそこに思い至らないとしても、西ドイツの公安警察か情報局のほうが発見することになるが。

　オスカーが言った。

「始まったぜ」

　神崎は新聞から顔をあげてテレビを見た。

　ポツダム広場での死体収容の場面が映っている。救急隊員がふたり、担架を救急車の荷台に積みこむところだった。担架には毛布がかけられている。

　その画面にアナウンスがかぶさっていた。

「……発見は午後九時ごろで、警察が駆けつけたときには、この人はすでに死亡していました。所持していたパスポートから、この人は、日系貿易会社社長の西田博文さんであることがわかりました」

　画面が変わって、女性アナウンサーの顔が正面から映された。画面の左側には、西田の顔写真。新聞に掲載されているものと同じ写真だ。

　アナウンサーは続けた。

「西田氏は、事務所のあるデュッセルドルフから、商用で昨日ベルリンに着いたところでした。同社従業員の話では、現金二百万ドルを携えていたはずだとのことです。警察では、現場付近で目撃されている同社の従業員、神崎哲夫の行方を追っています。神崎は西田氏より二日先にベルリンにきていましたが、昨夜は宿泊先のホテルから行方をくらましています」

　また画面が変わった。

　神崎は息を呑んだ。胸の筋肉が激しく収縮した。

　そこに現れたのは、自分の顔写真だった。パスポートに貼ってある、三年前に写したカラーの写真。髪をていねいに七三に分け、スーツを着て、生まじめそうに正面を見た、神崎哲夫の二十八歳のときの写真だった。警察は、ベルリン・ペンタ・ホテルの部屋から、神崎のスーツケースやパスポート類を押収してしまったということなのだろう。顔写真の下に、ローマ字でスーパーインポーズが入った。

　テツオ・カンザキ　三十一歳

オスカーが口笛を吹いて言った。

「おっと、ここまでやられてるのか」

ブリギッテが不服そうに言った。

「本物のほうが、男前だわ」

画面はまた、女性アナウンサーの大写しに変わった。アナウンサーは、カメラを正面からにらみ据えて続けた。

「それでは次のニュースです。昨日、スパンダウで、トラックと乗用車の交通事故があり、ふたりが怪我を……」

ブリギッテが、神崎にマグカップを渡してきた。神崎は無意識にカップを両手で受け取り、膝の上に置いた。

指名手配。顔写真の公表。

もうこれは、嫌疑がかかっているという程度のことではない。西ベルリン市警は、神崎哲夫を西田博文殺害事件の犯人として断定しているのだ。現場に残っていたという名刺入れと、現場付近での目撃証言。そのふたつだけが断定の理由ではあるまい。もっと何か決定的な証拠と言えるものを得ているのだろう。神崎が警察の疑いをはらいのけ、無実を主張するには、そうとうの根拠が必要になりそうだった。現場不在証明のようなものが。あるいは、真犯人を特定しうる証拠のようなものが。警察は、寒河江とあの殺し屋との関連を、本気で調べてくれるだろうか。ココム規制違反事件と寒河江との関係について、神崎の話に耳を傾けてくれるだろうか。

オスカーが心配そうに言ってきた。

「出頭はどうやら無理な情勢だな」

神崎は言った。

「しかし、このまま逃げているわけにもいくまい。ぼくの無実を証明する捜査能力を持っているのは、やはり西ベルリン市警なんだ。逃げている時間が長くなればなるほど、彼らはぼくへの疑いを強める。確信を深めるだけだ」

「いいや」オスカーは首を振った。「連中は、あんたの無実を証明するためにその捜査能力をさいてはくれないさ。あんた、ココム違反貿易に関わっていたと言ったじゃないか。アメリカ政府と日本政府のあいだじゃ、このココム違反をめぐって対立しているんだろう？　そんなとき、西ベルリン市警にせよ、西ドイツ政府の公安警察にせよ、誰があんたの味方になってくれる？　あんたは言ったぜ。あんたの親会社のほうも、知らぬ存ぜぬで通すつもりらしいと。となると、あんたはいま孤立無援だよ。あんたの味方は誰もいない」

「誰も？　そうかな」

「そうさ。会社はあんたの口封じを狙った。日本政府も、日本の大企業にココム違反があったことを認めるよりは、小さな貿易会社の社員ひとりに罪をひっかぶせるほうがいい。西ドイツ政府だって、レイキャビクの米ソ首脳会談が失敗したいま、ただプロパガンダの意味だけでも、東側と通じていた人物には厳しく対処することは確実だ。誰があんたの無実を証明しなければならない？　誰にその義務がある？　誰もいない。誰にもその義務はない。少なくとも、いまはな」

「しかし」

「まあ、聞け。楽観的に言っても、このココム違反事件のほうが落ち着くまでは無理だ。レーガンとゴルバチョフが、和解するときまで無理なんだ。アメリカ政府のソ連との対決姿勢は、当分この調子で推移するさ。となると、殺人事件はともかくとしても、アメリカ政府は、いま西側の国家のココム違反のほうを見逃すわけにはいかないんだ。ましてや、アメリカにとっては目の上のたんこぶの日本のハイテク産業が起こした事件だ。あんたはレーガン政権にとっても、恰好の攻撃材料というか、生け贄というか、そういうものになってしまってるんだ」

まくしたてられて、神崎は沈黙した。オスカーの言うとおりだ。世界のどこにも、神崎をかばい、弁護してくれる者はいない。神崎の無実を証明する義務を負った者はいないのだ。親会社がすでに神崎を見捨てたことは、昨日確認できた。日本政府が、親会社よりも親切に、親身になって、神崎の身を案じてくれるはずもない。ましてや、西ドイツ政府やアメリカ政府が。少なくともココム規制違反事件が落ち着くまでは、それを期待することは無理だ。

味方は世界のどこにも、ともう一度思いかけてから、ふいに脳裏によみがえった言葉があった。きのうの夕方、ある男がさりげなく口にした言葉。壁の向こうで、胸にとめておいてくれと言われた言葉。

世界なんて、ある朝いっぺんに変わる。

そして、もうひとこと。

フルタイムで働いてほしいとお願いしたいところなのだが……。

「さて」オスカーは肩をすくめ、いくらか芝居がかった調子で言った。「どうするね、友よ。いまあんたに残された道は、極刑を覚悟で警察に出頭するか、東ベルリンに逃げることだ。このふたつのほかには、道はないようだぜ」

神崎は力なく答えた。

「出頭するしかないな。せめてほんとうに東に逃げることができるなら、向こうではなんとかなるんだが」

「おっと」オスカーはむせて言った。「おれは冗談で言ったんだよ。東に逃げてどうする気だ」

「もし逃げることができたら、東ドイツに、ぼくを買ってくれてる人々がいる。助けを求めることができそうに思うんだ」

ブリギッテが、横から汚い言葉を吐いた。

「糞野郎！　なによ、コミュニストに助けを求めるって言ってるの？」

神崎はブリギッテに顔を向けてうなずいた。

「できることなら、その手も使ったって悪くはないさ。東を脱出してきたきみには、とんでもないことに思えるだろうけどね。ぼくは東にささやかなコネクションを持っている。彼らに、ぼくは自分の無実を主張し、匿ってくれと頼んでみることもできるだろう。すべての陰謀があからさまになるまで、身の安全をはかってくれと頼むことができると思う。ただし、向こうに行くことができたらの話だ。オスカーの話じゃ、空港や高速道路の入口で検問が行われていると言うし、ぼくは、東ベルリン側に出る検問所を通ることもできないだろう」

オスカーが言った。

「それに、もし向こうさんがあんたを助けてくれたとしても、それは政治的な理由からだろう。利用価値があると判断しているあいだだけだよ。いずれあんたは、東からも追放されることになる」

「ぼくはすでに、自分の親会社から抹殺されようとしたんだ。生きてゆけるなら、利用されることも受け容れるさ。受け容れるしかない」

「本気で東に逃げてもいいと思ってるのか。東ベルリンでもいいのか？」

「東が、ここよりも危険だとは思えないよ」

「だったら」オスカーはそばのテーブルにコーヒーカップを置いて言った。「東に行く方法はないわけじゃない。あんたは東ベルリンに逃げ出すことができるよ」

神崎は驚いてオスカーを見つめた。彼は真顔だった。

オスカーはうなずいて言った。

「警察は、西ベルリンから西ドイツやほかの国に出る人間をチェックしているはずだ。テーゲル空港とか、東ベルリン側のシェンフェルド空港に行く道の途中とかで、厳しく検問中のはずだ。もちろん、国際列車の出ているツォー駅とか、西ドイツへ向かう高速道路の入口も、警官隊が固めただろう。しかし、絶対に殺人犯の日本人が東ベルリンに行くとは思ってはいない。外国人が通過できるチェックポイント・チャーリーにはいるかもしれないが、重点ではないはずだよ」

「西ドイツ公安警察は、ぼくを東側のスパイとみなすはずだ、と言わなかったか」

「まだ昨日の殺人事件と、ココム違反との関連は明らかになっちゃいないだろう。警察がその関連に気づくのは、あんたを逮捕してからのことだよ。いまのところ、あんたはまだ西ベルリン市警だけを心配していればいい」

「殺し屋もいる」

「いま殺し屋が張っているのは、たぶん寒河江って男のアパートのそばだろう。あんたがその寒河江って男に会いにくると予測してるんじゃないかな。おれも、その予測は妥当だと思う」

「要点を言ってくれ」神崎は訊いた。「ぼくは、東ベルリン側に脱出することができるのか。壁を越えて」

「できる。手はないわけじゃない。それより、あんた、その東とのコネクションには、話はついているのか。こういう場合、助けを求めることになると、打合せずみなのか」

「いや、まさか」

「連絡はできるか」

「あんたのほうがよく知ってるだろう。ベルリンで、西から東に電話をかけることは、不可能ではないにしても、かなりむずかしい。その逆は、事実上絶望的だ。ぼくも一度だけ、仕事でこちらから東にかけたことがあるが、あの手間暇と面倒臭さは、この場合、まったく使いものにならない」

ブリギッテが脇から言った。

「どうやるにしても、この人の顔はテレビに出てしまったのよ。街を歩くことはできるの？この密告好きの市民の中を、無事に抜けていけるの？」

オスカーがブリギッテに向かって言った。

「前髪を垂らして、ジーンズをはかせりゃいい。ベトナム人難民か、東ドイツで働くベトナム人に見えるだろう。そうでなくても、ドイツ人には東洋人の顔はみな同じに見えるんだ」

「そうか」ブリギッテは神崎の頭に手を伸ばし、髪のあいだに指を入れてきた。「こうやればいいのね」

頭髪がブリギッテの指でかき乱された。鏡はなかったが、神崎には、自分の髪がおそらく河童のように頭の中心から放射状に広がったのだろうと想像がついた。

オスカーが神崎を見つめ、謹厳そうにうなずいて言った。

「そうだ。それでいい」

神崎は言った。

「あんたの計画を話してくれないか。ぼくは、どうやって東側に脱出できるんだ?」

「説明しよう」

オスカーは神崎のすぐ前の椅子に腰をおろし、身を乗り出してきた。

12

一時間後の午前八時十分、神崎哲夫がオスカー・シュッテと共におり立ったのは、Uバーン一号線の終点、シュレジア門駅だった。クロイツベルク地区の東端とも呼ぶことのできる位置である。

終点とはいえ、ベルリンがまだ分断されていなかったころは、高架の路線はさらに東へと延びていた。駅のすぐ東にあるスプレー川を越え、フリードリッヒスハイン地区へと続いていたのだ。いまはUバーン一号線はこのシュレジア門駅で終わっており、高架の鉄路だけが、川を越え、壁を越えて、東ベルリン側へとつながっている。

このあたりの東西ベルリンの境界は、厳密に言うならばスプレー川の左岸、西ベルリン側の川岸上である。高架の鉄路は、川にかかるオーバーバウム橋の西側たもとで、二重三重の堅固な柵により、閉鎖されていた。いわゆる「壁」は川の右岸、東側の岸に設けられている。つまり東西ベルリンの境界からは、ちょうど川の幅の分だけ、東側に後退して設置されていることになるが、これは単純に警備上の都合によるものだろう。

神崎哲夫たちは赤レンガ造りのシュレジア門駅を出た。陰鬱な十月の空が、駅前の広場の上に広がっている。風はなかったが、寒気は昨日の朝よりも一段と厳しくなっているように思えた。周囲の街並みはどこかわびしげで、その朝の寒々とした印象をことさら強調している。出勤を急ぐ様子のクロイツベルクの住人たちは、みな首をすくめマフラーを耳元まで引き上げて、足早に駅舎に駆けこんでいた。トルコ人らしい風貌と、粗末な身なりの若いドイツ人男女の姿が目立った。見渡すと、広場の隅に、緑と白とに塗り分けた西ベルリン市警のワゴン車が見えた。

オスカーが神崎の視線に気づいて言った。

「堂々としてろ。さっきも話したように、オーバーバウム橋の検問所を抜けることができるのは、ベルリン市民だけだ。徒歩で東ベルリンに入る西ベルリン市民と、もう逃亡のおそれもなくなったような、東ベルリンの年金生活者だけしか、ここの検問所を通ることはできない。つまりあの警察車が、日本人を捜しているなんてことはありえないのさ」

神崎はコートの襟をかきあわせて、高架になった鉄路の先に目をやった。神崎はネクタイこそはずしていたが、コートとスーツはそのまま身につけていた。ベトナム人の変装は、髪だけにしておいたのだ。それで充分みたいよ、とブリギッテが保証してくれていた。

鉄路は広場の上で右に曲がり、広い通りを百メートルほど進んでから、また左へ曲がっていた。この高架の路線に沿って歩いてゆけば、すぐに検問所に出るとのことだった。オスカーが先に立って、石畳の道を歩きだした。神崎が続いた。

一分も歩かないうちに、左前方に検問所が見えてきた。T字路になった交差点の左手に車止めのコンクリートの輪が置かれており、輪の向こう側、オーバーバウム橋の上に、コンクリート造りの平屋の検問所があったのだ。橋の右側には、高架の鉄路がかかっている。境界から先は、鉄路の橋の部分はむき出しの鉄骨ではなく、レンガ造りとなっていた。使われていない高架の鉄路は、レンガがほうぼうで欠け落ち、戦跡のような荒れた暗いたたずまいを見せている。

検問所の手前で、神崎は足をとめた。

橋は長さが百メートルほどで、車の通行がないため、ずいぶん広く感じられる。真正面、橋の向こうのたもとにも、検問所とおぼしき建物があった。

左手に見える川の向こう岸には、コンクリートのパネルの壁が延々と連なっている。すっかり見慣れたベルリンの壁だ。ひとつ、これまで見てきた壁とちがう点は、落書きがまったく描かれていないことだった。さすが、境界の川を渡ってまで、あのコンクリートのパネルにスプレーを吹きかけようという物好きはいなかったのだろう。それだけに、灰色の壁の表情はいっそう冷やかで拒絶的なものに見えた。川のずっと左手には、東ベルリンのランドマーク、テレビ塔とその球形の展望台が見えた。

検問所の脇から、ひとりの老婦人が出てきた。黒っぽいオーバーコートにスカーフ姿。ハーフブーツをはいていた。手には空っぽの網籠をさげている。東ベルリンに住む老人なのだろう。買い物で西ベルリンに入ってきたのかもしれない。それとも、親族か誰かを訪ねるのか。老婦人は、神崎とオスカーに遠慮のない視線を向け、愛想笑いひとつも見せずに横を通り過ぎていった。検問所の中で、カーキ色の制服を着こんだ若い男が、いぶかしげに神崎たちに目を向けてきた。

オスカーが手を差し出してきた。

「じゃあ、神崎。事態が落ち着くまで、向こうで生き延びろ。早まったりせずに、とにかく身の安全だけを考えるんだ。いつかは、正義が勝つさ。真実があまねく世界を照らすんだ。幸運を祈る」

神崎はオスカーの手を握り返して言った。

「オスカー、世話になった。ほんとうにありがとう。また自由の身になったら、きっときちんとお礼をしたい」

「楽しみにしてるよ。さ、行け」

「さよなら」

神崎は手を離して、うしろ向きに三歩歩いた。オスカーは野戦服のポケットに両手を入れ、クロイツベルクの街並みを背景にして立っている。その表情は言葉ほどには快活でも明るいものでもなかった。神崎を東側に送りこむことに、いまだ一抹の不安を感じているのだろう。それが唯一の解決策であったか、確信が持てずにいるのだろう。

いいんだ、オスカー、と神崎は胸のうちで言った。これはぼくが決めたことだ。きみが責任を感じることはない。この先、ぼくにどんな事態が待っていようともだ。この先、ぼくがどうなろうともだ。

神崎は手を振ると、オスカーにくるりと背を向けて検問所に向かった。ベルリン市民専用の、それも徒歩の往来者のためのチェックポイント。オーバーバウム橋検問所。小さな人止めの柵が上がった。若い係官が正面に立って、ガラス張りの検問所の中へと神崎を招じ入れた。中に旅券管理のブースがあり、透明の合成樹脂の窓の向こうに、口髭をはやした係官がいる。口髭の係官は、怪訝そうな顔で神崎を見つめてきた。お前はドイツ人なのか、ベルリン市民なのか、とその目が訊いている。

神崎は、ドイツ語で明瞭に言った。

「わたしは日本人だ。ドイツ民主共和国政府に、保護を求めたい。警察もしくは、担当の役人に至急連絡してもらいたいんだが」

第二部　一九九一年十月　東京

1

郵政省世田谷郵便局外務員の福田広志《ふくだひろし》は、区分け作業の手をふと止めた。
見慣れぬ切手の貼られた、こぶりの封筒だった。隅に手書きの欧文で、エアメール、と記されている。宛先は、世田谷区祖師谷《そしがや》一丁目の神崎敏子《としこ》だ。左隅には、差出人の名は書かれていない。

その封筒をひっくり返して眺めた。やはり差出人の名はなかった。福田は左右に素早く目をやってから、もう一度封筒をひっくり返し、あらためて表の面をじっくりと眺めた。

消印の文字は判別しにくかった。切手の図柄は、誰か白人男の肖像画だ。下に、一五〇のアラビア数字と、GERMANYの文字を読むことができた。ドイツからの封書だ。神崎敏子宛ての、外国からの郵便物。上司から直接に指示を受けていた、法外処置郵便物ということになる。

法外処置郵便物。

ひらたく言うなら、それは信書の秘密の法的権利を除外された郵便物だった。宛先人に配達される前に、いったん警視庁公安部に届けられることになっている。もちろん、何の法律上の根拠もない。警察庁と警視庁公安部が郵政省に対してひそかに要請し、郵政省がこれを受け入れた、裏の制度だ。

警視庁は本来、東京都公安委員会のもとにある自治体警察という建前だが、こと政治犯罪に関しては全国警察の性格を持っている。警視庁公安部が、全国の政治団体はもとより、労働団体や大衆運動を監視し、共産主義国の諜報員や情報提供者を摘発しているのだ。

その警視庁公安部は、全国で数十人の監視対象者を指定し、彼らに宛てられた郵便物をこの「法外処置郵便物」取扱いの対象としている。対象者は、共産党幹部や新左翼団体のメンバー、極左に分類されている評論家やジャーナリストたちだった。北朝鮮へハイジャックした赤軍派のメンバーの家族や、パレスチナの日本赤軍グループの友人たちも、これに含まれている。

もっとも、指定された人物宛ての郵便物すべてが——商業的ダイレクト・メールから慶弔の案内までひっくるめて——この取扱いを受けるわけではなかった。たいがいは、外国からの郵便物とか、個人差し出しの封書のみといった条件がついた。神崎敏子の場合は、外国からの郵便物のみという限定がついていた。

指定された宛先を受け持つ外務員には、郵政当局がとくに職員を選んであてる。この処置は郵政事業の根幹にかかわる極秘事項であって、全逓の組合員などにはけっして明かすことのできぬものであるからだ。

福田広志は全逓の組合員だが、じつは当局が内通者としてひそかに育てあげてきた職員であり、その思想的立場には懸念すべき点がなかった。このため世田谷郵便局は、神崎敏子への郵便物をあらためる二代目の外務員として、福田をこの区域の担当としたのだった。

福田は、局長からじきじきに指示されていた。

神崎敏子宛ての外国郵便物が出た場合には、これをいったん宛所不完全郵便物扱いにして局長に届けること、と。

その日から福田は神崎敏子の名を、目の前の棚の横板に、薄く鉛筆でメモしておいた。

福田はあらためて左右に目をやった。灰色のスチール製の棚が整然と並んだ広い部屋だった。いまは、朝の九時二十分。昨日、局に到着した分の郵便物が、外務員の受持ち区域ごとに区分けされ、宛先別にまとめられているところだった。百二十人近い外務員は、手元の郵便物の宛先を一瞬のうちに読み取り見分け、番地ごと建物ごとに仕切られた棚の間に放りこんでいる。その様子は、賭博場でベテランのディーラーがカードを配る様子を連想させた。

棚の仕切りにはとくに所番地が記してあるわけでもなく、人名や会社名が書かれているわけでもなかった。しかし、外務員たちは自分の流儀でその仕切りを区別し、その配置を覚えこんでいた。彼らは配達の道順に従って郵便物を整理し、ひとまとめにできるものは紐でくくって、黙々と並べ変える作業を続けている。区分け作業の最中にも、外務員たちの作業台の前にはつぎつぎと郵便物の山が置かれていった。早い者は、すでにひと抱えほどの郵便物

ていない。

福田は神崎敏子宛てのドイツからの封書を、自分の足もとの宛所不完全郵便物を入れる箱に落とした。十分ほど後には、その封書は職制のもとへ届けられ、さらに局長室へと直接運ばれる。そこから先は福田も説明を受けているわけではなかったが、行く先が警視庁であることを疑わねばならぬ理由もない。郵便物が届けられると、警視庁公安部はただちに封書をスチームで開封し、中身をあらためるのだろう。そして半日か一日の後に、違法行為の痕跡もとどめぬよう細工して、この世田谷郵便局に返してくるのだ。

局長から指示は受けていたが、じっさいに神崎敏子宛てに外国から郵便物が届いたのは、福田が担当してから数度しかない。これまではみな西側諸国からの絵ハガキで、さほど重大な秘密が書かれた書面のようにも思えなかった。こんどの手紙はドイツからだが、冷戦も終わって東ドイツという国家も消え、ソ連が悪の帝国であった時代も過去のものとなった。この手紙が果たして、公安警察がこれほどの手間をかけてまで押さえたがっていた手紙なのか、福田には判断のしようもなかった。

ただ、と福田は思った。これでまた退庁時刻のあとに局長室によばれて、白い封筒を渡されることになる。局長から約束されていた、一件につき五千円の闇手当てをもらえるのだ。配達の実際業務のつらさに較べるなら、鼻毛を抜くよりも楽な労働だった。福田は、その手当てで何を買おうか、何をしようかと考えた。新調しようと思っていた釣り道具の購入にあてようか。それともやはり、下北沢《しもきたざわ》あたりに出て酒を飲むことにするか。

通路に、作業を監督する職制が顔を出した。福田は彼に声をかけた。

「宛所、判読不能が一通出てます」そして、符牒を小声で言う。「法外処置《マルガイ》です」

職制はとくに顔色も変えずにその場にしゃがみこみ、箱からその航空便の封筒を取り上げた。

2

そのビルは、バンからはいくらか後方に見る位置にあった。

車から見て、新宿通りをはさんだ北側に建っている。外壁に白い化粧タイルを張った、九階建ての建物だ。すべてのフロアに、得体の知れぬ小さな会社や個人が入居している。興信所、編集プロダクション、アダルト・ビデオの制作会社、調理師の斡旋業者などが、エレベーター前のプレートに名を連ねていた。計理士や税理士の事務所もあるようだった。真堂洋介《しんどうようすけ》は、昨夜のうちに自分の目でそれを確認していた。

ビルには、新宿通りに面して、ひとつ目立たぬ入口がある。入口の上には、金属板の看板。「新宿JAMMホール」と、施設の名が記されていた。

階段をおりてゆくと、そこは天井が高く、梁やパイプがむき出しの地下室となっている。芝居やライブ・コンサートに使われることの多い、多目的スペースだという。真堂洋介は、そのホールの内部も、前夜ふたりの電気技師と一緒にのぞいていた。真堂が見たところ、そのホールはざっと百人ばかりの人を集めることができる広さがあった。

ホールの入口の周囲に、いま五、六人の男たちの姿がある。彫りが深く、浅黒い顔立ちの男たちだった。艶のある豊かな黒い髪が目立った。男たちは無警戒な表情で、談笑している。真堂洋介たちの乗るバンには、何の関心も払っていない。

もっとも、バンには東京ガスのマークとロゴタイプがペイントされていた。東京都内のどこに駐車しようと、気にされることもない車両だった。後部席の窓ガラスはブラインド・コーティングされ、荷台部分の窓には内側から遮光カーテンが引かれているが、そのことについても、市民は深い意味を感じないだろう。

しかしそのバンの内部には、東京ガスの工事車両には必要のない設備がぎっしりとつまっていたのだった。大型のバッテリーが二台と、そのスペアが二台。高性能の受信設備と録音機材。三脚に据えられたビデオ・カメラ。やはり三脚に取りつけられた一眼レフ・スチルカメラ。

その残りのわずかな隙間に、四人の男が身体を入れている。みな東京ガスの作業服を着ていた。ひとりはヘッドホンをつけた録音担当者であり、ひとりはベータカムの操作要員、ひとりが一眼レフのファインダーをのぞく写真担当だった。真堂洋介もジュラルミン製のケースに腰をかけて、双眼鏡を手にしていた。お気に入りのコーヒーの入った魔法瓶は、膝の上だ。

「警視正」運転席と荷物室とを分けるカーテンの向こうから、声があった。きょう運転手を務めている、公安二課の警察官だ。「わたしたちの仕事って、これからはこういう出稼ぎアジア人の監視ばかりってことになってしまうんでしょうかね。これまでは公安といえば警視庁の花形の職場でしたがね。ソ連でも共産党が解党しちゃうご時世だ。いや、ソ連そのものが、いつまであるか。アカを見つけるのも、むずかしくなってきましたからね。なんか、三流の仕事をしてる気分ですよ」

退屈していることはわかるが、不愉快なぼやきだった。真堂洋介は運転手にきつい調子で言った。

「余計なことは言わんでいい。黙ってろ」

運転手の顔は見えなかったが、彼が鼻白んで唇を曲げただろうとは想像がついた。

しかし叱ったとはいえ、運転手のぼやきにも、いくらかは同情の余地はあった。真堂自身、この数ヵ月、そう考えないでもないことだったのだ。コミュニズムは死に、米ソ間の核戦争のおそれも遠のいた。ソ連政府とソ連共産党による思想侵略や世論誘導も、もう心配する必要はない。いまさら日本人の誰が好きこのんで、あの解体寸前の共産国家、ソ連邦の手先となるだろう。誰が冷戦の敗残者、貧困にあえぐ北の第三世界、あのソ連邦に魅力を感じることだろう。ソ連は、日本の公安警察の主要な警戒対象の座からとうに転落していた。いま警視庁公安部の中で忙しいのは、外事二課の北朝鮮を受け持っているグループだけだ。

真堂洋介は、警視庁公安部でソ連畑を専門に歩いてきた警察官であった。国家公務員だが、所属は警視庁公安部の、ソ連・東欧を担当する外事一課だ。役職は課長補佐、階級は警視正である。

この道は、彼本人が望んだものでもある。東京大学法学部在学中に、スターリンやベリヤの生涯を真剣に学んだのも、ソ連共産党なりKGBの巨大さと強さをそれなりに認めてきたからであった。東大法学部の修士課程を修了したあと、彼は上級職国家公務員試験に合格、警察庁に採用された。警察大学で六カ月間、公安警察官としての基礎訓練を受けた後は、米国のプリンストン大学に派遣留学、ソ連邦の法律と権力機構について、集中的に学んだ経歴を持つ。そして帰国後、警視庁公安部に出向したのだった。以来六年、プライベートな時間にも、ソ連ウォッチング、東欧ウォッチングを欠かしたことはなかった。

なのについ先日からは、大衆運動を受け持つ公安二課の応援を命じられている。その任務の中身は、真堂にとってはまったく格下げに等しいものに感じられていた。不法滞在、不法就労の外国人労働者の監視。および彼らと日本人左翼グループとの接触動向の調査。

これは警視庁公安部の任務というよりは、むしろ防犯部か警邏部の外勤巡査の役割りではないか？　こいつはKGBを相手にしてきた自分にふさわしい任務か？　日本人のソ連協力者をあぶりだし、課報組織を探りだして摘発することが主な職務だった自分にとって、これはその能力と知識、経験を生かすことができる仕事なのか？　外事一課の課長補佐、警視正の自分が出てゆかねばならぬほどの仕事なのか。それでも警視庁十三階でデスクに向かっているよりは、多少の気晴らしにはなる。真堂洋介がこの日、公安二課の応援で現場指揮を引き受けたのは、ただ暇であったからで、けっして義務感や使命感によるものではなかったのだ。真堂は運転手のぼやきに、八割の共感さえ感じたのだった。

いくらかしらけた車内で、ビデオ・カメラの担当がとりなすように言った。

「だけど危険なのは、やっぱりこれからはあの手の外人労働者連中ですよ。不法入国のくせして、あいつらがくだらんことで騒ぎだす、身勝手な要求をエスカレートさせる。放っておけば、そのうち東京を我が物顔で歩きまわるようになるかもしれない。東京もニューヨークみたいになってしまいかねませんよ。わたしたちのやってることは、重大任務だと思いますがね」

真堂たちはその狭いバンの中で、もう二時間近くも、新宿JAMMホールの監視を続けてきたのだった。ホールに集まっているのは、東京とその近郊に住むバングラデシュ人たちだ。百人以上きているだろう。

同胞同士の単なる親睦と交流のため、という名目の集会だったが、新左翼を受け持つ公安一課と、大衆運動担当の公安二課では、これが日本政府を非難する目的の政治的な集会ではないかと疑っていた。日本の人権擁護団体が、集会の後援者として名を連ねているのだ。その事務局長は、かつて東京都公安条例違反で二度拘置所入りしたことのある、かつての新左翼の指導者だ。ただの親睦会であるはずがない。

おそらく集会では、日本政府の外国人労働者受入れをめぐる対応のお粗末さや、法律上、制度上の問題が指摘され、攻撃されるのだろう。不法滞在、不法就労のバングラデシュ人の人権を保障せよというアピールが出されるかもしれなかった。公安二課も、とりあえずは注意を向けておくべき集会だという判断だったのだ。

午後二時少し前になっていた。狭い車の荷物室の中では、そろそろ背中も腰も痛みだしてきていた。何より、このような監視任務は退屈だった。彼らに日本政府非難の意図があるかもしれないとはいえ、いまここで急にテロ活動が決議されたり、出席者に爆弾が配られるわけではないのだ。緊張感の持てぬ監視任務だった。

と、監視中のビルで、地下室へおりる扉が開いた。工員服のようなジャケットを着た青年が現れた。青年は、入口前にたむろしていた男たちに笑みを見せた。

スチルカメラをのぞいていた男が言った。

「そろそろ、終わりかな」

ヘッドホンをつけた録音担当が言った。

「まだでしょう。中では、アジはまだ続いていますよ」

真堂洋介は双眼鏡をビルに向けながら、録音担当の男に言った。

「拍手とか、ガタガタと椅子を動かす音が合図になるだろう。それからどっと人が出てくる。そういう気配があったら、知らせてくれ」

「おっと、終わりました」と、その録音担当。「拍手が起こってます」

「出てくるぞ。ビデオ、まわしてくれ。参加していた日本人の顔は、絶対に撮り落としのないようにな」真堂洋介は、とくにふたりの日本人の名を挙げた。ひとりは集会の後援者。もうひとりはゲストの、極左文化人。「このふたり、見失うなよ。尾行班も用意はいいんだな」

　そのとき、運転席で発信音が鳴り出した。自動車電話の呼び出し音のようだ。真堂は双眼鏡から目を離して、運転席に顔を向けた。呼び出し音はすぐに消えて、応答する運転手の声が聞こえてきた。

　誰への電話か聞き取ろうと、真堂は聞き耳を立てた。

　運転手がカーテンを開けて、真堂に受話器を渡してきた。

「警視正、電話です」

　受話器を耳に当てると、聞きなれた声が聞こえてきた。外事一課の部下、渡辺克次《わたなべかつじ》のものだ。

「ドイツから、エアメールがきていますよ」彼はうれしそうに言った。「壁の向こうに消えた、あの野郎です。神崎哲夫」

「神崎から？」真堂は驚いて訊き返した。「神崎哲夫から手紙があったのか」

　神崎哲夫。それは五年前、まだベルリンを東西に分ける壁があったころ、西ベルリンで自分の上司を殺し、東ベルリンへ逃走した男の名だ。男の勤める企業・欧亜交易は、小規模ながら東欧圏との貿易を専門とした有力商社だ。殺人事件は、この会社がからんだココム規制違反事件の発覚の直後に起こったのだった。神崎は会社の運転資金、二百万ドルの現金も奪っていったとみられている。当時の西ベルリン市警察は、神崎哲夫を殺人容疑で指名手配、世界各国の警察に対して、いわゆる赤手配（被手配者の逮捕・仮拘束の要請）をおこなっている。

真堂たち、警視庁公安部は、事件のちがう側面に関心を持った。神崎哲夫は、単純な殺人犯ではなく、ソ連、東欧の秘密警察なり諜報組織なりの手先であったのではないかという点だった。そうでなければ、日本人の誰が好きこのんで、人をひとり殺した上で東ベルリンに逃走するだろう。

明治大学時代から彼は東欧圏に関心を持ち、卒業旅行では東ドイツとポーランドを旅行していた。学生時代、いっときベトナム難民救援組織と接触していた事実もある。新左翼組織とのつながりは確認されていないが、この時期に彼がコミュニストに取りこまれていても不自然ではない。横浜製作所に勤務していた当時は、組合活動にも積極的だった。

捜査当局が押収した品の中には、東ドイツほか東欧圏からの手紙も数多く見つかっている。彼の交遊関係は、極端に東に偏っていると判断できた。また理工学部出身のセールス・エンジニアだったから、多少の高度技術についての知識もある。日本のハイテク技術情報をソ連圏に流していたとしてもふしぎはなかった。

神崎哲夫は、横浜製作所では、もっぱら東欧圏貿易を担当していた。入社直後にみずから望んでの対東欧班配属だったという。横浜製作所勤務時代だけで、年間平均十回以上は東欧に出張している。ソ連にも、確認できているだけで、十二回。公安部の資料の中からは、ソ連大使館後援のソ連映画の鑑賞会の日に、神崎が出席していた写真も見つかった。当局がKGBとみなす一等書記官の後方で、神崎が微笑している写真だった。状況証拠は、彼がスパイもしくはかなりランクの高い情報提供者であったことを物語っていた。

彼が横浜製作所を辞め、欧亜交易の旗揚げに参加するのは、横浜製作所で六年勤めたあとの八三年。彼が二十八歳になった年のことだ。事件の三年前のことになる。

真堂洋介の判断では、彼は完全にクロだった。スパイ、という呼びかたがおおげさすぎるとしても、ソ連の情報協力者であることはまちがいなかった。その判断については、首をかけてもいいとさえ真堂は思っている。神崎は表向きの仕事では、ソ連や東欧圏を利する違法貿易に従事し、陰では貿易ルートに乗せようのない西側の機密情報を流していたのだ。その大半は高度工業技術に関するものだろうが、軍事機密や外交機密を流すルートとして利用されていた可能性もないではない。マイクロチップそのものや設計図を運んだこともあったろう。生粋の公安警察官、真堂洋介にとって、これほど対決しがいのある相手もなかった。敵として、というより、捜査対象として、真堂の知識と経験のありったけを注ぎこみ打ちのめす対象として、神崎は理想的だった。

電話の向こうで、渡辺が言った。

「そうなんですよ。あの神崎哲夫です。彼からの手紙が、やっこさんの母親のところに送られてきました。いま、科学捜査研究所《かけん》のほうで開封されてます」

真堂は訊いた。

「どんな内容だ？」

「まだわかりません。もうそろそろ、中身のコピーが回ってくるはずです。課長は、真堂警視正をすぐに呼ぶようにと」

「わかった」自分でも、声がはずんだのがわかった。「すぐ行く」

3

文面はこうだった。

「十月十八日　小樽港にきてください

T」

たった二行だけの簡単な手紙文だ。

真堂洋介は、小一時間前、初めてこの手紙のコピーを見たときの困惑を思い起こした。まるで判じもののような文面。解釈に窮する手紙の中身だった。一瞬は、何かのいたずらかとさえ思ったのだ。

時候のあいさつも抜きならば、発信の日付けもない。十月十八日に何があるのか、これはどういう意味のある日なのか、説明もなされていない。きてほしい、と書いてあるのに、用件の記述はない。しかも場所は小樽港とあるだけ。北海道・小樽市の港のことを言っているのか、それともたとえば喫茶店とか酒場のことなのか、文面には判断する材料はないのだ。

文字は、読みやすい丸まった筆跡で書かれていた。若い女の子とか、あるいはコピーライターなどが書きそうな書体と見えた。でなければ、企画書などを自分で手書きすることの多いホワイトカラーの文字だ。

いまテーブルを囲んでいるのは三人。真堂をのぞくふたりは、しばらくのあいだその手紙文のコピーに見入っていた。ふたりとも私服姿だが、ひとりは四十がらみの中年男。もうひとりは髪を短く刈った、肩幅の広い三十男だった。中年男は真堂洋介の直属の上司にあたる公安部外事一課課長であり、もうひとりは部下の渡辺克次だった。

ふたりとも、無言のままだ。中年男のほうは、こめかみに手を当てて手紙を凝視している。真堂が最初そうであったと同様、手紙の文面を解釈しかねているのかもしれない。三十男のほうは、口もとに皮肉っぽい笑みを浮かべていた。彼はそれなりに解釈をすませているのだろう。

時計を見てから、真堂洋介はひとつ軽く咳払いして、ふたりの注意を自分に向けた。ふたりが顔をあげ、真堂を見た。

真堂はふたりの顔を見渡してから言った。

「消印は、ドイツ連邦、ベルリン中央郵便局です。九月二十七日のスタンプだと読み取ることができました。署名のTは、神崎哲夫の名前の頭文字と解釈していいでしょう。便箋からは、神崎のものと思われる指紋は検出できませんでした。筆跡も鑑定にまわしてみましたが、これは七十パーセントの確率で、神崎哲夫本人のものと断定しうるとのことです。この手紙が、神崎哲夫自身によって書かれ、母親に宛てて投函されたものだと、言い切ってよいかと思います」

中年男が、喉の奥にこもった太い声で言った。

「そう判断するしかないだろう。やつが、とうとう動き出したってことだ。ただ、この中身はどう解釈すりゃいいんだ？　神崎は、小樽港に何があるって言っているんだ？」

真堂洋介は課長の目を見つめて答えた。

「彼の帰国です」

「帰国？」

「そうです、課長。彼はこの日本に帰ってこようとしているんです」

課長が、ほうと言うように口を開けた。

真堂は続けた。

「十月十八日という日付けと、小樽港との関連ですが、この日、北海道の小樽港に、ナホトカからソ連の観光船が入港する予定があります。十八日に小樽港に来てくれ、という言葉の意味は、この船に自分が乗って帰国するのだとほのめかしているのだと考えられます」

課長が訊いた。

「彼の母親は、この文面を読んで、そのソ連船入港のことに思いいたるかね。素人がそこまで頭がまわるか」

「もちろん彼の母親は、この日小樽港にソ連船が入港する事実を知らないかもしれません。

しかし、ひとり息子の署名がある以上、彼女は言われたとおり、小樽に行くことになるでしょう。そして、行ってから、息子がソ連からの観光船で帰国したことを知る。そこで、劇的な親子の再会となるわけです」

課長はまた訊いた。

「彼はどうして帰国するんだ？　いまになって？」

真堂は答えた。

「冷戦が終わったからです。昨年秋にドイツが統一され、東ドイツの秘密警察も解体した。彼を庇護してきた東ドイツ共産党もなくなりました。ドイツには彼を匿う組織も機構もなくなったのです。統一以来一年、これまではうまく身元を隠して逃げおおせてきたようですが、それもこの先長くは続かない。いずれ、彼は統一ドイツの警察に殺人罪で逮捕されるでしょう。ですから、彼はドイツを離れるしかなくなったのです」

「やつが、ソ連船で帰ってくるものと決めていいかね」

「日付けと、小樽港という地名から、そうとしか解釈しようがありません。この日、小樽港にはほかに外国船は入港しませんし、飛行機で帰国するつもりなら、わざわざ小樽という市《まち》を選ぶこともない」

「手紙の消印は、ドイツからだが」

「ドイツから東へ出る場合は、西側へ出る場合よりもパスポート・コントロールが甘いのかもしれませんね。ドイツがいま過敏になっているのは、東側諸国からの労働者の流入です。

東へ出る者は、どうでもいいのかもしれない」

「やつは日本でも指名手配犯だ。それも生やさしい犯罪じゃない。西ベルリンでの日本人殺害容疑だぞ。外国為替《がいため》管理法違反のほうは問わないにしてもな。そのやつがいま帰国して、わざわざ首を差し出してくるのか」

「その点は微妙なところです。母親と小樽で再会したあと、地元の警察本部か警視庁に出頭してくる気かもしれません。それとも、首を差し出す意思はなく、日本に密入国、いや、ひそかに帰国したうえで、潜伏するつもりなのか。しかし、同じ船でもう一度もどってゆくことはないはずです」

「すでに日本に帰国しているとは考えられないか」

「ありません」真堂は首を振った。「手紙の消印がつい先日のもので、ドイツから出されていること。母親に会う場所として、東京ではなく、わざわざ小樽を指定していること。この二点から、神崎の日本密入国はまだないと判断できます」

それまで黙っていた渡辺が言った。

「神崎は、自分の手紙が開封されていることを知らないのでしょうかね。ずいぶん危険な連絡方法をとったと思いますが」

真堂は部下に答えた。

「開封されているはずだという確信はなかったと思う。あれば、このような方法はとらなかったはずだ。文面が簡単なのは、一応大事をとって第三者には意味のとりにくいものにしたというよりも、母親とのあいだでは、それで充分だという判断だったのだろう」

課長が言った。

「母親は、事件のあと、二度、ドイツに行っていたな。ベルリンの壁の崩壊の直後と、ついこのあいだの夏と。息子を捜しに行ったのははっきりしてるが、このとき神崎と接触したということはないのだろうか」

神崎敏子のその二回のドイツ旅行についても、公安部はおおよそのところを把握していた。神崎敏子はまず一九八九年の十二月、つまり壁がなくなってまだひと月という時期にベルリンへ一週間の旅をしている。ルフトハンザでフランクフルトへ飛び、そのあとパンナムに乗り換えてベルリンに入ったのだ。ひとりきりの旅行だったが、このとき旧西ベルリン警察を訪問、その後の捜査の状況を聞いていったという。

二度目は今年七月のことで、彼女は旧東ドイツを三週間かけてまわっている。ドイツ連邦警察の公安部が、日本の警視庁の依頼を受けて、彼女の訪問先を一応チェックしたはずだが、彼女が息子と接触したという証拠はつかめなかった。

真堂は言った。

「会ったという形跡はありません。母親も、まだやつの居場所を知らないはずです」

「詳しいことは、電話でもしたか」と課長。

「われわれは、残念なことにいまはもう神崎敏子の家の電話は盗聴していません。録音装置も、事件から一年後にはとりはずしました。もしかすると神崎は、この手紙とはべつに、母親に電話をかけて詳しく話しているかもしれない。それは考えられることです」

「となると、母親を張る必要が出たな」

「明日から監視と電話の盗聴に入ります。この航空便は、きょう世田谷郵便局にもどされて、明日配達ということになります。母親のほうが動き出すのは、それからです。そして」

「そして？」

真堂は横目で渡辺を見てから言った。

「われわれも、十八日、小樽に行きます。あの街の港で、わたしも神崎哲夫を迎え、彼と握手しますよ。もちろん、手錠をかけるために」

その対面はとくべつ困難なものとはなるまい、と真堂はふんでいた。十八日の、ソ連船入港以前に小樽に到着し、制服警察官を動員して埠頭を完全に封鎖する。乗客が入国審査のために船からおりたところで神崎を特定、近づいて逮捕だ。それだけのことだろう。神崎親子が抱き合う前に、逮捕は完了する。

神崎が封鎖に気づいて、あるいは恐れて船からおりないときのために、ソ連船の捜索令状を用意する必要があるが、これには多少障害がある。まず日本の領海内とはいえ、ソ連船の司法権は船長に属する。また裁判所に、捜索が必要だという根拠として、郵便物を開けた事実を明かすわけにはゆかないのだ。

課長が言った。

「日本人殺害の一件では、捜査一課が動いたが、こっちのほうとはどう協力態勢を組むかね」

真堂は答えた。

「殺人事件は、この事件全体の構図から言えば、付録です。やつの東側への情報提供者としての活動の派生物にすぎません。欧亜交易のココム違反事件ですら、瑣末な部分でしかないと思います。この捕りものに出てゆく権利があるのは、うちですよ。まず外事一課がやつの身柄を拘束し、メインの外為法違反容疑の件について、徹底追及ということになりますね」

「量刑から考えるなら、殺人のほうが主事件だとも言えるな。やつの勤め先がやった戦略物資の未承認輸出って問題は、とりあえず解決がついている」

「いえ」真堂は反論した。「公安のわたしにとっては、重いのはやはり外為法違反です。もっとはっきり言ってしまえば、その背後にあるものだ。やつに外為法違反をやらせた思惑と、これをそそのかした組織です。課長、わたしから言うまでもないことじゃありませんか。問題はスパイ罪だ。やつは国事犯なんです」

「わかっている」課長はうなずいた。「捜査一課がどう思っているか、それを言ってみただけだ」

「小樽での逮捕は、ごく簡単なものになりますよ。捜査一課の担当刑事たちに応援を求めることもない。一応、北海道警察本部には協力を要請することになりますが、基本の取調べはうちが担当する。どっちみち、西ベルリンでの殺人事件については、ドイツ警察のほうから身柄引渡し要求がくるし、あちらで取調べ、訴追ということになるんですから」

「わかった」課長は、書類をまとめながら言った。「なにぶん未解決の一件であるし、外事一課の存在をあらためて誇示するためにも、やつの逮捕はいいタイミングだ。うまくやってくれ。関係部署との折衝にはわたしが出てゆく」

課長は立ち上がって、部屋を出ていった。あとに、真堂と、部下の渡辺が残った。真堂は渡辺に言った。

「ということだ。一緒に、小樽に行ってもらう」

渡辺は小さくうなずいた。一瞬、三白眼の目に走った光は、狩りを前にした猟犬の目にも現れるものかもしれない。脂肪の薄い強張った頰が、かすかにゆるんでいた。

渡辺は、五年前、横浜製作所のココム規制違反疑惑が伝えられたとき、真堂の直接の部下としてついた警察官だった。このとき真堂と渡辺は、西ベルリンから消えた商社マン、神崎哲夫の背後関係を調べるため、ほぼ六カ月近く、一緒に何十人もの男女を訪ね、あるいは警視庁に呼んで事情を聴取してきた。

渡辺は上体が厚く猪首で、短く刈ったその髪型のためか、警察官の反対側にある職業の男と見られることが多かった。長いこと拳法の防具をつけ続けてきたせいで眉毛がなく、そのどこか暴力への衝動をはらんだ目はしばしば被疑者や事情聴取の相手をおびえさせた。ときとして冷徹すぎる印象を与えがちな真堂にとっては、彼は言わば補色の関係にある部下だった。三十五歳。拓殖大学を中退し、警視庁第四機動隊員を経て、八六年に公安部に移ってきた捜査員である。

渡辺は言った。

「やっとやつにお目にかかれるわけですね。まだ会ったこともない相手ですが、ずいぶんよく知っている男のような気がしますよ」

真堂も同意して言った。

「あいつひとりのために、半年忙殺されたからな。おれたちは、やつの母親や女房よりもずっとやつのことを知ってる」

言ってから、自分がいやな記憶に触れてしまったことに気づいた。できることならば、二度と思い出したくはなかった記憶。八六年の秋から翌春にかけての仕事の過程で派生した、ちょっとした事故。

五年前の八六年、神崎哲夫の交遊関係について、連日関係者たちから事情を聴いている時期のことだ。それは神崎哲夫とソ連共産党なりKGBとの接点を探るための取調べであり、捜査だった。とうぜんその対象者の中には、神崎哲夫の妻、神崎裕子も含まれていた。真堂たちは、神崎の高校、大学時代からの交遊関係の記録をもとに、その隙間に潜りこんだネットワークを探ろうとした。生活のどこか隠れた部分で、神崎はソ連か東欧の諜報組織なり、日本人の売国奴と接触を持っているはずだという疑いだった。

神崎裕子は、捜査にはまったく非協力的だった。夫の社会的なつきあいの部分はほとんど何も知らない、と言い通した。夫が彼の上司を殺した事実さえ認めようとはしなかった。神崎の私信類や手帳などを、家宅捜索が入る前に処分した疑惑さえあった。いくらか精神の平衡を欠いているようにも見えた。

六日間、毎日五時間続いた任意の事情聴取のあと、真堂はとうとうショック戦法に出た。神崎哲夫の大学時代から横浜製作所時代にかけての女性関係の事実を突きつけて、神崎裕子の動揺を誘おうと試みたのだ。あなたと結婚する前に、あの男はこれだけの派手な女性関係を持っていたのだ、と。高校時代から親しかったかつての同級生、大学の同じサークルの女子学生、ポーランドの教員、テニス仲間、英字新聞のライター……。真堂が調べあげて広げて見せた神崎の女性関係の数は、およそ十人に及んだ。そのひとりとのつきあいは、たしか神崎哲夫と裕子との婚約の時期とも重なっていたはずだ。

もちろん、必ずしも性交渉があったと裏付けのとれた関係ばかりではなかった。でもその事実を明らかにしたことは、真堂の期待したとおり、神崎裕子を動揺させた。いや、期待以上だった。翌日、神崎裕子は小田急線に身を投げて死んだのだ。妊娠八カ月だった。

外事一課に届けられた、神崎裕子の轢死体の写真を覚えていた。胴体がつぶされ、足が切断された、肉の塊。肉と内臓の砕片。頭は原形をとどめていなかった。ただ頭蓋骨の残骸の中に、なにやら赤黒い泥のようなものがあるだけだった。

不愉快な記憶は、またひとつ、べつの記憶を呼び起こした。その写真が届けられたとき、部下の渡辺は、眉をひそめるでもなく写真を眺めて言ったのだった。

いい女でしたね。楚々としていて、それでいていい身体をしていて、そそりましたよ。強姦の被害にあいそうなタイプだ……。

口の中に、思わず酸味のある消化液がにじみ出てきた。渡辺が、その不快な思い出をさえぎって訊いてきた。

「どうかしましたか」

自分は顔をしかめていたようだ。すぐに表情をつくろってから、真堂は言った。

「いや。なんでもない。それより、このあと、神崎哲夫関係の書類、全部ひっぱり出しておいてくれ。軽く打合せをやらなきゃならない」

「承知しました」渡辺はまだ頰をゆるめたままうなずいた。

4

同じ時刻。東京港。

船は第十三号埠頭の沖合で、ゆっくりと向きを変えたところだった。重森逸郎《しげもりいつろう》は横目で舷窓の外を眺めた。船は東京港を出ずに、ここからいま出航してきた芝浦《しばうら》桟橋へと引き返すことになるようだ。

左手には、羽田空港の明かりが、右手遠く彼方には、千葉の臨海工業地帯の灯が見える。正面では船の科学館の信号灯が回転し、さらにその背後には、東京の都心のビル街の窓明かりがあった。街の喧騒は、船までは届いていない。あの猥雑な街も、海の上五キロメートルも逃れるなら、細かなガラスを散りばめた夢の街のように見えた。

「どうぞ、おつぎします」

女の声に、重森逸郎は我にかえった。

船のサロン、白いテーブルクロスを敷いた丸テーブルには、いま自分を含め三人の男が着いている。重森の左側、このテーブルの上席には、横浜製作所の営業担当専務が、重森の正面には、重森の直接の上司にあたる営業本部長を兼ねた常務がいた。濃紺にピンストライプのスーツを窮屈そうに着ているのが専務であり、チャコールグレーのスーツの肩にフケをためている脂性の男が営業本部長だった。

このサロンでは、最高十二人までの人間が同時にゆったり、フルコースの晩餐を取ることができた。予備のテーブルを持ち出して組み合わせるなら、会議室として使うこともできる。ただこの夜は、船を使っているのは三人だけ。丸テーブルが使われたのだ。

すでに伝統的なフランス料理のコースもひととおり終わった。あとはデザートにメロンかシャーベットが出るだけだろう。重森としては、デザートに移る前に、せっかく抜いた二本目のシャトー・ラトゥールを、最後まで飲み干しておきたかった。

女が重森のワイングラスにワインをつぎ足した。船員服ふうの白い上着を着た、若い女だった。姿勢がよく、目鼻立ちが整っている。茶色っぽい髪を、頭のうしろでまとめていた。歳は二十七、八だろうか。社のタイプ室にいても不自然ではないような女だった。

彼女の薄いブルーのスカートの下から、健康そうな長い脚が伸びていた。重森は女の脚から胸へと素早く視線を走らせた。ウェイトレスの制服の下にある肉体を想像した。

女は、重森の視線に気づいたのか、ワインのボトルをテーブルの上にもどしながら、かすかに微笑した。そのように遠慮のない、ぶしつけな視線には慣れている様子がうかがえた。不快を意味するような表情は現れなかった。

彼女には水商売の経験があるのだろうか、と重森は思った。それともこの重役専用ヨットの客たちは、みな自分と同様の視線を向けるのか。どちらであるにせよ、接客の態度としては好ましいものだった。

女はボトルをもどすと、足音をたてずに、サロンの端へとさがっていった。

専務と本部長は、お定まりの同僚や部下の品定めで盛り上がっている。勤務評定と人事は、日本のサラリーマンたちのほとんど唯一の話題だ。この場も例外ではなかった。

専務が言っている。

「やつとワンラウンド回って、それがよくわかった。あれは、業績が上向いているときは、営業の第一線の指揮も務まるが、いったん景気が下降期になると、守りにまわってしまう。そういう男なんだ。緊張時に慎重になる。そういうタイプの男のことを、なんて呼んだっけな。とにかくやつが大阪支社でつまずいたのも、そういう資質のせいだよ。置きどころをまちがえた。副社長は、そういうやつの特質を、見抜いておかなければならなかった」

重森逸郎は、内心では専務の繰り出す話題に辟易していた。一部上場メーカーの最高幹部というのに、それは従業員百人程度の下請けメーカーの課長あたりにこそふさわしい話題だった。趣味をからめての会話とはいえ、その中心がゴルフときては、彼の私生活の貧しさが逆にくっきりと浮かび上がる。語られる内容にもさほどの見識も洞察力も感じられず、視野も悲しいばかりに狭かった。

しかしこの程度の男でも、横浜製作所の専務は務まるのだ。としたなら、自分、重森逸郎がその椅子を望むことに何の不都合があるだろう。自分は少なくとも、ビジネスウイークの定期購読者だ。アサヒゴルフ以外の雑誌は読まないと豪語したことのある専務よりは、いくらか社に貢献できるはずだった。

その専務の愚にもつかぬ言葉に、本部長が同意して言った。

「あのときは、むしろ大胆に打って出るべきでしたからね。ところが、前年比六パーセント減という事態じゃ、あの人は絶対に冒険はしない。できない質なんです。前任者が六パーセント減の成績だったのなら、最悪の場合、自分もそこまで落としても許される、とは考えないんですね。あのときは、むしろ本社としては、一か八かの攻めに転じることを期待したんだと思いますが、あの人は反対のことをやった。結果があのざまです」

重森逸郎は、黙したままワインをなめていた。営業本部次長の彼は、この場では専務から見て二段格下であり、営業本部長を兼ねた常務からは、一段低い位置にあった。ふたりのやりとりにでしゃばって口をはさむような真似はすべきではない。黙って聞いていればいい。

そのうち、いやおうなく本題となる。専務と営業本部長がわざわざ自分をこの場に呼んだことの意味が明らかになる。そのときまで、黙っていればいい。

大型船でも横を通りすぎたのか、船がかすかに揺れた。重森のグラスの中で、赤い液体が右に左に傾いてまわった。

重森たちの乗っている船は、横浜製作所の所有するヨットだった。ヨット、とはいうが、帆船という意味ではない。横浜製作所製のディーゼル・エンジンを搭載した、接待用の快速船である。

もともとは、仙台の不動産王の注文を受けて、子会社の横浜造船が建造したものだった。

注文主が、金にあかせて贅を尽くした船だ。船主用キャビンは、スウェーデン王室の専用ヨットのキャビンにならったという。照明具やドアノブに至るまで、同じ物を使った。排水量百八十トンである。

ところが進水直前になって、不動産王は破産した。横浜造船はこの船を差押えたが、管財人とのあいだでの交渉が難航、けっきょく四年後に解決したときには、もう値のつけようもなくなっていた。ほかの物好きな成り金に売り払うこともできなかった。しかたなく横浜製作所がこれを自社保有のヨットとしたのだ。

いまヨットは常に芝浦の桟橋に繋留されていて、重役たちがこれを接待用に、あるいは重大な会議の際などに使っている。外国からの客を、この船でもてなすことも多かった。いったん桟橋を離れると、少なくとも二時間はほかの用事に邪魔されることはないため、重役たちにはこの浮かぶ社員食堂、水の上の会議室は好評だった。重役以外の中堅幹部社員は、重役への同伴の場合のみ、乗船を許されていた。

船の運航・管理と調理場の経営は、別会社に依託しており、料理の水準は相当のレベルにある。フランス料理が中心だが、リクエスト次第では和食も出た。高血圧の重役のためには、塩分の少ない料理も出たし、脂肪肝の役員には、油を使わないメニューも用意されている。重役たちのあいだでは、接待に当たる女性の質が高いことでも評価されていた。

専務がまだ社員たちの評定を続けている。

「無能な管理職は、無能な部下を手元に置きたがる。自分と似た者を、部下として重用したがる。やつは、過剰適応の部下だけを自分のまわりにおいた。滅私奉公しているかどうかだけが、部下を判断する基準だった。けっきょく、彼とはちがう種類の男は、やつの下では冷飯を食うしかない。優秀なのが辞めていくわけだよ」

重森逸郎の視野には、あの姿勢のいいウェイトレスの姿がある。壁ぎわで背を伸ばし、まっすぐにこちらに体を向けていた。この夜、船にはもうふたり中年の仲居とソムリエが乗っていたが、いまはそのふたりとも、奥に引っこんでいる。客の話の邪魔をしない配慮なのだろう。コースの最後の給仕にあたっているのは、その若いウェイトレスだけだ。

彼女はこの重役専用ヨットを使う誰かのお手つきなのだろうか。重役の誰かがすでに口説き落とし、船主用キャビンで組み敷いているのだろうか。それとも誰か役員の強い推薦で、この船に乗ることになったのか。もし自分が来期の異動で常務取締役に昇格し、このヨットの使用権を得たとき、あのような女も手にすることができるのだろうか。

「それでだ」と、専務の言ったのが聞こえた。「重森くんのことだ」

重森逸郎はあわてて意識を専務に向けた。

血色のいい肥満顔で、専務が重森の顔をのぞきこんでいる。頬はゆるんではいるが、目には猜疑の光があるように見えた。重森は、自分の忠誠の度合いが探られているように感じた。

重森は背を起こした。

専務はテーブルに片肘をつき、爪楊枝をくわえながら言った。

「副社長があの容態だからな。今期末で辞任は確実だ。となれば、来年早々にも、おれは本社機構の再編を手がけることになると思う。ここだけの話にしてもらうが、これまでの実績から、本部長がおれの跡を引き継ぐことになる」

本部長に目を向けた。本部長も、ワインのせいか目のまわりを赤くして、頬をゆるめていた。

「問題は本部長の後を誰に任せるかってことだ。おれは、本部長から重森、あんたを推薦されている。例のココム違反の発覚のときにも、あんたの対応は見事だった。とばっちりがあれだけで済んだことについては、あんたも半分は自分の功績だと胸を張っていい。一年間の謹慎にも、よく耐えてくれたと思う」

その評価はとうぜんです、と重森は思った。考えてもみるがいい。同時期にココム規制違反が発覚した東芝機械のほうは、会社幹部も承知のうえの違法輸出だったと指弾され、厳しい制裁を受けた。アメリカへの禁輸制裁措置がとられただけではなく、東芝グループ全体が罪をかぶらざるを得なくなった。親会社の東芝の社長も責任をとって辞任している。それに対して、うちはどうだ？　むしろ欧亜交易なるいかがわしい貿易会社の詐欺に引っ掛かった被害者ということで、一切の実害は出なかったではないか。それはこの自分の功績だった。あの後始末にあたった自分の手柄だった。

「だけどな」

専務はいったん言葉を切って振り返り、ウェイトレスに手をあげた。ウェイトレスがすぐに近寄ってきた。

「お茶をくれ」専務は言った。

ウェイトレスはすぐ引き下がっていった。

専務は咳払いしてから、もう一度重森に顔を向けて言った。

「次期営業本部長の候補として、ということは、つまり営業担当常務として、あとふたり、名前があがっている」

重森もそれは承知していた。ひとりは重森よりも入社が三期早い、現在のニューヨーク支店長。もうひとりは、重森と同期だが、技術畑出身の東京営業所長だ。

ニューヨーク支店長は、年齢とキャリアから、いま営業本部長に就かなければ、次の機会はないと見られている。また彼にふさわしい別のポストも、いまのところ考えられない。重役陣に信頼厚い人物だが、営業本部長の経験なしに、数年後にいきなり営業担当専務ということもありえなかった。彼に疵があるとしたら、その私生活だった。彼は十一年前に離婚し、支店の従業員と再婚したのだ。

東京営業所の所長は、工場や研究所で人望があり、とかく営業と製造現場とがぎくしゃくしがちな横浜製作所にとって、得難い人材である。彼を営業本部長に置くことで、本社と工場との風通しがよくなることは、充分に期待できた。彼に問題点があるとすれば、その健康状態だろう。一度、胃潰瘍の手術をしたことがある。営業本部長という激職が、胃を半分切った身で務まるかどうか。

専務は言った。

「はっきり言うなら、三人のうちの誰が本部長の椅子に就いてもおかしくはない。誰がなっても、積極的な反対は出ないだろう。しかし、おれは本部長の推薦を信頼する。あんたに本部長をやらせたい。そして、おれのためにもひと頑張りしてもらいたい」

　重森は深々と頭を下げた。

「ありがとうございます、専務」

「待て。正式決定まで、あと三ヵ月ある。あと三ヵ月、誰かに足を引っ張られるようなことが絶対ないようにな。ここまで候補が絞られたら、あとは消去法になる。マイナス点を数えあげて、落としていく方法しかとれん。あんたの場合、ココム違反、あれが数え方によっては、マイナス点にもなるんだ。そのことはわかってるだろうな」

「承知しております」

「とにかく、これ以上、マイナス点を増やすな」

「はっ」

　ウェイトレスがお茶を持ってきて、専務の前に置いた。専務は両手で湯飲み茶碗を持ち上げ、ふうと息を吹きかけてからお茶をすすった。

　重森は本部長を見た。本部長はうなずいてくる。うまくやれよ、と言っている目だ。おれの評価もかかってくるのだから、とも言っているように見える。

　わかっていた。あと三ヵ月、どんなに些細な落ち度も見せず、営業成績を落とさず、大過なく過ごすだけだ。あとわずか三ヵ月だけのことだ。できないはずはない。

またウェイトレスが目に入った。

そのとき、つまりこのヨットを自由に使えるような身分になったとき、あの子はまだ働いているだろうか。それとももっと若く、もっと見事な肉体を持った女が、ここで自分のためにかいがいしい奉仕をしてくれるのだろうか。重森は口の中にあふれでてきた唾を、ごくりと飲みこんだ。

専務が言った。

「さて、硬い話は終わった。口の中をさっぱりさせて、次の支度にかかるぞ」

専務はこの食事のあとは、カラオケを歌いに出るつもりのようだ。たぶん銀座だろう。専務が好きな曲をすべて歌い終わるまで、重森もつきあわなければなるまい。

本部長がウェイトレスに声をかけた。

「おい、デザート頼む」

重森は、ふと気になることを思い出した。

きょうの夕刻、本社を出る直前に、総務から一通の航空便を受け取っていたのだ。重森逸郎宛てに、本社気付けで届いた封書の郵便物だった。エレベーターの中で封筒を確かめると、消印からドイツで出された郵便とわかった。差出人の名はなかった。

ドイツから。

ドイツ、という土地には、気がかりがひとつある。その地名を聞くと、胸に針でも刺されたような痛みを感じる。

五年前の一九八六年、重森が欧州営業部長で、まだドイツが東西に分かれていたころのことだ。自分は部下をふたり、正確には元部下をふたり、ドイツで失っていた。ココム規制違反発覚の対策として、自分がとった対応の結果だった。

そのふたりは別会社に籍があったが、会社自体、横浜製作所のダミー企業であり、ふたりとも事実上の部下と言ってよかった。じっさい、いっときは自分のもとで働いていた男たちだったのだ。

ふたりのうちのひとり、ダミー会社の社長は西ベルリンで殺されていた。もうひとりのセールス・エンジニアは、その社長の殺害容疑をかけられて西ベルリンから失踪した。東ベルリンへ逃亡したのだとみなされている。彼には、殺人容疑のほかに、スパイ容疑さえかかった。そして壁が消え、ドイツが統一されたいまも、彼の消息はわかっていない。生死さえさだかではなかった。

ドイツから。差出人の名のない封書。本社宛てに。

重森は立ち上がって、ふたりの役員に言った。

「ちょっと失礼」

船尾にある洗面所に入って、胸ポケットから封筒を取り出した。ドイツからの、差出人のないエアメール。乱暴に封を千切り、中身を取り出した。

手書きの文字で、簡単にこう書かれていた。

「取引きしたい。十月十八日、小樽港にこい　　神崎」

悪い予感は的中していた。悪寒がすっと背中を走った。

神崎哲夫。やつが、帰ってくる。

封筒から顔をあげた。目の前の鏡に、蒼白の中年男の顔が映っていた。男は、重い決断にも慣れた、百戦錬磨のエグゼクティブだった。周囲から、したたかな交渉相手、と評価されているこわもての営業マンだった。しかしその男の目はいま、驚愕と脅えとで、眼窩から飛び出しそうだった。

5

警視庁の外事一課で、一通のエアメールをめぐってささやかな会議が行われていたころ、そしてまた、ひとりの企業幹部が航空便を手に血の気を失いかけていたとほぼ同じ時刻である。やはり同じ差出人からの手紙をうけとっていた男が、その手紙を開封もしないままに、急ぎの用でひとりの女と会っていた。

弁慶濠《べんけいぼり》に近い高層ホテルの最上階だった。赤坂から霞が関にかけての東京のビル街を見おろすバーの隅の席だ。椅子は窓に斜に向けて置かれており、川口比等史《かわぐちひとし》とその女も、半分だけ体をずらして向かい合っていた。

女は、いったんマルガリータをすすってから、川口比等史に訊いてきた。

「このテープレコーダー、もう動いているの?」

川口比等史はうなずいた。

「ええ。さっきから、もうまわっています」

「やだわ」女はわざとらしくはにかんだ。「じゃあ、もう少し気をつけてしゃべるべきだったわ」

「いまの調子でけっこうですよ。正直に、全部話してみてください」

「ええ。そのつもりではいるんですけど」

女は美穂亜里砂《みほありさ》と名乗っていた。字も川口の手帳に書いてみせてはくれたが、あまりにも芸名然としている。あるいは、少女コミックの世界の名だ。本名ではないことは明白だった。彼女がどういうつもりでその名を使っているのか、川口にはまだ見きわめがついていなかった。


美穂亜里砂は、またグラスを口に近づけて、マルガリータをすすった。

川口比等史は、目の前の女をあらためて観察した。

歳は自称二十八。しかし二十八歳にふさわしい成熟は、顔のどこにも感じられなかった。オレンジ色の鮮やかなスカートに、シルクらしい緑色のシャツ、ベージュの地に花柄がプリントされたジャケットを着こんでいる。腕時計は、どうやらカルティエのもののようだ。椅子の脇に置いたバッグの模様は、LとVとの組合せ。少なくとも、身につけているものにだけは金をかけている。しかし、どれもがほかのどれに対しても不釣り合いだった。

顔立ちは下ぶくれで、小さな目も、脂の浮いた鼻も、乱杭歯をのぞかせた口も、どこか発育不全という印象だった。髪は胸を隠すほどに長く伸びており、しかも額の上の髪だけは、鶏冠《とさか》ふうに巻き上げてある。二流の不動産会社の事務員あたりがよくしていそうな、あるいはカラオケバーの女性客によくありがちな、月並みでうっとうしい髪型だった。

女はグラスをテーブルに戻して言った。

「どこまでお話ししたんでしたっけ」

川口比等史は手帳を持ち直して言った。

「初めてベッドインした日のことです。何かのパーティのあった夜」

「そう。そうなんです」

美穂亜里砂はおおげさにうなずきながら、煙草を一本取り出し、金張りのライターでメンソール煙草に火をつけた。

川口比等史は、煙草の煙を鼻から吐き出すその女を眺めながら、このインタビューが果たして物になるのかどうかを、早くも危ぶんでいた。いったいどれほど価値ある話が聞き出せることやら。自分が書こうとしている暴露本にとって、どれだけ有益な情報が聞き出せるか。

女が口にした山崎顕正《やまざきけんしょう》という人物は、八〇年代の後半から急速に信者を増やした宗教団体、観悟宗の教祖だった。オウム真理教の麻原彰晃や、幸福の科学教団の大川隆法らと並べて語られることの多い人物である。もともとは真言宗の僧侶の家の出だった。二十代なかばのときにインドとネパールに合わせて二年近く滞在、帰国後に観悟宗という新しい宗派を創設した。

その新宗派の信徒の数は増え続けているが、その攻撃的な体質と、信徒に多額の喜捨を求める教義のせいで、教団は一般社会と多くの軋轢を起こすようになっていた。修道所と呼ばれる合宿所の中での、信徒間の性関係の放縦さが、マスメディアに大々的に取り上げられたこともあった。

フリーランス・ライターの川口比等史にとって、山崎顕正と観悟宗とは、けっして興味のわかない素材ではなかった。叩けば埃が出ることはわかっていたし、教団の実態も、巷間噂されている以上のものであるはずだ。タイトルに山崎顕正かまたは観悟宗の名が入った暴露本を出すなら、まず三万部は固いところだろう。

ただ、これまで観悟宗について署名入りの記事を書いたライターたちが、片っ端から信徒の嫌がらせをうけているという事実がある。山崎顕正のスキャンダルめいた記事を載せた出版社は、訴訟を起こされていた。

だから山崎顕正と観悟宗は、内情を暴き、揶揄し、嘲笑するには、いささか手強い相手だった。本当ならば自分の仕事の対象とはしたくない相手だった。

しかし、背に腹は変えられない。このところめっきり仕事の依頼の減った川口比等史には、仕事を選ぶ余裕はなかったのだ。電話料金と家賃こそ滞納していないものの、国民健康保険料と住民税は、この半年ばかり、まったく納入していない。酒場のつけも溜まっていた。仕事が、金が必要だった。だからつきあいのあった出版社から、山崎顕正と観悟宗について書かないかという打診があったとき、川口比等史はその話に飛びついたのだ。取材費として、三十万円先払いしてもらうことを条件にした。

取材を始めた直後、担当の編集者が、ひとりの女性を紹介してくれた。その出版社に、自分から接触してきた元信徒だという。

編集者は言った。

その女は、教祖と関係したことがあると言っているんだ。おもしろいと思う。話を聞いてみてくれないか。

編集者によれば、その女は、二年ほど前に四ヵ月ほど、静岡県掛川《かけがわ》市の教団本部で、教祖の山崎顕正と共に生活していたという。聖所御用係、という役割りだったが、じっさいは山崎顕正の愛人のようなものだったと女は語っているという。

女が話したという内容そのものには、川口比等史は驚かなかった。教祖には夜伽《よとぎ》役の女性信徒が十人以上いる、とは、巷でもおおっぴらに語られている噂のひとつだ。ただ、自分がその当事者だという告白は無視できない。自分が書く原稿の中でも、最大級の爆弾部分になるだろう。川口は女と連絡をとり、会うことにしたのだった。

その女、美穂亜里砂は満足そうに煙草を喫ってから言った。

「わたしがあの方と、その、男と女の関係になったのは、わたしが本部に勤めるようになって、四日目の夜のことです。ちょうどその日は、地方の幹部と、信徒の中でも別格の人たちが集まって、あの人のおかあさまのご健康を祝うパーティが開かれていたんです。百人くらいきていたと思います。接待に当たったのが、わたしたちです」

「別格の信徒たちって言うのは、どういう人たちなんです？」

美穂亜里砂は、よく訊いてくれたとでも言うように、うれしそうに頰をゆるめた。

「テレビのタレントとか、大学教授とか、偉い人たちです」

「たとえば？」

美穂亜里砂は、何人かの芸能人の名を挙げた。年配の男優の名ばかりだったが、最後に出てきた名に川口は驚いた。それはテレビの時代劇シリーズで主演を務めている男優だった。中年女性に圧倒的な人気を持っている。自分で歌詞を書くし、歌もうたう。今年春のディナーショーのチケットは、一枚十二万円だったが、完売したという。

川口は、ふとかすかな疑念を感じた。

彼はたしか、二年ほど前に心臓病で虎ノ門病院に入院したことがあった。一ヵ月、丸々仕事を休んだはずだ。このときは女性ファンたちが病院に詰めかけ、なんとも異様な騒ぎとなった。川口自身も、写真週刊誌の依頼でこの社会現象を取材している。その俳優が掛川のパーティに出席したという時期と、彼の入院とは時間が重なってはいないか。

「すいません。ちょっと失礼」

川口は自分のショルダーバッグを探って、スケジュールを書いた厚手の手帳を取り出した。手帳にはここ三年間の予定、行動が、簡単に記録してある。

美穂は怪訝そうに手帳に目をやってくる。川口は彼女の視線を黙殺して、ページをくった。二年前の、虎ノ門病院前の騒ぎの取材予定が、すこし色あせたインキで記されていた。

川口は顔をあげて美穂に訊いた。

「美穂さんは、一昨年の九月十五日前後に本部勤めになったんでしたね？」

「ええ、そうです。そのころです」

「パーティは、それから四日目でしたっけ？」

「はい。はっきり覚えています。聖所の御用係になって四日目の夜です」

「というと、それは九月十九日か、その前後ということになる」

「そうですね」

もうわかった。はっきりした。

川口は相手に気づかれぬように溜め息をついた。彼女の告白は嘘だ。

問題の男優の入院は九月十六日。川口は二十日に取材で虎ノ門病院に行っている。男優が、十九日の静岡のパーティに出席していたはずがない。ありえない。不可能だ。彼女は嘘を言っている。

ディテールがあまりにもリアルに感じられたので、見抜くことができなかった。たぶん彼女が観悟宗の信徒であったことがあるというのは、事実なのだろう。しかし、彼女が山崎顕正の夜伽の係だったという点は嘘だ。おそらく、聖所御用係として掛川の本部で働いたという点も偽りにちがいない。

虚言癖があるのか。それとも金欲しさか。売名なのか。有名人病か。あるいは、その全部が少しずつまじっているのか。

この仕事はだめだ。

川口比等史は、山崎顕正と観悟宗とについての暴露本を書こうとしていた意欲が、急速に萎えてゆくのを感じた。取材を続ける気力が消えた。好奇心も揮発してしまったようだ。だめだ。

美穂亜里砂が言った。

「どうしたんです？　話、続けましょうか」

「いや」川口比等史は首を振って言った。「このあと、用事がひとつ入っていたことを思い出したんです。ダブル・ブッキングってやつだ。困ったなと思いましてね」

ボールペンを上着の胸ポケットにさしたとき、内ポケットに航空便を入れていたことを思い出した。今朝、アパートを出がけに、郵便受けから取り出していたものだ。封筒には、差出人の名はなかった。急いでいたので、中身はまだ見ていない。

あれはいったい誰からの手紙なのだろう。どこからきたものなのだろう。外国に知人がいないわけでもなかったが、どれも手紙のやりとりをするほどの仲でもなかった。川口には、差出人の心当たりがまったくなかった。知り合いの編集者か誰かが、外国旅行にでも行ったのだろうか。

川口比等史は、胸ポケットからその封筒を取り出し、乱暴に封を切った。美穂亜里砂は不服そうに口をとがらしている。川口は女を無視して便箋を広げた。


「西ベルリン日本人殺害事件について、真実をお話ししたい。十月十八日、小樽港にきてほしい

神崎」

すぐにわかった。あの神崎。神崎哲夫だ。直接会ったことはないが、川口比等史がかつて粗っぽいノンフィクションを書いた事件の当事者。ベルリンの壁の向こうへ消えた殺人犯。『秘密警察《シュタージ》に買われた男』そう題した自作の中心人物。神崎哲夫。彼からの手紙だ。それ以外に読みようがない。彼も東ドイツのどこかで、あのルポルタージュを読んでいたのか。このおれの原稿の中身を気にしてくれていたというわけか。そして、神崎が言わんとしていることは、つまり……。

川口は顔をあげ、できるだけ愛想よく美穂亜里砂に言った。

「申し訳ないんですがね。きょうはこれまでとさせていただけませんか。もうひとつの用事、遅れるわけにはいかないんです。ほんとに貴重なお話、ありがとうございました。残りはこの次ということで」

美穂亜里砂は、頬をふくらませて言った。

「この次って、いつです?」

「数日中です。こちらから電話します」

相手の承諾を待たずに、川口は伝票を持って椅子から立ち上がっていた。

6

やはり同時刻の東京。

西新宿にそびえたつ東京都庁の巨大な二本の塔には、すでに細かな光の粒が一面にまぶされていた。規則的に配置された無数の窓、それも精密な型抜きピンで突いて開けたような小さな窓からもれる明かりだ。四十八ある都庁のすべてのフロアに、照明が入っているということになる。規定の退庁時刻を二時間もすぎているが、このメガロポリスの公僕たちの大部分は、まだなお市民への奉仕を切り上げようとはしていない。

西田早紀は、学校の八階にある理事長室の事務室の窓から、真正面に見えるその都庁のきらめきに目をやっていた。繁栄する世界最大の都市の、おそらくは世界一数多く公務員を抱えたビル。少なくとも職場の豪華さ贅沢さだけを見るなら、ここで働く人々ほど幸福な公務員はほかにいないのではないかと見える建物のきらめきだった。

視線を窓からデスクにもどした。デスクの上の時計に目をやると、すでに定時を一時間以上すぎている。同じ理事長室に勤務する三人の女性の同僚は、とうに退けていた。西田さんは理事長のお気に入りなのだからと、ねたみとも厭味ともつかぬ言葉を残していった先輩もいた。だからあとはまかせたわ、と。いまは早紀のほかには、初老の課長がひとり残っているだけだった。

早紀は、この日指示されていた仕事も、すべて終えていた。四通の事務文書をワードプロセッサで打ち出し、一通のおくやみ電報をNTTに手配した。便箋三枚の通信文を英文に翻訳して、念のために翻訳事務所に送った。前日の理事長への来客の名刺十八人分を、パーソナル・コンピュータの住所録の中に打ちこんだ。きょう済ませなければならないデスクワークは、もう何ひとつ残っていない。先輩の事務員から、ほかの者の立場になって、と苦情を言われるほどに手際よく、早紀はきょうも自分の仕事を消化してしまったのだった。あと残っているのは、お茶くみの仕事だけだ。

小さく信号音を出して、デスクの上のインターフォンにランプがついた。

そら、と早紀は思った。やっとその残ったひとつがきたわ。

インターフォンから、男の声があった。

「西田くん、まだいるね」

理事長だった。野太く、必要以上に大きすぎる声。

早紀は短く答えた。

「はい」

四十分前にとつぜんの来客があり、西田早紀は秘書の仕事を終える時機を逸していた。定時の六時で退けたいと理事長には訴えたのだが、理事長は取り合おうとしなかったのだ。秘書という職務は、工員とはちがう。勤務時間が不規則だからこそ、ふつう以上の給料を支払っている。それが理事長のいつもの言い分だった。この日はそれを口にこそしていないが、ちがう論理であるはずもない。早紀は、この客が帰るまでは、そのまま残るようにと命じられたのだった。

帰りたかった。きょうはどうしても早く帰りたかった。母親から、午後に電話が入っていたのだ。母親宛てに、ドイツから手紙がきたと。差出人が誰か、どんな文面かも母親は教えてくれた。早紀はその手紙を早く手にとってみたかった。文面の奥にあるものを、母親と一緒に考えたかったのだ。

理事長は、インターフォンの向こうで言った。

「また、コーシー持ってきてくれないかな。コーシー三つ」

わざとなまってコーヒーを注文してきた。理事長の習慣だ。彼はときおり、あえて田舎者を装い、粗野な言葉を使ったり、がさつな振る舞いを見せる。人前でズボンのベルトをはずしてシャツの裾を直したり、音をたててお茶をすすったりするのだ。地方出身であること、無教養であることを恥じ入らずにすませるための、ひとつの方法なのだろう。大胆に居直ること。地方出身者らしさと、無教養を極端に誇張すること。理事長がやっているのはそれだった。学校法人・帝産学園の理事長。栃木の北はずれ出身の、五十二歳の不動産王。ひとつの単科大学、ひとつの女子短大、それに二つの専門学校の理事長の椅子を、札束で買った男。

受付のデスクから立って、早紀は事務室の隅のコーヒーメーカーに歩いた。給湯室は部屋の外だが、コーヒーだけは受付のデスクのうしろにいつも用意してある。早紀はコーヒーカップを取り出して、手早く三人分のコーヒーを用意した。

三つのカップをトレイに載せてから、窓ガラスに自分の姿を映して、身なりを点検した。夜の新宿を背景にして、ガラスが鏡の役を果たしていた。

紺のスーツと、襟の大きな白いシャツ。学園の女性事務員たちの制服だった。スカートは、早紀自身の好みでは、タイトすぎた。たぶんかがむときには、尻に下着の線がくっきり現れているのだろう。

二十三歳。就職してまだ半年たったばかりの若い女。鏡の中の顔には、真一文字の黒い眉と、その下のくっきりとした大きな目が目立った。口もとは両端がくっきりと頰の中に落ちこんでいる。生意気な娘、と見られがちなのは、その口の形のせいだろう。それとも鋭角的な鼻の形のせいか。豊かな黒い髪は、いまは頭のうしろで小さくまとめている。

二十三歳。大学を卒業して半年。まだ職場にはなじんでいない。いや、なじめないのは職場なのか、実社会なのか、早紀には区別がついていない。それが自分の性格のせいなのか、外のほうに理由があるのかもわかっていない。仕事も、デスクワークならば容易にこなしているが、職場の同僚には距離を置かれたままだ。この職場で、いまだ早紀は新人であり、枠外であり、異端であり、上司がよく言う言葉を使えば、日本に適応しない帰国子女だった。

学校法人の事務室勤務。もしくは秘書。早紀は大学で就職活動を始める以前から、そのような仕事に淡い期待を抱いていた。それはたぶん競争や、足の引っ張りあいのない職場だろう。売上げ数字の多寡を気にしてストレスをためることもなく、勤め先への全面的な献身を求められることもないだろう。いくらかは知的な雰囲気があって、気持ちのよい人々に囲まれた環境だろう。

父の不幸な最期の記憶のせいか、早紀はメーカーや商社への就職は避けようとしていた。父や父の部下であったような男たちを、あらためて身近に見たくはなかった。メーカーや商社に勤めるなら、いまわしい思い出をいつまでも引きずることになる。父や父の部下たちの風貌を、いつも思い出すことになる。

早紀は教養学部で学んだから、メーカーと商社をはずすなら、就くことのできる職種は限られている。一般事務か、秘書。レセプショニスト。そんなところか。そして仕事の中身が似たようなものなら、ぜったいにおだやかで静謐な環境にこそ身を置きたかった。

けっきょくこの学校法人を含め、同じような求人の口四つに応募した。大学がふたつ、半官半民の研究施設がひとつ、そしてここ。残念なことに、受かったのは希望の順位でいえば最後のこの学園だけだった。さほど有名とはいえないし、いわゆる偏差値も低い学校グループである。しかし、そう感じるのは自分自身の偏見のせいかもしれない。志望をすっかり御破算にして、あらためて一般の企業を狙うくらいなら、たとえBクラスでも、学校法人の事務所で働くことのほうがいいと思った。いいはずだった。そして当初の期待が完璧なかんちがいだと知るのに、三日かからなかった。このときの失望と落胆をなだめすかすのに、ひと月もの時間をかけたが、それはまだ成功していない。

早紀は上着の裾を引っ張ってから、トレイを持ち上げた。

ドアを開けたとき、理事長室ではちょうど爆笑が起こったところだった。早紀は笑い声の調子を聞き分けることができた。珍しいことに、豪放に笑っているのは、きょうは理事長ではなかった。ふたりの来客のほうだ。理事長の声には、どこか追従の調子があった。

顔をあげて、応接椅子に向かいながら、もう一度来客の姿を観察した。小一時間前にも案内していたが、学校法人の理事長室にはあまり似つかわしいとは言えぬ中年男がふたりだった。ひとりは黒い背広を着た、冷蔵庫を思わせるがっしりとした体軀の男。もうひとりは、口もとからタイ、手首、指、靴にいたるまで金色の金属を散りばめた、血色のいい男だった。テーブルの上には、アタッシェケースがふたつ置いてあり、その脇に何かの図面らしきものが重なっていた。

早紀はテーブルの脇に立って、理事長の客に一礼した。

「失礼いたします」

コーヒーカップをテーブルに置くとき、ふたりの客は遠慮のない視線を早紀に向けてきた。早紀は視線を合わさなかった。視界の端で、男たちの目の色は確認できた。それは容姿に値をつけようとしているか、早紀の隙を探る目の色だった。

理事長が言った。

「この子、いわゆる帰国子女ってやつでね。今年のニューフェイスなんですわ」

客たちが、好奇の目をいっそう輝かせた。

冷蔵庫が言った。

「ほう、じゃ、アメリカから？」

「ドイツですよ」理事長は答えて、早紀を見上げた。「そうだったな？」

新しいカップをテーブルに並べ終えたところだった。早紀は空になっていたコーヒーカップをトレイにもどしながら、あまり愛想をこめずに答えた。

「はい。中学、高校のころですけど」

金ぴかが言った。

「じゃあ、ドイツ語がペラペラかい」

理事長が得意そうに答えた。

「ドイツ語、英語、それに敬語。うちみたいな学校の秘書には、やっぱりこういう子に働いてもらいたくてね。わたしのじきじきの面接で選んだんです」

「ここの卒業生かい」冷蔵庫が早紀から目を離さずに訊いた。「あんたのとこ、こんな子が集まる学校だとは思わなかった」

「それが、ちがうんですよ」理事長は早紀の卒業した大学の名を口にした。横浜にある、地味な公立大学。理事長は続けた。「正直な話、うちの学園からこういう子が出るには、あと十年かかりますよ。とくにうちの短大と、デザイン学校のほうなんて、歌舞伎町とアダルト・ビデオ産業の予備校みたいなものですからね」

三人はまた野卑な笑い声をあげた。

早紀は頭をさげて、早口で言った。

「失礼します」くるりと踵を返して、ドアへと向かった。

理事長の声が追いかけてきた。

「どうだい、西田くん。ちょっとつきあうか。寿司なんてどうだね。ドイツの話なんて、こちらのお客も珍しいんじゃないかな」

ドアの前で振り返り、早紀は言った。

「申し訳ありません、理事長。きょうはどうしても都合がつきません」

「業務命令でも、だめかな」冗談めかしてはいるが、本気だろう。「大事なお客さまのご接待なんだ。うちの子がいてくれるといいんだが。遅くはならない。一軒だけでいい。ぼくも、うちの職員のナンバーワンを自慢したいんだ」

早紀は理事長に笑みを見せ、しかしきっぱりと言った。

「理事長。ほんとうにきょうは申し訳ないんですが、家で用事があるんです」

「いいさ」理事長は鼻白んだようだった。「ま、いい。こういう用事のときは、一週間前に予約を入れなきゃならないんだろう。わかってるさ」

「失礼します」もう一度頭をさげ、ドアを開けて、外の事務室に出た。

ドアを閉じるとき、理事長の言葉が耳に入った。客たちに弁解する声だった。

「すいませんな。躾のできてない女で。イエス、ノーをはっきり言えって教えられてきてる子ですからな。向こうさんの教育ってのがそうなんですな。日本人の美徳なんて、糞くらえってことですわ」


給湯室で使ったカップを洗っているあいだに、母親からの電話を思い起こした。

母親は言ったのだった。

ドイツから、手紙がきたんだよ。あいつから。あの男から。真相を話したいって書いてある。小樽に来てくれってさ。

早紀は訊ねた。

あいつって、神崎さんのこと？　おかあさん宛てに手紙がきたってこと？

母親は、汚いものの名を口にするように言った。

神崎さんだなんて、呼び捨てでいいじゃないの。お父さんを殺した男だよ。あの男から、わたし宛てに手紙。小樽にきてくれって書いてあるけど、どういう意味なのかね。

全文を読んでくれと、早紀は頼んだ。

母親は電話口で、手紙を読んでくれた。


真相をお話しします。十月十八日、小樽港にきてください。神崎。


言葉が途切れたので、早紀は訊いた。

それだけなの？

そう、それだけ、と母親は答えた。どういう意味なんだろうね。本人が、のこのこ日本にもどってくるってことなんだろうか。日本の警察に自首しようってことなのかしらね。十八日の何時に小樽港のどこに行けばいいのかも書いてない。こんな手紙をもらって、ほんとにわたしが小樽まで出向いてゆくと思っているのかしら。

早紀は周囲の同僚の目を気にしながら言った。

きょうは早く帰るわ。それまで、待ってて。それ、よその人に言っちゃだめよ。

それが午後三時すぎのことだった。

神崎哲夫。

早紀は彼の風貌をはっきり記憶している。

早紀が両親とともにデュッセルドルフに住んでいたころ（十二歳から十八歳にかけての時期だ）、神崎はよく家に遊びにきていたのだ。彼は父親が経営する欧亜交易の社員のひとりで、早紀たちの家族と同様にデュッセルドルフに住んでいた。姿勢がよく快活で、言葉づかいの明瞭な男性だったという印象がある。スーツも、くつろいだときのスウェーター姿もよく似合う男だった。彼は夫人と一緒に暮らしていたから、ときには夫人——裕子さんと言ったはずだ——をともなってやってくることもあった。

父親と神崎とは、上司と部下というあいだがら以上に親しく、仲がよかったように見えた。年齢こそ十五歳ほど離れてはいたが、互いを理解し、信頼しあっているように見えた。父親は神崎に対してけっして権威的に振る舞うことはなかったし、神崎も父親に卑屈に接することはなかった。従業員六人という小さな商社を共に守り立てているという意識からだろう。ふたりのあいだには、同志のような雰囲気さえ感じられた。

早紀が十八歳になった秋、あの事件が起こった。デュッセルドルフから西ベルリンへ出向いた父が、ポツダム広場で殺されたのだ。神崎哲夫が殺害犯だと報道された。早紀は激しい衝撃を受けた。信じられなかった。あの人が父を殺すなんて。しかしドイツの警察も、神崎哲夫を父親殺害犯と断定、早紀の家にも事情聴取にやってきたのだ。

八六年の十一月、早紀は母親と共に日本に帰った。東京・大田区の、多摩川に近い集合住宅で、母と娘のふたりきりの暮らしが始まった。父の生命保険金がおりたとはいえ、母と娘は、肩をよせあってつましく生きてゆかねばならなかった。早紀は目の前に大学入試を控えていた。

事件から三カ月ほどたったころ、神崎から手紙がきた。東ドイツの消印のある手紙だった。神崎は書いていた。

「陰謀に巻きこまれました。わたしは、社長殺害犯に仕立てられたのです。殺してはいません。無実です。信じてください」

母親ははきすてるように言った。だったら、なぜ東ドイツに逃げたりするのよ。

早紀の想いは、母親とはちがうものだった。信じたい、神崎の言葉を信じたいという想いだった。子供心にも好ましいものに見えた父と神崎との関係が、じつは偽りと欺瞞とに満ちたものであったとは思いたくはなかった。神崎哲夫のあの魅力ある大人の男性という印象が、ただの仮面と演技にすぎなかったのだとは認めたくはなかった。自分が立っていた世界はすでに崩壊してしまったのだという認識を、受け入れたくはなかった。

八七年春、早紀は大学に入学した。受験したのは、公立大学ふたつだけ。受からなければ働くと決めていた。学費の高い私立大学で、遊んで過ごそうとは思わなかった。

傷心に耐え、世の非情さをかみしめての学生生活だった。在学中の四年間、早紀は友人と一緒にスキーに行ったことがない。泊まりがけの旅行をしたこともたった二回だけだ。ファーストフードの店で、アルバイトをずっと続けた。

そして五年間という時間がすぎた。父親が殺害されたとき十八歳の多感だった娘は、二十三歳になっていた。

早紀は洗ったコーヒーカップを棚に収めながら思った。おかあさんが小樽に行かないというのなら、わたしが行くわ。わたしが神崎さんに会って、お父さんの死をめぐる事情を聞く。神崎さんの巻きこまれたという陰謀がどんなものなのかを教えてもらう。父の殺害事件の真相をすっかり明かしてもらう。

事務室へもどって、早紀は課長のデスクの前に立ち、言った。

「課長。わたし、きょうはこれで帰らせていただきます」

課長は驚いたように顔を上げた。

「だって、まだお客がいるだろう？」

「理事長はこのあと、お客さまとご一緒にお寿司を食べにゆくとのことです。もう用もないようですから」

「理事長が帰ってしまうまで、いてはもらえないかね」

「理事長にも申し上げたのですが、わたしも家のほうで大事な用があるんです。そろそろ帰らなければならないんです」

「ボーイフレンドかい」

またこれだわ。早紀は気が抜ける想いだった。この世代のこのような種類の男性たちはどうして、若い女の用事とはデイトに決まっていると信じているのだろう。それでも早紀は、声の調子を変えずに言った。

「家の用事です。母が待っています」

「しかたがない。いいでしょう」課長はわざとらしく溜め息をついて言った。「新人なんだから、もう少し仕事熱心であってくれてもいいんだが」

「明日、またがんばりますわ。それでは、お先に失礼します」

「お疲れさま」

早紀はしらじらとしたオフィスを大股に歩き、更衣室へと向かった。

7

ドイツからの航空便を受け取った翌日、重森逸郎は本社営業本部のフロアに寒河江剛を呼び出していた。

寒河江は八六年当時、横浜製作所の西ベルリン駐在員だった男である。翌年一月に東京本社にもどり、その後三年間のシドニー勤務を経て、半年前からは東京営業所に在籍している。現在の役職は東京営業所第二課の課長だった。三十八歳。明年春からはロンドン支店次長への異動、昇格が確実と見られていた。

彼は八六年の秋、横浜製作所にかけられたココム規制違反容疑を払拭するにあたって、かなり危険な工作を手がけていた。証拠を湮滅し、証人たちの口をふさいだのだ。もちろん彼がじっさいに手を下したわけではないが、その道に通暁した専門家と連絡をとり、ひそかにすべてを処理した。重森の直接の指示によるものだった。

彼の唯一のミスは、欧亜交易の社員であった神崎哲夫を、生かして東ベルリンに逃亡させてしまったことだ。依頼した専門家の人選が誤りであったのかもしれない。神崎には西田博文殺害と東側スパイの容疑がかかったから、おいそれと西側の警察機構の前に出てくることはできない。事件の真相がとつぜん暴露される危険は少なかったが、それでもいつかこの失策の最終処理に当たらねばならないだろうということは、重森と寒河江の共通の認識だった。今朝、重森は本社ビル三階にある東京営業所へ内線電話を入れ、寒河江に訊いた。神崎から、手紙がきた。お前のところにはどうだ？　と。

寒河江のもとにも、神崎の署名のある手紙が届いていた。内容は、重森に宛てられたものとまったく同じだった。十八日、小樽港。取引き。

すぐにも対策を練らねばならなかった。それも、合同で。歩調をぴったりと合わせるように。重森は、寒河江を本社ビル十二階の会議室のひとつに呼び出した。

東京港を見おろすその会議室には、テーブルがひとつに椅子が六脚、それにホワイトボードが一台あるだけだった。重森はドアの表示を「使用中」に変えて、中で寒河江を待った。重森が部屋に入って二分後に寒河江がやってきた。寒河江は身長こそ低いほうだが、固太りの体型で、ダブルのスーツもさまになっている。顔は大造りで、一見鈍重そうに見えた。ちょうど雄牛かラクダを連想させる顔立ちだった。

五年前、寒河江はあの事件の直後は極度の神経衰弱になり、頬もずいぶんこけたものだった。精神の不安定さが周囲を心配させた。もっともふつうのサラリーマンが体験せぬ悪魔的な仕事をやってのけたのだ。神経衰弱も無理からぬことだった。あのとき本社は大事をとって、彼をすぐベルリンから帰国させ、伊豆《いず》の山中の療養所で数ヵ月静養させた。必要以上に捜査当局やジャーナリストと接触させないという意味もあった。

静養後は、彼はまた以前のような精力的な営業マンにもどっている。目にも傲岸不遜の光が回復した。事件以前以上に、ふてぶてしい印象が強まったかもしれない。

寒河江が席に着いたところで、重森はテーブルの上に問題の手紙を置いて言った。

「神崎哲夫が北海道の小樽にくる。そう読んでいいんだろうな、この手紙は」

寒河江もスーツの胸ポケットから航空便を取り出してテーブルの上に置いた。同じ便箋が使われていた。

寒河江は口の両端を持ち上げ、まるで微笑しているかのような表情を作って言った。

「東ドイツの秘密警察も共産党もなくなってしまったっていうのに、いったいどうやってドイツを脱出してくるんでしょうかね。ドイツ警察は、彼の潜伏場所をまだ突き止めていないんでしょうか」

寒河江は微笑しているのではなかった。微笑と見えたが、その表情から読みとることができるのは、困惑だった。

重森は言った。

「やつが壁の向こうへ消えてから、ずいぶんたった。うまく別人になりすましているんだ」

「だったら、ずっとそのままでいてくれたらいい。いまごろ出てきて、取引きしたいと言われても、どうしようもない」

「取引きには、応じるつもりはないか？」

「ありませんね。彼が我々に何を期待しているのかもわからない」

「金だろう」

「一介のサラリーマンに、いったいいくら要求できます？」

「横浜製作所と取引きしたいということなのかもしれん」

「会社は、しますかね」

「事情を知っている人間なら、その方が得だと判断する」

「というと、常務ですか？」

「あの輸出に関わった役員は、みなあのとき何がどのように処理されたかを知っている。そのおかげで、横浜製作所は東芝のようなダメージを受けずにすんだ。それはみんな承知している」

重森は胸のうちで、避けることのできた事態を数えあげた。禁輸制裁措置。通産省からの叱責。役員の引責辞任、あるいは処分。ブランドイメージの低下。どれも回避することができた。横浜製作所は、みごとに疑惑をかわし、逃げきったのだ。それも、元社員がひとり死に、ひとりが人生を抹消され、多少関わりのあった外国人のスイッチ貿易業者がひとり消えてくれたおかげだった。重森は続けた。

「そして役員たちも、このことを今後もずっと隠し通さなきゃならないってことをわかっているさ」

「だから、金を払うと？」

「要求が、金なら」

「ほかに何が考えられるでしょう」

「自由かね」重森は煙草を取り出して、火をつけた。

「自分の無実を証言してくれと言うのかもしれん」

「それは、無理だ。いまあの事件の真相が明らかになったら、次長、われわれが破滅するんです。法人の横浜製作所ならまだダメージから立ち直れるでしょう。でもわれわれは、破滅だ。人生が終わりますよ。どんな罪名がつくのか、正確なことは知りませんが、殺人の共犯ってことになるんじゃないんですか。そのはずですよ。取引きにはならない」

重森は煙草の煙を吐き出してから言った。

「じゃあ、やつが希望するのは、別人としてこの国で生きてゆく権利か。新しい戸籍、仕事、安全の保証。そういったことかもしれん」

「われわれが保証できることじゃありませんよ。個人としても、会社も」

「とにかく、話を聞いてみるしかないか」

寒河江は首を振った。

「取引きの場に出てゆけば、けっきょくわれわれは、ゆすられることになるんじゃありませんか」

「向こうがどんな取引きを望んでいるのか、とにかく聞いてみるしかあるまい。わたしは、十八日、小樽港に行ってみるつもりだ」

「小樽港のどこに行けば、やつが現れるんです？　小さな漁港とはちがうでしょう。港とひとくちに言ったって広い」

「会いたいと望んでいるのは、神崎のほうだ。港のどこにいても、向こうが勝手にわたしを探し出してくれるだろう」

「どうして小樽港なんでしょうかね。成田じゃなくって」

「小樽、という街の名を聞けば、わたしはまずソ連貿易を連想する。たぶん、この日小樽港には、ソ連からの船が入港するんだ。やつはソ連船で帰ってくるんだろう」

寒河江は椅子の上で背を伸ばし、両手を首のうしろにまわした。鼻息が荒くなった。彼はしばらく天井を見つめていたが、やがて視線を重森にもどして言った。

「取引きという以上、商品があるんでしょうね」

「そうだろうな」

重森は少しの時間、寒河江の言葉を吟味してから言った。

「何かの証拠。何かを証明するもの。きっとそういうものを、高く買ってくれと言ってくる」

「そうだろう」

「それを、日本の警察に押さえられたら、われわれのやったことが明るみに出るんじゃありませんかね。次長、あなたがわたしに指示し、わたしがドイツでその道のプロに依頼した仕事のことが」

「かもしれない」そのとおり、なのだろう。まさか神崎も、手ぶらでこの国へ帰ってくることはあるまい。逮捕の危険、密告される危険を冒してまで、あえていまこの国にもどってくるわけがない。やつは確実に何か取引き材料を持っている。

寒河江は手をテーブルの上に置き、上体を乗り出すようにして言った。

「やつが警察に捕まってはまずい。それをさせちゃなりませんよ。われわれの人生がかかってる」

「だから言ったろう。わたしは小樽に行く」

「警察は、やつが小樽にくることを知っちゃいませんかね。事件直後は、彼の実家に二十四時間の監視だか、盗聴だかがあったんでしょう。いまはどうなんだろう。もしやつが帰国するつもりなら、家族にもそのことを連絡しているはずだ」

「家族と言っても、いまは母親だけだ」

寒河江は顔をしかめた。

「そうでしたね。あの事件では、もうひとり、死者が出ていたんだ」

「もうふたりだ」

「え？」

「やつのかみさんは、妊娠していたんだ」

寒河江が沈黙した。すっかり忘れていたのか。ほんとうに知らなかったのか。それとも重森が胎児をひとりと数えたことが意外だったのか。寒河江は不快そうに唇を曲げた。

重森はまた煙草をふかした。ふかした煙が換気扇に吸いこまれて消えると、ようやくまた寒河江が口を開いた。

「わたしも行くことにしますよ。行くしかないようだ。警視庁の公安部が同じ日、小樽に来てないことを祈りますが」

重森は、胸ポケットから手帳を取り出してカレンダーを見た。

「十八日は、二週間後だ。飛行機とホテルを予約しておこう。二日間、あけておいてくれ」

寒河江は返事をせずに立ち上がった。

目の輝きが強くなっていた。何ごとか思いついたようだ。海千山千の営業マンが、目を輝かせるのだ。上客をつかまえたか、いい交渉策を見出したか、どちらかだろう。この場合、たぶん後者だ。

寒河江が出ていってから、重森は煙草を灰皿にねじこんで、火を消した。ほんのわずかの偶然が働いていたなら、五年前、ベルリンの壁の向こうへ消えねばならなかったのは、寒河江だった。その場合、もしかすると、神崎哲夫のほうが、汚い役まわりを引き受けることになったかもしれなかった。いまのふたりの境遇の差は、まったく天の気まぐれというものでしかないのだ。

そもそも、ダミー商社の設立が構想されたのは、八年前のことだった。横浜製作所がまとめたソ連との商談が、通産省の輸出事前審査で四件たて続けに不許可になったあとだ。

このままでは、商売のもっともうま味のある部分を、米国や西ドイツ、フランスの機械メーカーにさらわれる。

そんな危機感から、いまの副社長、当時の海外営業担当常務が、何人かの役員や担当幹部に、東側貿易を担当するトンネル会社の設立の検討を命じたのだった。横浜製作所の製品を東側に売る窓口になるが、ココム規制違反が摘発された場合、横浜製作所側には累を及ぼさないための出先の設立である。姑息ではあるが、やむをえない対応策のひとつだった。通産省からも非公式に伝えられた。この状況じゃあ、真正面からばか正直に輸出承認を求めてきても、うちはノーと首を振るしかないからな、と。そして担当の審議官は、ダミー商社を通しての東側貿易は黙認することをほのめかしたのだった。このような事情を背景にして、当時本社営業本部の欧州営業部長だった重森が、じっさいのプランを立案した。

ただし、もしも違法輸出が露顕した場合のことを考え、そのダミー商社からは、横浜製作所の子会社という匂いを徹底的に排除することになった。まず人の面では、横浜製作所の社員たち何人かが、独立しておこした会社とすることにした。設立の主体は本人たちであって、横浜製作所ではないという形を整える必要があったからだ。資本は、三重四重の迂回路を通し、本来の出所を隠したうえで、そのダミー会社にまわした。表向きは品川《しながわ》のとあるノンバンクが、この商社に出資することになった。

ダミー商社のスタッフの中心には、横浜製作所の営業マンたちを充てることになった。とはいえ、いざという場合、切っても惜しくない連中を、というのが、常務の意向だった。どっちみち、現実の商談は横浜製作所が中心になって進める。ほどほどの営業マンを置いておけばいい、と常務は重森に指示してきた。

社長には、かねてから独立の意思を隠していなかったデュッセルドルフ事務所の西田博文を抜擢した。独立しないかという誘いに、西田はあっさりと応じてきたのだ。ソ連圏貿易には経験が豊富だったが、その人のよさから、逆に本社では勤まらないだろうとも評価されていた男だった。

西田には、この会社がココム規制違反をかいくぐるためのダミー商社であることは明かした。もし違反が明らかになったときは、横浜製作所本社は無関係を主張するからそのつもりで、とも。西田は納得して、新会社の社長に収まることを決めた。

重森はさらにダミー商社へ送りこむ要員として、自分の部下の中から三人の営業マンを候補に挙げた。神崎哲夫がその中に入っていたことはもちろんだ。

あとふたりのうちのひとりは、取引き先の役員の息子で、縁故入社の青年。もうひとりが、寒河江剛だった。

神崎は妙に潔癖すぎて、重森には使いにくいところのある男だった。商売の場で、青臭い理想論を吐くこともある。組合運動にも熱心すぎた。たいがいの上司が最初に手放そうと思う種類の部下だった。

縁故入社の営業マンときたら、これはまったくの無能だった。接待ゴルフと課の宴会のときにしか、自己主張しない男だった。取引き先からの頼みでなければ、そもそも最初から採用しなかったろう。

寒河江については、いささか独断専行が多く、野心的すぎるところがあった。部下にしておくには、ちょっと不安を感じさせた。

重森がこの三人をリストアップしたのは、それぞれこのような理由によるものだった。三人のリストを常務に提出すると、彼は言った。

あまり無能なやつを出すと、意図が見え透いてしまうな。

縁故採用の青年ははずされた。重森は、残りふたりのファイルを示して言った。

このふたりは、むしろうちの部では、有能な部類です。扱いがむずかしいというだけです。正直に言いますと、いつか生け贄にしてしまうというのは、少々惜しいのですが。

やむをえまい、そんな事態が起こらないことを祈るさ、と常務は言い、それから訊いた。いまとっかかりの仕事は、どちらのほうが額が大きい？

たまたま寒河江は、フランス原子力公団との大口の商談にかかっているところだった。神崎のほうは、ちょうどひとつ、百万ドル級の取引きをまとめた直後だった。重森は寒河江の名を答えた。

常務は言った。じゃあ、残ったひとりを出せ。ほかには、地方に飛ばした駄目社員の中から何人かピックアップする。

こうして、欧亜交易を発足させるに必要な何名かの社員のうち、核となるふたりの名が決まったのだった。ひとつタイミングがずれていたなら、その名のうちのひとつは、寒河江剛のものであってもまったくふしぎはなかった。

寒河江と神崎の顔が交互に脳裏に現れては消えた。あのときの偶然は、やはり良い方向へ作用したと考えるべきなのだろう。もし神崎が逆の立場にあったとしたら、神崎は八六年の事態で、寒河江が見せたような非情さと合理性を貫くことはできなかった。横浜製作所を守ることはできなかったはずだ。あれは、いい偶然の働きだった。

会議室の隅の電話が鳴り出した。重森は回想を振り払って受話器に手を伸ばした。重森付きの秘書からの電話だった。

「例の小樽のホテルの件ですが」秘書は言った。「港にいちばん近いホテルというと、小樽マリッティモというところになるそうです。とりあえずシングルをひとつ、予約しました。ダブルの部屋のシングル・ユースということになります」

重森は秘書に指示した。

「そのホテルでいい。もうひと部屋取ってくれ。同じ日、十八日、もうひと部屋だ」

8

真堂洋介は、その日は丸一日、神崎哲夫関係の資料を読むために費やすことにした。小樽で彼を出迎えるためには、彼をめぐる事件の事情を総ざらいしておく必要があったのだ。

真堂は午前中いったん本庁に出て、渡辺克次とともに資料をあたった。公安部には厚手のファイルが十五冊分残っていたが、中には東京地方検察庁と警視庁防犯部、それに西ベルリン市警からまわってきた資料もあった。

資料がそろうと、真堂は渡辺に言った。

「こいつを全部、談話室のほうに運んでおいてくれ。おれは防犯の担当と話をしてから入る」

「談話室」とは、公安部が年間を通して借りている帝国ホテルのスイートルームを意味していた。このスイートルームは、極秘の捜査の際、関係者の事情聴取や尋問をおこなうために使われていた。警視庁におおっぴらに相手を呼びつけることができないような場合、こちらの「談話室」を取調べ室がわりにするのである。帝国ホテルであるから、取調べなり事情聴取の相手が大物政治家であっても、著名な経済人であっても、出入りはさほど目立たない。

相手の心理的な障壁を取り払い、捜査に協力させるためにも都合がよかった。

もちろん、ときには公安部の会議室として使われることもあるし、特別の捜査班が数日、数週間にわたって、裏の捜査本部とする場合もある。この日のように、公安部の誰かが隔離と静謐が条件となる作業にかかる際、利用することもできた。部屋には、コピーマシンとビデオ再生装置、それに隠しマイクとテープレコーダーが備えられていた。

警視庁から帝国ホテルまでは、車でほんの三分ほど。歩いてもせいぜい十五分の距離だ。警部クラス以上の公安部員は、何かにつけてはこの部屋を利用していた。もしかすると、部屋の稼働率は、帝国ホテル本体の平均を上回っていたかもしれない。

真堂は前日のうちに、この日「談話室」が空いていることを確かめていた。資料を読むには、日比谷《ひびや》公園を見おろすそのスイートは申し分のない環境だった。疲れたら奥のベッドルームで横になることもできる。食事も電話一本。よほどのことがないかぎり、呼び出されることもない。真堂は空きを確かめるとすぐ、公安総務課で何枚もの書類を書いて手続きをすませ、「談話室」を確保したのだった。

渡辺が真堂に訊いてきた。

「『談話室』のほう、もう手続きは？」

真堂はそっけなく答えた。

「昨日のうちに、おれがやっておいた」

「よく空いていましたね」

「明日からは、外事二課が一週間借り切るそうだ。ちょうど隙間だった」

「ほんとうに張り切ってますな、外事二課は。これまでの鬱憤晴らしでしょうかね」

「知らん」

渡辺は、真堂の思考がすでに神崎事件のほうに集中していることに気づいたようだ。すぐに話題を変えた。

「コーヒーメーカーと、いつものブレンドの豆は、用意しますか」

「いつもと同じようにしてくれ」

「は、手配します。資料を運んだあとは、わたしも部屋に詰めたほうがいいんでしょうか」

「いや」真堂は首を振った。「おれだけで籠もる。きょうは、お前は自由にやれ」

真堂洋介が「談話室」にチェックインしたのは、午後一時ちょうどだった。すでに大テーブルの上には、資料を詰めこんだ段ボールの箱がふたつ、載せてあった。渡辺が午前中に運んできたものだった。

真堂洋介は上着を脱ぎ、タイをはずしてシャツの袖をまくった。窓の外の空が、急に暗くなってきたように見えた。雨が降り出すのかもしれない。またひとつ、あたらしい台風が接近しているのだろう。

冷蔵庫の上には、コーヒーメーカーが用意されていた。それに、銀色の小さな缶がひとつ。缶の中身は、真堂が渡辺に指示したものだ。銀座のコーヒー専門店に注文して挽かせたブレンド・コーヒー。モカ三にマンダリン一、ブラジル二の割合い。それが二百グラム入っているはずだった。真堂はコーヒーメーカーをセットしてから、あらためて外線電話をかけた。

相手が電話を取ると、真堂は言った。

「帝国ホテルにきている。きょう会えるか」

相手は質問には答えずに言った。

「また、大仕事にかかっているのね」

「どうしてわかる？」

「そういうときにかぎって、わたしを求めるひとだから」

「そうかな」

「三カ月ぶりの誘いよ」

「つい昨日会ったばかりみたいな気がする」

「身勝手だわ」

「くるのか、こないのか」

「行ってあげるわ」

「この前のようにしてきてくれ」

「またなの？」

「いやか」

「いいわ」

電話を切ってから、真堂は最初のファイルを広げた。神崎哲夫の個人資料だった。

神崎哲夫

彼は一九五五年（昭和三十年）五月十六日、東京都渋谷区の生まれだった。真堂洋介よりも三歳年上ということになる。

父は神崎真二郎《かんざきしんじろう》。昭和四年、宮城県生まれで、小樽商科大学の商学科の卒業だった。東洋油化学在職中に心筋梗塞で倒れて死亡。死亡時、神崎哲夫は十四歳。

母は神崎敏子（旧姓・吉川）。昭和六年、東京生まれ　桜蔭学園高等部卒業　二十二歳で神崎真二郎に嫁ぐ。

（真二郎の死亡時、神崎敏子はこの死が過労によるものと、会社に対しては損害請求、同時に労働基準監督署に労働災害認定の訴訟を起こしている。敗訴だった。訴訟癖のある女なのかもしれない、と真堂は書類にメモしていた）

神崎哲夫には、兄弟はいない。神崎哲夫はひとりっ子で、中学二年生のときからは、母ひとり子ひとりの家庭で育ったことになる。

世田谷区立船橋中学、東京都立戸山高校、明治大学理工学部機械工学科卒業。大学時代はグリークラブに属していた。趣味は音楽鑑賞とオーディオ機器いじり。テニス。

一九七七年、横浜製作所入社。技師としてではなく、セールス・エンジニアとして採用されたのだった。四週間の研修ののち、本社営業本部・欧州営業部に配属。主にドイツ、オーストリア、東ヨーロッパとの貿易を担当した。一九八三年、同社を退職、欧亜交易設立に参加、以来デュッセルドルフに住む。

同じ年に、神崎哲夫は大島裕子と結婚していた。大島裕子は、東邦女子短大の卒業で、神崎哲夫より一歳若い。結婚まで、石川島播磨重工の本社・資材部に勤めていた。神崎哲夫とは彼女の欧州観光旅行の際、ミュンヘンで知り合ったという。神崎がちょうど出張旅行中だった(神崎の友人たちの証言によるものだ)。石川島播磨の本社勤務ということで、神崎の側から関心を持ち、アプローチしたということも考えられた。

そして八六年十月、横浜製作所のココム規制違反事件が報道された直後、神崎は西ベルリンで上司の西田博文を殺害、欧亜交易の運転資金約二百万ドルを西田から強奪して、東ベルリンに逃亡した。おそらくは、東ドイツ秘密警察の手引きがあったものと想像できた。

彼がその後も東ドイツ国内に住んでいることは、母親に届いた何通かの手紙で確認できた。八八年の七月には、ライプツィヒを訪れた日本のテレビ局のスタッフに目撃されている。街の公園でのことだ。本人は神崎哲夫であることを認めなかったというが、映っていたビデオの映像から、真堂たちはその男が神崎哲夫であることを確認した。

神崎は中央ヨーロッパやロシアの文化に強い関心を持っていたが、左翼運動に関わった記録は見当たらない。しかし東側の情報協力者になるためには、とくにイデオロギーは必要な条件ではなかった。性格の弱みや歪みであったり、金やほかの利益でもいい。人がスパイになる動機は、人が酒を飲む理由と同じくらいさまざまなのだ。

神崎の場合は、と真堂は思っていた。ソ連や東ヨーロッパの社会なり人なりへの関心が、いつしか共感にかわり、ついにはつけこまれることになった。本人は、自分自身をおそらくリベラルな人道主義者としか思ってはいまい。彼はまた、自分はコミュニストではなく、ましてや売国奴でもないと思っているにちがいない。もしかすると、さほどの報酬も受け取ってはいないかもしれない（逃走にあたって、二百万ドルもの現金を強奪したのだ。欲のない人物とはとうてい思えないが）。それだけにいっそう、やつのかんちがいが哀れだった。

問題は、彼がいつどこで、東側の諜報組織にからめとられたかという点だった。彼が接触を続けてきた諜報組織が、どのようなものかということだった。

裏で操っているのは誰だ？　組織は日本国内にあるのか。それともヨーロッパのどこかなのか。諜報組織が神崎に求めていた情報は、具体的にはどんなものなのか。真堂たちの捜査の主眼はそこに置かれた。

公安部では、八六年の時点で、日本国内には摘発できていないソ連側諜報組織が二系統あると推測していた。ウラジオストックから発信される日本向け暗号電波の解析によっても、ソ連からのなんらかの指示なり情報提供は、明らかにふたつの受信先に対してなされているのだ。

一九八〇年には、警視庁公安部外事一課は、ソ連大使館付武官ユーリー・コズロフを首謀者とするいわゆるコズロフ機関を摘発しているが、その後は目立った成果を挙げていない。もし神崎がふたつの組織のうちどちらかに関係があったとしたなら、神崎を突破口に、残っ

ている ソ連の諜報組織の全容の解明と一斉摘発が期待できたのだった。

真堂たちは最終的に、神崎と交遊のあった多くの男女のうち、調査対象を五人にしぼりこんで、その素行を徹底的に洗った。その五人についても、捜査結果が資料として残っている。

A　神崎の大学の同窓生で、大手の商社に勤務する男。ソ連貿易を担当しており、モスクワに四年駐在したことがあった。神崎とは、大学のグリークラブで知り合い、その後もつきあいを続けていた。

B　米国籍の英語教師。一九七四年にポーランドから米国に移住した男で、防犯部が麻薬密売の疑いもかけたことのある不良外国人だった。神崎とは英会話学校で知り合い、その後個人的にもつきあうようになった。

C　神崎が妻の裕子と知り合う以前につきあっていた、英字紙の女性ライター。神崎より一歳年下。東ドイツ大使館の書記官と交際のあったことが確認されている。神崎とはテニスを通じての知り合いで、ふたりは何度か小旅行をしている(性関係の有無を問い詰めたとき、彼女の激昂ぶりは見ものだった。真堂と渡辺は、女の憤りぶりに火を注いでやった。汚い言葉、露骨な表現を繰り出して、さんざんにいたぶり、侮辱して楽しんだのだ)。

D　大学の先輩で、左翼の経済評論家。ソ連側もはっきり宣伝協力者と分類しているはずの男。神崎は東京にいた当時、その評論家も参加している勉強会によく出席していた。

E　川崎の金属加工工場の経営者。シベリア抑留体験を持っていたが、むしろ親ソ的な言動が目立つ男だった。何度もソ連を旅行している。横浜製作所に製品を納めていることから、神崎と知り合った。

結果は期待はずれだった。今後、あらたなスパイ事件の際に同じ名がもう一度出たなら、そのときこそその人物の二十四時間監視、盗聴、完全尾行だろうが、このときはすべて白、もしくは薄い灰色と出たのだ。諜報網摘発の目標は、達成できなかった。

神崎哲夫の身重の妻、神崎裕子が飛びこみ自殺したのは、その捜査のさなかのことである。一九八六年の十二月だった。週刊誌も、神崎哲夫のスパイ容疑について、いろいろ書き立てているころだった。

つぎに、殺人事件ならびにココム規制違反との関わりの点。

外事一課は、失踪後、神崎哲夫が母親に書いた三通の手紙の中身を確認していた。どれも東ベルリンの消印のあるものだった。

どの手紙でも、神崎は、自分は西田博文を殺害してはいないこと、横浜製作所の証拠湮滅工作のひとつとして西田が殺されたのだと書いていた。

これはベルリン市警の報告書を読んでも問題外の言いぐさと言えた。殺害の手口(プロなら拳銃を使うだろう。しかし西田の死因は、頭蓋骨陥没だった。レンガを額に受けたのだ。

現場に落ちていた名刺入れ(神崎哲夫の名刺が、十二枚入っていた)。

ホテルのレセプショニストの証言(西田という日本人からのメッセージを受けて出ていった)。

現場付近での目撃者の証言(被害者の死亡時刻の直前、神崎は現場のごく近くの酒場にいた。死体が発見された時刻には、汚れた身なりでポツダマー通り周辺をうろついていた)。

これらのことから、西ベルリン市警は、この殺人事件を神崎哲夫の犯行と断定している。

真堂がそのレポートに目をとおしたかぎりでも、神崎が無実を主張するのは、あまりにも厚かましいことに思えた。

また神崎は、西ベルリン市警にも長い手紙を出している。その手紙の中で、神崎は自分の無実を訴え、横浜製作所のベルリン駐在員、寒河江剛なる人物を取り調べてくれと書いていた。同じレポートによれば、当日の寒河江剛の現場不在証明は完璧である。彼はこの夜、知り合いのドイツ人たちと共に、自宅でテレビを見ていたのだ。夕方六時以降、外出はしていなかった。

横浜製作所とココム規制違反との関わりは、真堂自身も気になって、かなり突っこんで調べている。外為法違反の犯罪を直接担当する警視庁防犯部との合同捜査だった。

しかしこの事件は、やはり横浜製作所側が主張するように、欧亜交易による詐欺事件である、との結論が出たのだった。欧亜交易が横浜製作所の事実上の子会社という証拠も出なかった。なるほど、横浜製作所を円満退社した元社員たちが始めた商社ではあった。両者のあいだには、ひんぱんな接触、行き来もあった。しかし、人事や資本のつながりを証明することはできなかった。

殺人事件から二ヵ月目くらいのときだったろう。捜査の途中で、警視庁の担当部署に対して、通産省から非公式の背景説明が行われた。これには公安と防犯、二つの部の部長とそれぞれの担当者が出席して、通産省が把握している事件の概要の説明を受けた。外務省の審議官もひとり同席して、当時の日米関係についてのレクチャーをおこなった。

その結果、捜査の方針はいくらか変更された。

まず問題のココム規制違反は、欧亜交易による詐欺事件であって、横浜製作所はその被害者であるということの確認。てっとり早く言うなら、その件の裏付け捜査はもう終えてもよいということだった。

二に、西田博文殺害事件そのものについては、西ベルリン市警の捜査結果を尊重すること。日本側の捜査の主眼は、神崎哲夫が東側スパイであった証拠を固めることと、彼が仕組んだココム規制違反事件の、真の首謀者を特定することである、というものだった。

これも言葉を変えれば、横浜製作所のハイテク製品が不法にソ連に輸出された事件は、神崎哲夫という商社マンが個人的に起こした経済犯罪、と結論づけられたことになる。

二日後、警視庁は公安部長による記者会見を実施、神崎哲夫を東側スパイと断定して発表した。この直後だったろう。週刊誌の記事をまとめて水増ししたノンフィクションも発行されている（『秘密警察《シュタージ》に買われた男』というタイトルだった）。

この記者会見を境に、捜査体制は縮小された。外事一課では、真堂洋介と渡辺だけが、その後なお半年ほど、神崎哲夫の交遊関係を洗う聞きこみ捜査をおこなった。

真堂自身は、このとき関係部署のトップたちが出した結論に異議があるわけではなかった。ただ、結論を出すのが性急すぎた、という想いは残った。あそこまで言い切ってしまうには、証拠が少なすぎた。根拠がいくらか薄かった。もっと時間をかけて、誰も疑いの口をはさむことができぬほどのレポートを作りたいところだった。

とはいえ、真堂も国家の未来を背負っているという自負のあるエリートだった。悪化している日米関係に配慮するなら、多少証拠は足りなくても、早めに無害な結論を出し、声高にそれをアピールする必要があることはわかっていた。横浜製作所にかけられた嫌疑を払ってやり、ひいては日本のハイテク産業全体を信用失墜から守ることが重要だった。より高い視点から見るなら、あのタイミングはやはりそのときをはずすことはできない時点だったのだろう。その程度のことを許せないほど、真堂は単純な公安警察官ではなかった。

いずれにせよ、と真堂洋介は思った。外事一課が埋めることのできなかった空白、事件の謎の部分が、ようやく明らかになる。小樽での逮捕の瞬間が楽しみだった。逮捕から始まる興奮と愉悦の何週間か(それとも何ヵ月か)が楽しみでならなかった。

夕刻になると、さすがに資料に集中することがむずかしくなった。目にも肩にも疲労が感じられるようになった。「談話室」のドアのチャイムが鳴ったのは、そんなときだ。テーブルに置いた腕時計を見ると、午後五時を十分ほどまわっていた。

椅子から立ってドアへと歩いた。誰がきたのかはわかっていたが、警察官としての習慣で覗き穴に目を近づけた。

薄手の白いレインコートを着た女が立っている。コートの襟もとから、制服の襟の階級章がのぞいていた。白地に金色のサクラのバッジがひとつ。女は覗き穴に顔を近づけて、いたずらっぽく片目をつぶった。二年前まで警視庁本庁総務部に勤務していた、小山《こやま》めぐみ元巡査だった。

9

真堂は小山めぐみを部屋に招じ入れた。細身だが、豊かな胸と長い四肢を持った女。淫蕩な肉体を、かつての職場の制服に包んだ二十九歳。真っ赤な唇が、部屋の明かりにぬめった。ペイズリー模様のガーメント・バッグをさげていた。

小山めぐみは、部屋の奥へと歩きながら言った。

「まだコートにはちょっと早い季節なのよ。汗をかいてしまったわ」

真堂は小山めぐみの後を追いながら言った。

「制服のままでくればよかったじゃないか」

「ホテルが喜ぶと思うの？」

「前のときも、制服できたぞ」

「あのときは、通用口から、いかにも公務みたいな顔で敬礼して入ったのよ」

「きょうは、どうしてそうしなかったんだ？」

「きちんとロビーを抜けてきたかったのよ。泊まり客みたいな顔で、男たちの視線を浴びながらね。きょうはこのあと、同伴はしてくれるの？」

「無理だ」

「身勝手なものね」小山めぐみは、テーブルの上に広げられたファイルに目をやった。

「やっぱり、大仕事なのね。こんどは何？」

「知る必要はない」

「スパイの逮捕ね。ロシア人？」

「聞くなって」

「あなたが興奮する仕事なんだもの、そうなんでしょう」

「面白い仕事ってのはたしかだ」

小山めぐみは、真堂に向きなおり、愉快そうに言った。

「だから、勃起してるのね」

露骨な言葉に、真堂も笑みで答えた。

「抜きたくって、たまらないんだ」

「どうしてわたしなの」

「野暮なことは聞くな」

真堂は小山めぐみに近づいて、彼女を抱き、唇を求めた。

小山めぐみはさからわなかった。ガーメント・バッグをその場に落とし、両腕を真堂の身体にまきつけて、腰をすりつけてきた。真堂のペニスは、トランクスの中で硬直を増した。急速にふくれあがった。

真堂は唇を離すと、小山めぐみのコートのボタンをはずしにかかった。小山めぐみの手も、真堂のズボンのベルトに伸びた。小山めぐみの目は、すでにうるんでいた。もともとはっきりした二重まぶたで、睫毛が長いせいか、しばしば眠たげにも見える顔立ちだった。いま小山めぐみは、目を開いていることもできぬほどに欲情しているように見えた。うわまぶたが、淡い紅色に染まっていた。

コートを床に落としてから、真堂は小山めぐみの肩に手をかけて、彼女を押しやった。真堂のズボンから、ベルトの先が垂れた。真堂は一歩さがって、ひとりがけのソファに腰をおろした。

真堂はあらためて小山めぐみの制服姿を眺めわたした。身体の線をくっきりと浮かび上がらせた濃紺のスーツ。白いシャツに、紺のタイ。膝丈のスカートの下から、警視庁一と評されていた、形のよい脚が伸びている。帽子こそかぶってはいないが、目の前にいるのは、まぎれもなく警視庁婦人警官そのものだった。それも、とびきり上等の、上司に従順で忠誠心厚い下級婦人警官。

小山めぐみは、真堂を見おろし、少しだけ身体をひねりながら言った。

「あなたは、ほんとうにこの制服が好きなのね」

真堂は言った。

「毎日見ているからな」

「ふつうは、飽きるんじゃない？」

「毎日寝ていたって、セックスがきらいにはならないだろう？」

「その男とは、飽きるかもしれないじゃない」

「おれは、本庁の婦人警官と毎日寝てるわけじゃないんだ」

「通信指令センターの子には、全部つばをつけたって聞いたわ」

「全部じゃない」

「総監室は？」

真堂はその問いには答えずに言った。

「くわえろよ」

小山めぐみは好色そうな微笑を見せて、その場にひざまずいた。真堂はソファの上で脚を広げた。小山めぐみは、両手で真堂のズボンとトランクスを引きおろし、ペニスをむき出しにした。小山めぐみの細い指にしごかれて、ペニスは垂直に背をのばした。小山めぐみは、上目づかいに真堂を見ながら、真堂のペニスをゆっくりと自分の口にくわえ入れた。真堂は両手を伸ばし、彼女の髪に指を差しこんだ。

小山めぐみは、二年前まで本庁の警視総監室に勤務する婦人警官だった。その前は赤坂署勤務だったが、レーガン大統領訪日の警備に出動した際、警視庁幹部の目にとまって本庁へ異動となったのだ。

おそらく目をつけた幹部は、小山めぐみの勤務ぶりを評価したというよりは、真堂同様、彼女の容姿と立居振る舞いの派手さ、色っぽさに引かれたのだろう。小山めぐみ巡査は外勤係にしておくべきではない、との判断がすぐに下されたようだ。性犯罪を誘発すると考えたか、人事上の無駄づかいと思ったか。いずれにせよ、制服をまるでボディコンシャスのスーツのように着こなす婦人警官は、外勤にまわす理由がない。それでなくても警視庁には、運動部出身の筋肉質の婦人警官たちであふれているのだ。せめて本庁舎にだけは、警視庁幹部たちの目をなごませる婦人警官がもっといてもよかった。小山めぐみは、警視総監室勤務となった。彼女が二十四歳のときだという。

真堂洋介が公安部に配属されたのは、小山めぐみの異動から半年あとのことだ。すぐに十階にいる美貌の婦人警官の存在に気づいて、廊下で声をかけた。あたりさわりのないやりとりを交わしただけだったが、翌日、公安部の先輩から昼食に誘われ、釘を刺された。

彼女は、副総監の個人的なヘルパーでもあるんだ。近づくな。

真堂はいったん引き下がるしかなかった。

二年前、副総監が警視総監に昇格したとき、写真週刊誌が、小山めぐみと新警視総監の関係をかぎつけた。フリーのカメラマンから、写真と情報の提供を受けたのだ。その週刊誌の発行元は、これを掲載する前に警視総監と連絡をとった。代理人同士のあいだで、極秘の交渉がもたれた。その結果、スキャンダルは握りつぶされることになった。持ちこんだカメラマンには、同じ発行元のべつの雑誌から、うまみのある仕事の依頼がまわった。

三カ月後、その出版社から、アメリカで評判をとった有名カメラマンの写真集が出版された。中には、ヘアがはっきり写っている写真も数多く含まれていた。それまでの例から考えるなら、これが刑法一七五条「猥褻図画の頒布の禁止」にひっかかることははっきりしていた。日本版の出版は絶望視されていたものだが、本国版どおりの印刷、発行となった。修正も削除もなかった。業界が驚いて成り行きを見守ったが、警視庁はこの写真集を摘発しなかった。写真集は五万部を売るヒットとなった。

小山めぐみ自身は、スキャンダルがかぎつけられたところで、警視庁を退職していた。警視総監も、それ以上の密かな楽しみを続けることはできないと観念した。関係の解消が話し合われた。警視総監の代理人は、小山めぐみにかなりまとまった額の現金を渡してきた。また佃島《つくだじま》に落成したばかりの高級集合住宅の一室が、持ち主である不動産業者から無償貸与ということになった。小山めぐみは警視総監と別れ、赤坂のクラブのホステスとなった。高級官僚が客の中心だという高級クラブだった。

真堂は、小山めぐみが警視総監と別れた直後から、あらためて彼女に接近した。公安部勤務だ。新しいアドレスも連絡先も造作なく調べはついた。真堂洋介自身も、本庁のエリートとして多少は名が知れていた。お互い、まったく見ず知らずの男女というわけでもなかった。予想よりも簡単に、小山めぐみは陥ちた。彼女がホステスとなってひと月目くらいのときだ。最初の情事のあとに、真堂は思わずもらしていた。

お前がまんざらでもないんだって知ってたら、もっと早くに口説くべきだったな。

小山めぐみは、小ばかにするように言った。

なに言ってるのよ。そんなことしてたら、あなた、消されていたわ。

まさか、と真堂は鼻で笑った。

公安のくせして、おめでたいのね、と小山めぐみは、真顔になった。あなた、わたしにこなかけなくてよかったわ。ほんとうに、あなたのためにいいことだったのよ。あなたにあのころ口説かれたら、あたしだってきっと転んでしまったろうし、そうしたら、悲劇だったわ。怖いことになってたわ。

真剣な、切迫した響きさえある言葉だった。きっと、それに近いことが話題になるか、じっさいに起こったのだろう。真堂は、その件をそれ以上話題にするのをやめた。話題にしたなら、余計なことを知ることになる。危険な情報を手にしてしまうことになる。真堂は、保身に徹することにした。自分にとって、今後何年か、小山めぐみの肉体を自由にできればそれでいい。過ぎ去った日々を無駄にしたと思うことはないのだ。

その小山めぐみがきょう着ている制服は、警視庁が貸与したものだった。小山めぐみは、これを返却しないまま退職し、自分のクローゼットにしまいこんでいたのだ。何度目かの情事のあと、彼女が制服を持ったままでいることを知って、真堂はそれをつぎの逢瀬のときに着るよう指示した。そして真堂は当日、いつもの何倍も激しく欲情した。自分にとって、婦人警官の制服は媚薬であることを知った。自分が警察官の職に就いた、その深層のコンプレックスのありようについても、発見をしたのだった。

真堂は立ち上がった。

「こっちだ。こっちに」

真堂は部屋の窓を指差した。レースのカーテンだけを引いた窓。窓の外の空はすでにすっかり暗くなっている。

小山めぐみは、言われたとおり窓に近寄って、両手を窓敷居に置いた。背を折り、腰をうしろに突き出す恰好となった。

真堂は小山めぐみのうしろに立ち、彼女のスカートをたくしあげた。制服の下の、下着とパンティ・ストッキングで包んだ内実がさらされた。真堂は小山めぐみの股間に手を伸ばし、ボディ・スーツのボタンをはずして、パンティ・ストッキングとパンティを一気に下に引きずりおろした。白い尻がむき出しになった。恥ずかしさのせいだろう。小山めぐみは、尻を一瞬緊張させた。真堂は張りのあるその尻に両手を置いた。

小山めぐみが、少しだけ頭をうしろに曲げて言った。

「変態」

真堂は自分のペニスに手を添え、荒っぽく小山めぐみに突き入れた。

小山めぐみは顔を正面にもどし、あえぎ声をもらした。

「変態」

「もっと言え」

真堂は小山めぐみを突き立てながら言った。

「変態」

「もっと」

「変態だわ。あんたなんて」

「それだけか。もっと」

「糞野郎。犬。畜生」

「もっとだ」

「助平野郎。サディスト。あんたなんて……」

「もっと言え。もっとだ」

だめよ、と小山めぐみは切ない吐息をもらし、両肘を折って、窓敷居の上に顔を落とした。

10

川口比等史は、五時五分前にその編集部に到着した。ＪＲ線飯田橋《いいだばし》駅に近い、六階建てのビルの四階だった。

グレーの事務用スチール机を十数個、島型に配置したオフィスだった。どの机にも何十冊もの書籍や雑誌が積み重なり、紙袋の山ができている。机の下にも紙袋、通路には段ボール箱、窓ぎわのヒーターの上にさえも、書籍が積み上げられていた。誰の机の上にも、デスクワークのために必要な広さはあいていない。机の上に灰皿があれば、その灰皿は煙草の吸殻であふれかえっていたし、マグカップが置いてあれば、その下敷きの雑誌にはこぼれたコーヒーの茶色の輪がついていた。何人もの男が、電話に向かって怒鳴るように話している。もし誰かがこの部屋で自分の扱っている原稿を紛失したとしたら、もう一度筆者に書き直しを頼まねばならないだろう。見つかることはとうてい期待できそうもないような、雑然とした部屋だった。

オフィスの入口から、奥の編集長の席を見通すことはできなかった。川口比等史は、どうも、と軽くあいさつの言葉を口にしながら、デスクと書類棚とのあいだの狭い隙間を奥に進んだ。

編集長が川口に気づいてデスクから顔をあげた。前髪を額に垂らした、顔色の悪い五十男だ。くわえ煙草だった。

川口は編集長の前に立って言った。

「ご相談にきましたよ」

編集長は言った。

「活躍してるそうじゃないか」

「おかげさまで」

「皮肉で言ったんだよ。最近何をやってた？」

「ちょっと、観悟宗を追っかけてました」

「ものになるのか」

「すぐには無理ですがね」

編集長は、デスクの脇の応接セットをあごで示した。彼も気分転換が必要になるところだったようだ。川口と編集長は応接セットに移って向かい合った。

そこは鉄道弘済会と資本関係のある出版社だった。男性向け週刊誌と、月刊の女性誌、それに旅行関係の雑誌をいくつか発行している。もちろん、単行本も毎月十冊以上刊行していた。キオスクで売るための新書判の小説かノンフィクションが中心だったが、ときには四六判のソフトカバーの本も出す。川口比等史が書いた『秘密警察《シュタージ》に買われた男』は、この社の看板週刊誌に載った記事をまとめたものであり、この四階の単行本編集部から発行されていた。

「『秘密警察《シュタージ》に買われた男』の続編と言ったな？　神崎って男から手紙があったって？」

編集長は言った。

「これです」

川口は昨日うけとった航空便を、封筒ごと編集長に手渡した。

編集長は、退屈そうに封筒をあらため、中から便箋を取り出して読んだ。

川口は説明した。

「東ドイツも消滅したんで、やつは帰ってくるしかなくなったんでしょう。いまのところ、ドイツ警察の手からは逃れているようですがね。小樽港、十八日。その日、ナホトカからソ連船が入るんです」

編集長は手紙から顔をあげて言った。

「これは、ほんとに神崎哲夫って男が書いたものなのか」

「署名もあるし、封筒の消印を見てくださいよ。ベルリン中央郵便局ですよ」

「神崎って書いてあるだけだ」

「ぼくは、ほかに神崎って名前の男を知りませんよ。まして、ドイツに住んでる男なんて」

「この字、男の字なのか」

「企画書とかレポートなんかをよく書く男の字ですよ。コピーライターなんかにも、そういう字を書く手合いは多いじゃないですか。やつの筆跡にまちがいありませんよ」

「日本の警察にも、指名手配なんだろう？　のこのこ帰ってこれる男なのか」

「こっそり帰国するつもりなんでしょうね。真相をぼくに話したいって書いてるんだ。自首する気ではなさそうだ」

編集長は、酒のせいか、べつの不摂生のせいか、張りのないむくんだ顔をなでながら言った。

『秘密警察《シュタージ》に買われた男』は、六刷、三万二千だった。うちでは、いい成績だった」

川口は頬をゆるめた。

「ぼくも、気を入れて書きましたからね」

「しかし、抗議があったぞ。神崎の家族からだ。あいつの母親からの抗議文だったな。殺人の件も、スパイ容疑も、全部事実無根。やつのプライバシーについて書いた部分も、名誉毀損になるってな」

「ぼくもその手紙は受け取りましたがね。けっきょく訴えられなかったじゃないですか。真実だったんですよ」

「はっきり言うが、真実の部分なんてどの程度あった？　ほとんどが憶測と、ほのめかしだ。警察発表の隙間を、ただ想像で埋めたようなルポだったぜ」

「そんなことはありませんよ。週刊誌の取材のときに、かなり裏はとって書いてるんですよ」

「大学時代にすでにＫＧＢの協力者になったと書いてあったと思うが」

「そうであってもふしぎはなかった。東ドイツやポーランドに旅行してましたからね」

「断定していたぜ」

「おもしろく読ませるためですよ。あのくらいの飛躍は許されるでしょう」

「あれを読むと、神崎って男は、二十歳のときからガチガチのソ連シンパで、金に汚くて、しかも日本人、白人、ガキ、大人見さかいなしの女好きだったような印象だったが」

「多少は誇張はありますがね。べつに聖人君子のイメージを作ってやることもないでしょ。あれだけの犯罪を犯したんです。やはりどこか性格破綻であったことはたしかですよ。軽い性的倒錯の疑いもある」

川口比等史は、その自分の言葉を百パーセント信じているわけではなかった。性格破綻だと決めつけるには、神崎哲夫の社会生活はずいぶんスクエアなものだったし、好色だと呼ぶには、彼の健全さを示す証拠が集まりすぎた（やつの同僚たちをいくら突ついても、たとえば神崎が売春窟に出入りしたという証言は得られなかった。課の旅行で韓国に行ったときでさえ、彼だけは妓生《キーセン》を買ってはいない）。母ひとり子ひとりの家庭で育っているのに、極端なエディプス・コンプレックスの兆候も見当たらなかった。健康で、いくらか保守的な生活態度を守る、母親と仲のいい男。彼がつきあっていたと思われる女たちが、誰ひとり彼を悪く言わなかったことも癪にさわった。神崎がいっとき公然とつきあっていた英字紙の女記者などは、取材そのものを拒み、つきまとう自分をごろつきライター扱いしてくれたのだ。

編集長は訊いた。

「それにしても、なんでこいつは、わざわざお前に話したいって言ってきたんだ？　週刊誌の取材のときに、接触でもできていたのか」

川口は答えた。

「接触はできませんでしたがね。きっと東ドイツでぼくの本を読んだんでしょう。あの事件で、まとまった形になっているのはあの本だけですからね。東芝を含めた、あのときのココム違反の件については、いくつか出ていますが、いちばん突っこんで取材してあるのはぼくのです」

「たいへんな自信だな」

「そりゃあ、名指しで真相を話したいと手紙をもらってるんだ。これくらい自分の仕事に自信を持ったっていいでしょう」

「いちばん腹を立ててる相手かもしれんじゃないか。ほかの雑誌とか、新聞社にも、この手紙が届いているかもしれない」

「数を出せば出すほど、やつの危険は増すんです。無事に帰ってこれなくなる。ぼくのところにしか出してないと思いますがね」

「だいいち、やつはいまごろ、どうしてその真相ってのを話す気になったんだ？」

「時代はこれだけ変わってしまいましたからね。あいつももう、忠誠の対象がないんです。おそらく、やつは東ドイツの秘密警察の内情とか、ＫＧＢの日本での活動とか、その中での自分の役割りとか、一切合切話してしまおうと言う気になったんでしょう。そうとう面白いものになりますよ。東ドイツの消滅を、東ドイツの体制側から見た回想も、興味をひくものになるでしょう。いや、日本人スパイの逃亡生活、それ自体がドラマじゃないですか」

編集長は、冷たい調子で言った。

「そういうことも、巨大なソ連があったればこそだろう。いまどき、あっちの側の内情をばらしてくれたって、誰も振り向きもしない」

「金賢姫《キムヒョンヒ》の手記が、ずいぶん売れてるじゃないですか」

「あっちは女で、若くて、美人だ。しかも、旅客機を一機爆破してるんだぞ。犯罪のスケールがちがう」

「こっちはソ連の原子力潜水艦がらみの、ハイテク経済犯罪なんですがね」

「地味だよ。神崎がこのあいだのソ連のクーデターに関わっていたとかいうんなら、回想も手記も値がつくだろうがな」

先まわりされたので、川口はあわてて言った。

「値をつけろなんて、言ってませんよ」

「そういうことなんだろう？」

「話を聞いてみるだけ聞いてみるのもいいでしょう。小樽に行ってみたいと思ってるんですが」

編集長は音をたてて歯茎をすすってから言った。

「取材費名目で、少ししか出せんぞ」

「三十万」

「二十万だな」

「往復の飛行機代と、ホテル代、それに、やつにいくらか取材協力費ってやつを払わなきゃならない」

「二十万で不足なら、ほかを当たってくれ」

すぐに川口はうなずいた。

「けっこうです。二十万。もし、やつがもっと要求してきた場合は、相談させてください」

このあと、週刊誌の編集部にも寄ってゆくつもりだった。そちらのほうからも、いくらか取材費が出るだろう。どっちみちこのようなルポルタージュは、最初は雑誌に書いたほうが効率的なのだ。

編集長は訊いた。

「情報を独占できるのか」

川口はもう半分腰を浮かしていた。すぐにでも経理課へ行きたいところだった。

「やつとは、そういう取決めにしますよ」

「やつが小樽港におりたところで、すぐ逮捕《パク》られるってことがないといいがな」

「もし警察がこの情報をつかんでいるとしたなら、小樽港でちょっとした捕り物ってことになる。そのときは、逮捕の決定的な写真がものになりますよ」

「何のうまみもない」

「うまくやりますって」

編集長は言葉の調子を変えて訊いた。

「うまくやつと接触できたとして、真相を聞くのに、どこかに缶詰にするなんてことはありうるのか」

「ええ、はい」そうだ。小樽上陸後、すぐ身柄を預かって、何日かぶっ通しでなにもかも喋らせるべきだろう。録音テープは何本必要になるか。ビデオ・カメラも用意したほうがいいか。「ぼくも、そう考えていました」

「指名手配犯を隠匿したなんてことで、編集部を捜索されたくない。おれはそんなことはよせと言っておくぞ」編集長はあたりを見まわした。ひとりの編集者と目が合ったようだ。編集長はあらためて、周囲の者にも聞こえるほどに声量をあげて言った。「犯罪者の隠匿なんて取材方法は取るなよ。ぜったいに駄目だ。おれは許さん。わかったな」

狸親父め。川口は胸のうちで悪態をついた。そうしろというのが真意のくせに、逆の言葉を吐きやがる。いまから、トラブルを避ける算段をしてやがる。

しかし、素直に承知するしかなかった。

「わかってます」

11

西田早紀は事務所の中を見渡した。六時十五分すぎ。オフィスには、もう自分のほかは課長だけしか残っていない。

きょうは理事長が午後からゴルフに出かけており、常勤の理事たちもほとんど顔を見せなかった。理事長室の仕事は楽だった。先輩の三人の事務員たちは、午後には交替で長めの休みをとっていた。休憩時間中に、新宿駅ビルまでショッピングに出かけた者もいたらしい。早紀だけは、新人ということでその恩典を受けることはできなかった。昼休み以外はずっとオフィスに残って電話番だった。

六時二分すぎには三人の女性事務員がタイムレコーダーに向かい、男性の事務員たちもいつとはなしに消えていた。

早紀は自分の席から立ち上がると、課長のデスクの前に歩いて、言った。

「課長、ちょっとお休みのことでお願いがあるんですが」

課長が、イトーキの事務用品のカタログから目を離した。

「お願い？」

やっかいなことを持ちかけられるのではないかと、不安になったかのような目の色だった。二焦点レンズが、鼻の頭にひっかかっている。

「はい」早紀は言った。「今月の十八日、お休みをいただきたいんですが」

「ちょっと待てよ」課長は背を起こし、眉間に皺を寄せた。「だって西田くん、きみはまだ勤めて半年だよ。ついこのあいだから正採用になったばかりだ。有給休暇はまだついてない」

「いえ。有給休暇がないのはわかっています。お休みさせていただきたいんです」

「有給休暇がないのに、どうして休めるんだ？」

「ですからその」早紀はとまどった。自分は何かとんでもないことを言い出してしまったのだろうか。「お給料が引かれることは承知しています。でも、休みをいただきたいんです。そのお願いなんですが」

課長は鼻孔をふくらませると、デスクに両肘をついて言った。

「いいかい。まだ有給休暇がないってことは、勝手に休んだりするなってことだよ。なんたって新人なんだからね。病気ならべつだけど、遊びに行きたいって言うんだろ」

「ちがいます」休みたい理由はちがうが、それを話さねばならないのだろうか。「どうしても、この日、大事な用事があるんです」

「ただでさえ、きみは仕事に身を入れていないよ。きのうは、理事長が居残るように指示したのに、無視したんだってな」

早紀は驚き、あわてて否定した。

「ちがいます。お寿司を誘われたので、あいにくですが、と言っただけです」

「お客の手前もある。どうして理事長に口答えするんだ?」

「でも、お寿司を食べようというのは、プライベートな誘いだと思いましたので」

「理事長の仕事は、公用もプライベートも区別がつくかい。食事をしながら、ゴルフをしながらまとまる話だってあるんだ」

「でも、わたしは事務員です。理事長室の秘書ということで採用されました」

「だったら、よけい理事長のそばにいなくちゃならないでしょう。きのうのお客は、大事な人たちだった。うちのオーストラリア校新設に協力してくれる人たちだったんだよ。土地買収の資金調達で、あのお客さんたちの手をわずらわすことになってるんだ。本来なら、学園ぐるみでご接待しなきゃならなかった」

自分はホステスではない、と言おうとしたが、これは職業蔑視だろうかと考えなおした。自分はホステスではなく秘書だと主張することは、自分の品性を下げることになるかもしれない。でも、酒席での接待は、どう考えても自分の仕事ではない。そのための訓練も受けていないし、適性があるとも思えなかった。

早紀は言った。

「きのうは、どうしても早く家に帰らねばなりませんでしたので」

「昨日のことは、まあいいでしょう」課長は言葉の調子を変えた。「理事長も、昨日の件はとつぜんすぎたとは言ってたからね。だけど、西田くんには、そういう態度がときどき目につくよ。仕事を命じられて、いやだ、なんて言うものじゃない」

「わたし、いやだ、なんて言ったことがありますか？」

「できません、とか、無理です、と言うのだって同じだろうがね。きみは、ときどき先輩たちにそう返事してるよ。わたしはこれまで黙っていたがね」

課長が何の件を言っているのか、見当がつかなかった。ワードプロセシングを頼まれたときなど、指示された刻限には間に合わぬ場合は、たしかにできないとか、仕上げるのは無理とか言ったことはある。でもそれは、べつに反抗しているわけでもなければ、仕事を避けているわけでもなかった。ただ、自分の仕事のキャパシティを伝え、仕上がり時刻の目処を口にしているだけだ。――その時刻までにはアップしません。できるとすれば、翌朝です。それでは間に合わないとのことであれば、ほかの手のすいた方に頼んでもらえますか。そうはっきりと口にすることは、この職場では仕事をいやがっているということになるのだろうか。

課長は続けた。

「この際だから言うがね。西田くんのもの言いは、味もそっけもない。ストレートすぎる。物事を断るにしても、言い方ってものがあるだろう。頭から、だめです、できません、じゃ、まわりも白けるし、角も立つ。帰国子女だから、日本語が不自由ってこともわかるが、少しは勉強しなさいよ」

自分の日本語は、それほどひどくまちがっているのだろうか。日本語を忘れるほど長くドイツに住んでいたわけではないが、人によっては、自分の言葉はひどく常識はずれに聞こえるのだろうか。昨日は、敬語も使えると理事長がほめていたように思ったが。早紀は急に落ち着かない気分になった。

「わたし、そんなにおかしなしゃべりかたをしているんでしょうか」

「ほら、それだ。どうしてひとの言葉を素直に聞けないんだ？　どうしてそう逆らう？」

「逆らったつもりはないんですが、よくわからなかったものですから」

「いいかい。上司や先輩に命じられなくたって、ひとの分の仕事も手伝うことだよ。何時までにやれと言われたら、がんばってその時間までにやればいいじゃないか。頭から、できません、じゃ、まわりも不愉快になる」

早紀は、おそるおそる訊いた。

「それで、休みの件は、どうなるんでしょうか」

課長はとうとう声を荒らげた。

「これだけ言ってるのに、まだわからないのかい」

「あの、まだ、何もおっしゃっていただいてないと思うんですが」

「いいかい。いまの西田くんの立場は、休みをくれと要求できるものじゃないんだよ。それがわかってるのかい。休みがほしけりゃ、人よりも一生懸命働きなさい。人より余分に働いて、それではじめて休みのことを言い出せるんじゃないのかい。ここはドイツとはちがうし、西田くんひとりがここで働いているわけでもないんだ。波風立てないように。ひとりだけ、わがままを言わないように。わかったかい」

「休みはとれないということなんでしょうか？」

「そう言ってるじゃないか」

早紀は絶句した。この人は、単にノーの意思を伝えるために、これだけの言葉を消費しなければならないのだ。ノーとひとこと言えばすむことを、わざわざこれだけ遠まわしに、これだけあいまいに、まるで意思伝達そのものを拒むかのように言わねばならないのだ。

自分は今後もこの職場で働いてゆけるのだろうか。早紀はこれまでも何度か感じたことのある懸念が、急速にふくれあがってくるのを感じた。懸念というよりは、それはすでに現実だった。昨日の理事長の誘いといい、きょうの課長とのこのやりとりといい、先輩たちとの、ついにまだうちとけることのできぬ仲といい、自分はこのオフィスにまったく適応できていない。言葉が通じていない。意思疎通ができていない。職業人としての自分が望むありようと、周囲が自分に期待するありようとに、埋めようもないほどの食いちがいがある。溝がある。

課長が言った。

「とにかく、休みを言い出すなんて十年早い。どうしても休まなきゃならないってものでもないんでしょう」

自分の内部で、何かが切れたように感じた。あるいは何かがはずれたようだった。張り綱のようなもの、止め金か掛け金のようなものが。自分をこの国の、この都市の、この社会の目立たぬ一員たらしめようとしていた意思のようなものが、切れた。はずれたか、それとも、抜けるかした。

早紀は訊いた。自分でも驚いたほどに、乾いた無機的な声が出た。

「休みは、どうしてもいただけないんですね」

「何度言わせるんだ？」

「たしかめたかったんです」

「だめだね。どうしても休んで遊びたいって言うなら、辞めてからにしなさい」

「はい。そういたします」

課長の眼鏡がずり落ちそうになった。

「え？」

「そういたします、と言ったんです。わたし、どうしてもその日には用があるものですから、休めないということであれば、辞めさせていただきます」

「これだ」課長は早紀を見上げたまま、頭を抱えた。「いまの若いのは、すぐにこれだよ」

早紀は課長に深く頭をさげ、背を向けた。背を向けて、職員予定表の横の、予備校のロゴタイプの入った日めくりカレンダーに目をやった。十八日、神崎が指定してきたその金曜日まで、あとちょうど二週間だ。週明けには辞表を出し、デスクの中の私物をまとめよう。この件で、相談や話し合いの余地はもうないはずだった。もし強い慰留があったとしても（あるはずもないが）、十八日に自分がこのオフィスにいることはない。十八日、東京にいることはない。

うしろで、課長が何か怒鳴っているようだった。声は、言葉としては耳に入ってこなかった。意味を聞き取ることはできなかった。ただ、怒りと憤激の調子をすくいとることができるだけだった。

12

世田谷区祖師谷の自宅前にもどってきたとき、ちょうど雨が降り出してきた。神崎敏子は足を早めた。もう五十代も後半になるとはいえ、大柄な身体はまださほど衰えてはいない。かつては高校の排球部で、インターハイにも出たことのある身だ。必要とあらば、いつでもダッシュすることだってできるだろう。この日、神崎敏子は外食チェーン店の厨房で八時間働いてきたあとだったが、まだ足をひきずるほどの疲労でもなかった。神崎敏子は背を伸ばしたまま、靴音を路面に響かせて、自宅までの最後の三十メートルを歩いた。

玄関の戸の錠を開けて、身体を玄関の内側に入れた。三和土《たたき》に数通の郵便物が落ちていた。中のひとつは、赤と青の縁取りのある封筒。神崎敏子は郵便物を拾いあげて、靴を脱いだ。脱ぎながら、素早く郵便物の差出人を確かめた。一通は引っ越し業者からのもの。一通は小田急デパートからのダイレクト・メール。航空便の封筒は、ドイツからのものだった。

居間に入って、ソファに腰をおろし、小さく溜め息をついた。三通の郵便物は、テーブルの上に置いた。時計を見ると、午後七時二十分。部屋の空気は、少し冷えている。

しばらく黙したままでいた。二十年以上住み続けてきた家もまた、沈黙したままだ。奥の寝室にも、二階にも、まったく人の気配はない。これまで三人以上の人間が住んだことのない家。寂寥《せきりょう》とした空間。

ここに土地を借り、家を新築して住み始めたのは、二十四年前のことになる。しかし引っ越して数年後には、夫は出張先のホテルで急死していた。心筋梗塞だった。明らかに過労による突然死だった。それ以来、母と息子ふたりきりの暮らしが、長いこと続いた。

その家に嫁がきたのは、八年前のことだ。住人は三人になった。これからは、どんどん家族が増えてゆくと期待したが、その望みもすぐにしぼんだ。息子が西ドイツのデュッセルドルフで働くことになったのだ。もちろん、嫁も息子と共にドイツへ移った。

嫁が妊娠したのは、五年前の春のころだったろう。息子夫婦はさんざん迷ったようだったが、子供は日本で産むことに決めて、嫁だけが日本に帰ってきた。そしてまたこの家で、暮らし始めた。嫁とは仲がよかったから、彼女も姑と一緒に暮らすことを喜んで受け入れたのだった。

すぐに家族が増える。こんどこそと、それを夢見た。いずれは息子夫婦も日本にもどって、息子が育ったこの家で、大家族が新しい生活を始めるのだ。にぎやかで、笑い声に満ちた暮らし。暖かく、なごやかで、慈しみのある毎日。孫たちに終日まつわりつかれる日常。

そこにあの事件が起こった。

息子は上司の殺害容疑をかけられて、東ドイツへ逃亡した。嫁は警察の厳しい取調べに耐えかねて、小田急電車の前に身を投げた。神崎敏子は、またひとりきりになった。二十数年住んできた住まいで、悲嘆と絶望に涙しながらの毎日が始まった。慰める者、肩に手をかけてくる者もない、孤独な毎日。すがるものがあるとすれば、息子の無実がいつか晴れるという信念であり、息子がいつか帰ってくるという期待だった。手紙は何度ももらい、その中で息子はいつも誓っていた。いつかぼくはきっと帰ると。無実が証明されるときがくると。

神崎敏子は、室内を見渡した。

居間の隅に段ボールの箱が重なっている。引っ越しのために、什器《じゅうき》を荷作りしたものだ。壁からも、絵や写真のたぐいはすべてはずしてしまった。大きな家具の処分はまだだが、たいがいのものはリサイクルにまわすか、業者に引き取ってもらうことになるだろう。

土地の貸借契約は今月かぎりだった。周辺の地価は中曽根政権の時期に急騰していたから、新しい契約では、地代は十倍近くに上がることになった。調理場の雑作業の収入では、とてもその地代は払いきれない。

そもそも地主からは、あの事件の直後から強硬に立ち退きを迫られていた。右翼が、何カ月ものあいだ執拗に、家の前で「売国奴」とののしっていったせいだ。銃弾が部屋に撃ちこまれたこともある。付近の住人たちも、神崎敏子に暗に引っ越しを求めていた。弁護士に相談したが、新しい借家借地法では、居住者側の権利は大きく制限されていた。住み慣れた家を離れるしかなかった。

多少の賠償金が出ることにはなったが、それもすぐに右から左へと消えてゆくことになる。わずかばかりの貯えも、この夏のドイツ旅行でほぼ尽きかけていた。神崎敏子は、もうこれ以上この家に執着してはいられなかった。引っ越すことにしたのだ。

視線を部屋の周囲からテーブルの上にと移した。郵便物。ドイツからの航空便。

神崎敏子は航空便をとりあげ、封筒の封の部分を一瞥してから、封を切った。中には便箋が一枚だけ。よく見知った文字で、簡潔な文章が書かれている。


「十月十八日 小樽港にきてください　T」


神崎敏子は、便箋を手にしたまま顔をあげた。口もとがかすかにゆるんだ。目が細くなった。誰か他人がその表情に気づいたなら、彼女がそっと微笑したと思ったことだろう。何年も神崎敏子が忘れていた感情が、いま呼び起こされていると思ったことだろう。たとえば幸福。たとえば希望。それがどんな種類の、どんなことに対するものであれ。

低い周波数の、ノイズのような音が室内に満ちてきた。雨だった。いましがた降り出した雨が、強くなってきている。雨は窓ガラスを、屋根瓦を、壁のサイディングボードを、そして庭の立木の葉を叩きだしていた。ひとりきりの居間の空気は、また少しだけ冷えたようだった。

第三部　一九九一年十月　小樽

1

小樽は雨だった。

それも、熱帯低気圧による雨。一昨日に日本列島西部を横断した台風は、この前日、日本海全体をその暴風雨圏内に入れて、日本海側の地方に大量の雨を降らしていたのだ。今朝になってからその勢いは急速に弱まってはいたが、まだ雨は降り続いている。天気予報では、小樽地方はこのまま今夜いっぱいは雨となるようだ。風は午後からしだいに収まるとのことだった。

小樽の鉄道駅の玄関口に立って、西田早紀は街並みを見渡した。正午を三十分すぎただけというのに、日没後と言ってもとおるような明るさしかない。自分の吐息が白くなった。こんな天候で、船は入るのだろうか。早紀は思った。船は順調に日本海の航海を続けているのだろうか。

灰色というよりは、鉛色。やわらかに尾を引くその鉛色の雨の中に、幾何学を無視したかたちの駅前広場があり、手前で数台のタクシーが客待ちをしていた。広場の右手には仮設のバス乗り場、左手にも間に合わせの小屋らしきものが建っている。目の前、真正面にはまっすぐの坂道が延びており、坂道の左手には銀行、右手の角には百貨店の建物があった。

建ち並ぶ建物の様式を特定できない、落ち着かぬ印象の駅前広場周辺だった。かつて北の商都として栄えたという、活気ある港街の雰囲気は、少なくともこの駅前の街並みにはなかった。はじめから垢抜けることを放棄したかのような、粗野な商業主義とプラグマティズムの混交。そんな印象があった。

早紀は、飛行機の中で見てきた小樽市内の地図を思い浮かべた。正面の坂道をそのまま下ってゆくと小樽港があるはずだったが、いまは雨に煙って、港まで見通すことはできない。栈橋も区別がつかなければ、停泊する船の姿も見ることができなかった。視界は三百メートルあるかないかだろう。

風が吹いて雨があおられ、広場に白い飛沫が走った。雨が顔に当たり、早紀は思わず身をよじった。

早紀はまた思った。こんな天気で、船は入るのだろうか。入港が遅れるということはないのだろうか。

早紀は小樽市の広報課に、東京から一度問い合わせの電話を入れていた。十月十八日に、小樽港に外国船は入るか。あるいは、人が大勢集まるような催しとか、外国と関連があるような式典かイベントのようなものは行われるかと。

広報課は、小樽市港湾部という部局へ問い合わせてくれと言う。教えられた電話番号にかけて同じ質問を繰り返すと、相手はふしぎそうな声で答えた。十八日についての問い合わせは、これで四件目か五件目なんですがね。十八日に入る外国船といえば、ソ連からの観光船が一隻あります。ナホトカの友好団体の訪日なので、簡単な交歓のパーティも計画されています、と。

ソ連から船が入る。

詳しく訊いてみると、これはソ連船籍の二千トン級の旅客船で、十六日にナホトカを発って、小樽に向かう。およそ百人くらいのソ連人観光客が乗っているはずだという。入港の予定時刻は、十月十八日午後四時。小樽には三日間停泊する。

やはり、と早紀は確信した。あの人が帰ってくる。あの人が帰国する。東ドイツに消えたあの人、父親の部下であり、よき友であった男、神崎哲夫が、日本に帰ってこようとしている。たぶんあの人は、ドイツが統一されたことで、さらに東へ逃げたのだろう。ドイツ統一以降は、ソ連の国内に潜んでいたのだ。そしてソ連邦もまた大きく変貌しようというとき、ソ連に留まることもあきらめ、帰国することにしたのだ。殺人犯の汚名を着たまま、スパイ容疑のかかったままで、祖国日本へ帰ってこようとしているのだ。

十月十八日、ソ連船入港。その船には、きっと神崎哲夫が乗っている。

誰か若い男の声がした。

「西田さまでいらっしゃいますか」

われにかえると、金の飾りのついた黒っぽい服の青年が立っていた。大きな黒い傘をさしている。六本木あたりの街角で、ビラを配っていてもふしぎはないような外見と見えた。青年は言った。

「小樽ホテルからです。お迎えに参りました」

早紀は訊いた。

「小樽マリッティモというホテルのこと?」

「ええ。ふつうは短く小樽ホテルですませています」

「西田です。ありがとう」

「おひとりさまで?」

「ええ」

「お荷物をお持ちいたします」

小さなスーツケースを預け、青年の傘に入って、自動車まで歩いた。迎えの車は、ロンドンを走っているような、黒い箱型のものだった。早紀が身体を入れると、青年は自動車をなめらかに発進させた。

早紀は後部席から運転手の青年に言った。

「ひどい低気圧だったそうね。船はこんな日でも入ってくるかしら」

「きょうはもうだいじょうぶです」青年は駅前の広場から坂道に車を出して言った。「今朝入るはずのフェリーは、ずいぶん遅れているようですが。フェリーをお待ちなんですか」

「いえ、ソ連の船のことを訊いたんだけど」

「ああ。最近は多いんですよ。いまも二隻ぐらい貨物船が入ってるはずです」

「きょうの四時にも船が着くらしいの」

「観光船ですか」

「そうらしいわ。アナスターシア・パバロワ号って言うらしい」

「観光船なら、第三埠頭ですね。桟橋の右側の岸壁に着くはずです」

「遅れるかしら」

「きのうはともかく、きょうの便なら、さほどのことはないでしょう。そういえば、昨日もおひとり、その船はまちがいなく入るかとお聞きのお客さまがいましたが」

「そう?」どんな人物なのだろう。誰を待っているのだろう。まさか、自分と同じく、神崎哲夫ということはないだろうが。早紀は自分のことはとぼけて訊いた。「そのソ連の船には、誰かとくべつな人でも乗ってるのかしら」

「さあ。中古の自動車を買いにくる人たちだけだと思いますが」

「ロシア人ばかり?」

「そうだと思います。ときどき、中央アジアの人が乗ってくることもあるようですけどもね。キルギスとか、カザフとか」

東ドイツからやってくる人はどうなのだろう。早紀はさらに訊いた。

「港は、ホテルから近いんでしたね」

「ええ。第三埠頭まで、歩いて七、八分でしょうか。運河や博物館なんかもすぐそばです」

自動車は坂道を下ると、やがて右手に曲がった。古い石造りふうの建物が建つ交差点だった。

「ここが色内《いろない》通りです」運転手が言った。「むかしは北海道のウォール街、って呼ばれていたそうです。戦争前の、小樽が景気がよかったころのことですが」

早紀は雨の降りかかる窓ごしに、通りの左右に目をやった。

「ずいぶん古風な建物が並んでるのね。銀行が多かったんですか？」

「ええ。この通りの左右は、銀行、貿易会社、水産会社、船会社。そういう事務所が軒を並べていたんですよ。このあたりを戦前の東京に見立てて映画の撮影が行われたこともあるそうです」

すぐにまた交差点に出た。クラシカルな建物に囲まれた四つ辻だった。なるほど、ゆるい坂道ではあるが、カメラの角度を工夫するなら、戦前の東京に見立てることもできそうだった。銀座か、あるいは大手町あたり。自動車はその四つ辻を左折して停まった。

早紀は青年が差し出す傘の下におり立った。目の前に、古い銀行を思わせる灰色の建物があった。四階建てで、一階部分は石積みとなっている。一階の窓は上部がアーチ状だ。二階から上の壁には、化粧レンガを張っており、縦長の上げ下げ窓が規則的に並んでいる。現代建築ではない。一世紀とはいかないまでも、確実に半世紀以上はたっている建物だった。入口の脇には、浮輪を型どった真鍮製の看板。小樽マリッティモと表示があった。早紀は運転手についてステップを上がり、ホテル小樽マリッティモに入った。

2

一台の警察車が、警報器の音を鳴らさずに封鎖線を抜けてきた。雨しぶきが車の左右に散った。車というよりは、モーターボートが近づいてきたようにも見えた。

真堂洋介は、北海道警察本部の軽装甲の警備指揮車の中にいた。トヨタの四輪駆動車を改造した車だ。爆弾の直撃はともかく、至近距離からの銃弾程度ははねのけることのできる車だった。その指揮車の中から見ていると、封鎖線を抜けてきた警察車は、真堂の乗る車のすぐ脇まで近づいてきて急停車した。

小樽港第三埠頭の入口である。時刻は午後零時四十分だった。

雨の中におり立ったのは、真堂洋介の部下の渡辺克次だった。銀色の瓶のようなものを脇に抱え、ジュラルミン・ケースをひとつ、手にさげていた。渡辺は雨に首をすくめて、真堂の乗る指揮車に駆け寄り、後部席のドアを開けた。

渡辺は、濡れた頭をぬぐうと、銀色の瓶を手わたしてきた。愛用しているステンレス製の魔法瓶だった。

「ご指示どおりに、いれてもらいました。運河のそばの、海猫屋っていうコーヒーの専門店です」

真堂が魔法瓶を受け取ると、渡辺はつぎにジュラルミンのケースをシートの上に置いて開けた。

真堂には見慣れた、三つの道具が収まっていた。ウレタンの衝撃吸収材の上の、金属製の武器。ニューナンブと、ベレッタ、それにワルサーの三種類の小型拳銃だった。それぞれのホルスターは、ケースの脇の隙間に収められている。

真堂はワルサーを取り出した。マガジンを引き抜いてみると、すでに実包が装填されている。渡辺に伝えた希望どおりだった。真堂は専用のホルスターに手を伸ばした。

渡辺はジュラルミン・ケースを閉じると、すぐに指揮車をおりていった。

渡辺が去ったあと、真堂は雨にうたれる警備指揮車の中で、神崎敏子に対する監視と盗聴工作の記録を思い起こした。

警視庁から手紙が転送されたその日から、神崎敏子の住まいに対する電話盗聴が開始されていた。盗聴記録には、ドイツからの手紙の関連で、神崎敏子がかけた電話の内容がいくつか整理されている。

手紙が配達された日の翌日には、彼女は小樽市の市役所と港湾部に電話をかけていた。

「十月十八日に、小樽港には外国船は入りますか。何か大きな催しのようなものはありますか?」

港湾部の答えは、アナスターシア・パバロワ号というソ連からの観光船が、午後四時入港予定というものだった。

同じ電話で、彼女は訊いている。

「あらかじめ、乗客のリストを確かめることはできますか」

答え。「できない」

次の日、都内の旅行代理店に電話。

十七日羽田発、千歳《ちとせ》までの飛行機を予約。帰路はオープン。

同日、ニッポン・レンタカーの新宿営業所に電話。十七日から三日間、千歳空港から一六〇〇ccクラスのセダンを借りることを予約。

翌日、小樽市観光課に電話。港に近いホテルの名を聞き出す。同日、観光課から教えられたホテル、小樽マリッティモ（小樽ホテル）に電話。十七日から二泊、シングルで予約。

十七日までの約十日間、ほかには気にかかる電話はかけていない。国際電話もかかってはいなかった。

つまり、神崎敏子は、アナスターシア・パバロワ号が同日入港の予定を知るところまではいったが、その船に神崎哲夫が乗っているかどうかまでは、確信が持てずにいる。確信が持てないままに、とにかく小樽港に行くことだけは決めたのだ。真堂の読みのとおりだった。

公安部は、すぐに小樽ホテルと連絡をとり、神崎敏子がチェックインする予定の部屋の隣りの部屋を確保した。盗聴と監視のためだったが、盗聴するという計画は、ホテル側には伝えていない。確保した部屋では、四人の公安刑事が、電話および室内の様子を盗聴することになっていた。

真堂はその刑事たちに、東京で指示していた。

「接触は、神崎哲夫のほうからあるはずだ。神崎哲夫が場所、時刻を指定し、神崎敏子がこれに従って部屋を出るときから、尾行に入ること。連絡を受けた接触の場所、時刻、方法については、ただちに真堂にも連絡すること」

四人の公安刑事たちは、一昨日十六日から持ち場につき、神崎敏子が宿泊する予定の部屋の電話に発信機をとりつけた。テーブル、ベッドサイド、化粧室にも、集音マイクを置いた。神崎敏子の室内で交わされる電話のやりとりも会話も、すべて隣室のモニターで聴くことができた。

きょう、十一時までの報告では、神崎敏子が外から電話連絡を受けた形跡はない。フロントにメッセージも届いてはいないし、神崎敏子自身が、外に電話をかけたこともなかった。事態は、すべてアナスターシア・パバロワ号の入港待ちの様子だった。

真堂は、盗聴の報告内容を頭から追い払うと、あらためて警備指揮車の車内から雨の小樽港第三埠頭を見わたした。

小樽港第三埠頭は、幅は約百メートル、長さ約三百メートルほどの広大な桟橋だった。両側の岸壁に十メートルほどの幅を残して、二列に上屋が建ち並んでいる。列のあいだには、大型トラックが作業できるように、幅三十メートルほどの通路があった。

この日、第三埠頭に繋留されているのは、新潟《にいがた》からきた日本の貨物船が一隻、サハリンからのソ連の貨物船が二隻だけだった。東側岸壁は、アナスターシア・パバロワ号のために開けられている。

埠頭の入口には、小樽市の港湾事務所があり、その二階建ての建物に向かい合って、港湾関係の合同庁舎が建っていた。合同庁舎は七階建ての近代建築で、中には札幌入国管理局の小樽港出張所をはじめ、税関、海上保安庁などの役所が入っている。

埠頭は原則として関係者以外立入り禁止だが、通常は誰が入ろうととがめられることはない。検問所もなければ、ゲートもないのだ。観光客や釣人も、立入り禁止の札が立っていることすら気づかずに、埠頭の先まで行くことができた。

しかし、この日ばかりは、第三埠頭一帯は完全に封鎖されていた。警視庁公安部外事一課の要請で、北海道警察本部の機動隊三個小隊が埠頭周辺を固めたのだ。接岸中の船の関係者か、荷役の関係者以外は、いっさい埠頭への出入りを制限されている。さらに北海道警察本部の小型の警備艇が二隻、第三埠頭の周囲を警戒していた。海からも余計な船が近づくことはできない。もっとも雨のせいで、埠頭を散歩したいという観光客がさほどの数いたわけではない。これが真夏の観光シーズンであれば、小樽市の観光課と港湾部は道警本部に抗議をしたかもしれなかったが、この日は封鎖の通告は素直に受け入れられていた。

真堂洋介は午前十一時三十分に第三埠頭に着いて、現場指揮官である道警機動隊の中隊長から警備状況を聞いていた。地図をあいだにしながらの確認だったが、途中で真堂は思わず相手を怒鳴っていた。機動隊は、真堂の指示どおり封鎖こそしたものの、封鎖した埠頭の内側についていては、とおりいっぺんの巡視をしただけ。不審人物の拘束や不審物の発見については、事実上何もなされていなかったのだ。

そこまでしろというご指示とは思わなかったものですから、と中隊長は弁解した。問題はソ連船入港後のことだと思っていました。出てゆく者を警戒すればよいのだと。

いますぐ完璧にやれ、と真堂は命じた。上屋の中も、すべてだ。内側にいる者すべてに身分証明書の提示を求め、暗がり、物陰、使用されていない部屋などを徹底的にあらためよ、と。ほぼ一時間前のことだ。

警備指揮車の窓ガラスがノックされた。真堂が顔を向けると、また渡辺だった。

渡辺は、ドアを開けて言った。

「警視正、いま、港湾部の建物に行ってたんですが、気になるものを見つけたんで、きていただけますか」

「なんだ？」と真堂は訊いた。「気になるものっていうのは」

「港湾部の一階は、船員たちのサロンにも使われています」

「知ってる。昨日、見た」

「あそこに伝言板があります。JRの駅にあるようなものです。黒板にチョークでメッセージが残せるものですが、いまその黒板に、昨日までなかった、ちょっと妙な伝言があるんです」

「妙な伝言？」

警備指揮車から港湾部の建物まで、ほんの百メートルほどだった。真堂が渡辺と一緒に行ってみると、サロンの隅の伝言板に、こう書かれていた。

「テッチ、近くの小樽ホテルというところにいます。吉川　10／18」

このメッセージの下には、六桁の数字が記されていた。小樽ホテルの代表電話番号だ。

渡辺が、真堂に訊いてきた。

「いかがです？」

真堂はその伝言板から目を離さずに言った。

「テッチというのは、神崎哲夫の子供時代の愛称だ。母親もそう呼んでいた。吉川というのは、母親の旧姓だよ」

「じゃあ？」

「母親が書いたものだ」

「この伝言がここにあるってことは、どう解釈したらいいんです？」

「少なくとも、神崎哲夫と母親は、まだ直接連絡をとりあってはいないってことだ。これまで、連絡をとりあう方法もなかったようだ。そのことを証明している伝言だな」真堂は渡辺に顔を向けて言った。「港の近辺のこの手の施設をあらためて総点検しろ。シーメンズ・クラブなんかに、神崎敏子がまだメッセージを残しているかもしれん。逆に、神崎哲夫が神崎敏子に何か伝言を残すときも、そういう場所を使うかもしれない」

渡辺は警察手帳を出してうなずいた。

3

同じ時刻、ホテル小樽マリッティモの三階のその部屋では、四人の体格のいい男たちがいて、それぞれ耳にヘッドホンを当てていた。

ひとりは録音機器に向かいあっており、もうひとりはデスクに着いて、時計とノートを交互に見ている。あとのふたりは、コートの前ボタンをゆるめて、ソファに腰をおろしていた。

昨日、神崎敏子のチェックインと同時に、彼女の部屋の盗聴を始めた捜査員たちだった。警視庁公安部外事一課の、下級警察官たちである。ふたりが隣室にかかる電話や部屋を訪ねる者たちとの会話に意識を集中し、これを記録していた。残りふたりは、もし神崎哲夫から連絡が入った場合、ただちに神崎敏子の尾行にかかることになっていた。明朝までの、四十八時間連続勤務ということになる。もちろん、昨日から今朝まで、交代で睡眠はとっていた。

この時刻まで、盗聴の成果はとくにあがっていない。この事件を担当する真堂警視正にはすでに記録を届けていたが、神崎敏子のチェックインからこれまで、外部から部屋には一本の電話もかかってはいなかった。ホテルの従業員以外、訪ねてきた客もない。外からの連絡がまったくない以上、神崎敏子のこれまでの短い外出には、尾行をつける理由もなかった。

神崎敏子は、いま部屋で音楽を聴いている。チェックイン以来、部屋にいるときは、彼女はずっと音楽をかけっぱなしだった。浴室をつかうときでも、ルームサービスで朝食をとったときも。それもオペラばかりを。ポータブルのカセットデッキかCDプレーヤーを持参してきているようだった。

尾行担当のひとりが、時計を見ながら言った。

「こういう音楽を、あの婆さんは、ほんとに楽しくて聴いてるのかね。おれにはただ退屈なだけだ。御詠歌みたいに聞こえるぜ」

もうひとりの尾行担当の刑事が応えた。

「辛気臭い歌ばっかりだ。拷問みたいなものだよ」

録音担当のひとりが言った。

「拷問も、ひと休みだ。音楽が終わるところのようですよ」

それぞれのヘッドホンの中で、音楽がひときわドラマチックに盛り上がって終わった。十秒ほどおいて、部屋を横切る足音。何かスイッチを切るような音がして、部屋の中から音楽が消えた。続いて衣擦れのような音が聞こえてきた。

「部屋を出るのかな」と、尾行担当の刑事のひとり。「飯かな」

足音の調子が変わった。靴をはいたか、はきかえたようだ。キュッときしむような音が床を踏む音にまじった。

録音担当のひとりが言った。

「ゴム長をはいた。外出ですね」

ドアのロックがはずされる音が聞こえた。靴音が部屋を出た。ふたたびドアにロックされる音。隣室には、音をたてるものはなくなった。

録音担当が言った。

「出ていった」

尾行担当の刑事が、相棒に訊いた。

「船が入る時刻か？」

もうひとりが答えた。

「いや。まだ三時間以上ある」

「じゃあ、おれたちもひと休みしよう。彼女が部屋を出てるあいだ、交替で飯にしないか」

尾行担当の刑事たちは、ヘッドホンをはずしてソファから立ち上がり、身体を大きく伸ばした。

4

早紀はホテルのロビーに立って、あたりにゆっくりと目を向けた。

ロビーの壁には、大きく商船と港の絵が描かれている。柱や梁、廊下の壁などには、額入りの船の絵が何枚もかけられていた。帆船もあれば、商船やコンテナ船の絵もあった。ロビーの床は使いこまれた板張りで、腰板はどうやらナラ材のようだ。フロントのカウンターは腰板と同じ色合いの木材で統一されている。

従業員たちの服装は、ネイビーブルーのスーツだ。肩には肩章、袖口には二本の金色の線。航海士の制服をイメージしたものだろう。通りがかったメイドらしい女性の服装は、セーラーのそれだった。全体にそのロビーは、古い時代の商船会社の事務所を思わせた。かつて船旅が海外旅行の唯一の手段だったころ、旅客はこのような事務所で船のチケットを買い、乗船手続きをおこなったのだろう。

正解だったようだわ、と早紀はロビーに立って思った。とにかく港にいちばん近いところ、という条件で探したホテルだった。旅行代理店の担当者は、少々お高いのですが、と言いながら、このホテルを勧めてくれた。料金を聞いてみると、たしかに二十三歳の身には分不相応に高いホテルだった。ビジネス・ホテルにでも泊まろうかと考えた。

すぐに思い直した。社会人になって初めてのぜいたくを、自分に許してもいいころだ。どっちみち小樽まで飛んで、はたからは愚かしいと思えることのために時間を費やすのだ。すでに自分はこのことのために、勤めさえ辞めてしまっている。あと少々の出費をつけ加えても惜しくはないのだ。早紀は東京・千歳往復の飛行機のチケットを買うと同時に、このホテルも予約したのだった。

カウンターの脇に、ボイラーの圧力計を模したらしい時計があった。時刻は十二時四十分。チェックイン・タイムまで、まだ一時間以上もある。部屋には入れるだろうか。早紀はコートを脱いでカウンターに近づき、名前を告げた。

航海士の制服を着た女性のフロント係が言った。

「まだお部屋の用意ができませんので、しばらくお待ちいただけますか。お荷物はお預かりいたします。奥の喫茶室でお待ちになるのもよろしいかと思います」

「やはり、二時までは、部屋には入れないかしら」

「いえ。あと小一時間で、ご案内させていただきます」

早紀は、ロビーの奥を指さして言った。

「あちらで待っていい？」

革のソファが置かれたスペースだった。いまこのロビーに入ってくるとき、雑誌を並べたテーブルが見えた。

「どうぞ。いま、お茶をお持ちします」

スーツケースをフロントの前の台の上に置き、コートを両手で持って、あらためてロビーを眺めわたした。四階建ての建物にしては、ロビーの天井は高い。建てられた時代のせいなのだろう。空間がぜいたくに使われていた。このあと案内される部屋がどんなものか、楽しみだった。

ロビー中央の通路部分にきたとき、ふいに人と鉢合わせした。左手、喫茶室があると教えられた方向から、男が早足に歩いてきたのだ。早紀は両足を揃えて立ちどまった。男が早紀の肩にぶつかってよろめいた。

「これは失礼」

そう言いながら、男は早紀の肩を両手で押さえた。早紀が転ばぬように手を出してくれたようだった。

早紀は小さく言った。

「ごめんなさい。失礼しました」

「いや、いいんです」

男は両手を離したが、目は早紀の顔に向けられている。三十なかばほどの、黒縁の眼鏡をかけた男。額も耳もすっかり隠すように髪を伸ばしていた。レンズには薄くブラウンが入っているようだ。オリーブ・グリーンのマウンテン・パーカふうの上着を着こみ、革の大きなショルダーバッグをさげていた。

男は首をかしげ、ふしぎそうに言った。

「どこかで会ってましたっけ」

喉に痰でも引っかかっているような、震える低い声だった。

早紀は首を振った。

「いいえ。たぶん」

そう答えながらも、その声には記憶があるような気がした。誰だろう。いつだろう。いつどこで聞いた声だろう。

「川口って言うんですがね」男は早紀を見つめたまま言った。「東京からきてるんです。あなたは？」

これは近づくきっかけを作っているということなのだろうか。見知らぬ女と知り合うための手のひとつを繰り出しているのか。

「東京からですが」ひとりで、と言うのは、よしたほうがいいだろう。

「ほんとうに、会ったことはない？」

「ええ。ありません」

男は一歩さがって言った。

「失礼。どこかでたしかに会ってると思ったものだから」

早紀は頭をさげ、ロビーの奥へと向かった。ソファに着いてから見ると、男はフロントで何ごとか話しているところだった。話しながら、こちらを振り返った。まだ目には、疑念の色があった。演技とは思えない。その表情は、必死で記憶の底をたぐっているようにも見えた。

誰だったろう。誰の声だったろう。あの声は、ほかのどんな記憶に結びついたものだったろう。いい記憶？　それとも、思い出したくもない記憶？　思い出すことができなかった。

早紀は手元にあった女性雑誌を取り上げて、適当にグラビアページを開いた。ちょうど旅行記事が載っていた。トレンドはいまベルリンへ向かう、と見出しがついている。早紀はその記事に目を落とした。二分ほど記事を眺めていたが、まったく頭に入っていないことに気づいた。字面を目で追っただけだ。読んではいなかった。顔をあげてフロントに目をやると、男はすでに消えていた。

ウェイトレスがお茶を運んできた。早紀は礼を言って、そのお茶に手を伸ばした。男のことは、頭から追い払うことにした。

船が入るまであと三時間少々だった。ほんとうに神崎哲夫は、その船に乗っているだろうか。おりてくるだろうか。早紀の胸のうちで、また不安が増殖を始めた。この二週間、たえず成長しようとしていた不安だ。

自分はとんでもない思いちがいをしているのではないか。思いこみから、あの手紙をまったく見当はずれに解釈してしまったのではないか。

真相をお話しします。十月十八日、小樽港にきてください。神崎ほんとうに、きょう、この日、ここでいいのか。神崎哲夫はほんとうに、ソ連船で小樽に帰ってくるのか。

ふと、目の前に誰か立っている気配を感じた。あの男？

怪訝に思いながら、早紀は顔をあげた。

初老の女性が立っていた。鮮やかな黄色いレインコートを着ている。手には、やはり黄色の、エナメル・コーティングの帽子。膝まであるゴムのブーツ。背の高い、白髪の女性だった。その老嬢は、目を丸くして早紀の顔を見つめていた。早紀には相手に見覚えはなかった。

女性は訊いた。

「あの、もしかして、西田さん？」

驚いて早紀は言った。

「はい、そうですが」

こういうことがよくあるホテルなのかしら。しかしとにかくこの老嬢は、自分の名を知っている。同性でもあるのだ。ガールハントではないかと心配することはない。

その女性は言った。

「やっぱりそうだった。どこかで見たことがあると思った。写真で覚えていたのね。わたし、神崎です。神崎敏子です」

早紀は、はね上がるように立ち上がった。

「神崎さん？　神崎さんのおかあさまですか」

「ええ。息子が、その」

神崎敏子と名乗った女性はいいよどみ、視線をはずした。困惑しているようにも見える。早紀にも、その理由はすぐに見当がついた。彼女の息子が、早紀の父親を殺したと伝えられているのだ。殺された男の娘の前で、いったいどんな表情を作ったらいいのか、困るはずだ。それにしても、なぜ、ここに神崎哲夫の母親がいるのだろう？　彼女もここに呼ばれているのだろうか。

神崎敏子は、もう一度早紀を見つめると、ひとつ意を決したかのように言った。

「おとうさまのことはご愁傷さまでした。警察は息子が殺したと言っていますが、わたしは息子を信じています。あの子はしていません」

「ええ、はい」こんどは早紀が狼狽する番だった。その件をこうもはっきり口にされたなら、被害者の娘としては、どう振る舞ったらいいのだろう。愛想笑いを見せるのか、何を図々しいと目を吊りあげるのか。いっさい口をきかずに立ち去るのがいいのか。「あの、そのことはもう、時間もたっていますし、おかあさまは当事者でもないんですから……」

「いいえ。当事者です。わたしも、西田さん、その、社長さんと同じ被害者です。もちろん、息子もそうです」

「あの」早紀はあたりを見渡した。ホテルのロビーで話すことのできる話題ではない。「あの、おかあさま、どうぞその件はもう」

神崎敏子は、かまわず続けた。

「あの事件のあと、ご仏前にお焼香にあがろうとしたのですけど、電話をしますと、おかあさまには断られてしまいました。おかあさまは、まだ息子が、哲夫が犯人だと思ってらっしゃるんでしょうか」

「母はその場にいたわけではありません。警察の発表を信じるしかないんです」

「早紀さん、とおっしゃいましたっけ」

「ええ。早紀です」

「早紀さんは、どうお思いなんです？」

答えにつまった。信じたいという気持ちは本当だ。しかし、真実がどうであったかは、早紀にもやはり判断する材料はないのだ。だからこそ、真相を話すという手紙に導かれて、きょうこの街までやってきた。

「わたしも」早紀は慎重に言った。「よくわからないんです。警察の発表を鵜呑みにしているわけではありません。わたしの知っている神崎さんは、あんなことをする人ではなかったとも思っています。でも、わからないんです」

「息子は、あなたのことをときどき手紙に書いてきていました。一緒に写った写真も何枚も持っていますよ。ホームパーティでの写真とか、古い教会の前で写ったものとか」

「神崎さんご夫婦とうちとは、家族ぐるみでおつきあいしていました。一緒に旅行したことも何度かあります。わたしも神崎さんには、かわいがっていただきました」

「大きくなられたのね」

神崎敏子が早紀をあらためてしげしげと眺めてきた。早紀は相手の目から額にかけて、神崎哲夫の面影があることに気づいた。柔和な目元と薄い眉、広い額。神崎哲夫は、顔の上半分に、母親の遺伝子を受け継いだのだ。

神崎敏子が訊いた。

「おいくつなの？」

「二十三になります」

「いいお歳ね」

「あの、おかあさま。もし何でしたら」

「話は、ご迷惑？」

「いいえ。そうじゃないんです。よかったら、喫茶室のほうへ移りませんか。そちらでゆっくりと」

「そうね」神崎敏子は首をめぐらしてから言った。「雨だけれど、運河の畔でも、散歩しませんか。雨の運河っぷちも風情があるから。お時間はある？」

「二、三十分したら、ここにもどらなければなりません」

「ここにお泊まりなの？」

「はい」

手紙をもらったと言うべきだろうか。軽々しく他人には明かしてはならないはずの手紙。

警察に知れたなら、神崎は自分と何ひとつ言葉も交わさぬうちに、逮捕されてしまうことになる。

そこまで思ってから気づいた。神崎敏子も、あの人からの手紙を受け取ってここに来ているのだ。彼女がここにいる理由はそれしかない。

神崎敏子は言った。

「わたしもなの。昨日から泊まってる。そうね。三十分後にはもどっていましょう」

そしてくるりと背を向け、フロントに向かっていった。初老の日本女性には珍しく、背をすくっと伸ばし、足を投げ出すように歩く。ドイツの働く女性のような立居振る舞いだった。

早紀は自分が早くも、妙に毅然とした印象のあるこの女性が好きになっていることを感じた。

5

第三埠頭東側では、北海道警察機動隊の隊員たちが、四人ひと組、四つの班に分かれて上屋内の巡視作業をおこなっていた。

埠頭の東側岸壁にはふた棟の上屋が建っている。ひとつは陸屋根、二階建ての古い建築で、要塞かトーチカを思わせるほどに堅固そうな造りの建築だ。二階に開けられた搬入口の上には庇が突き出し、ホイストクレーンのレールがその庇の先まで伸びていた。東側岸壁にあるもうひとつの上屋は、軽量鉄骨の丸屋根の建物である。

陸屋根のほうの上屋は、内部のところどころに太い柱が建っているものの、必要とあらば戦車の百両ぐらいは並べて収めることができるほどの広さがあった。照明の光量が少ないため、どの入口に立っても、奥まで見通すことはできない。いまその一階のフロアは、区画分けされたエリアごとに、木箱やコンテナやパレットに載った段ボール箱などが積み上げられており、ちょっとした迷路の様相だった。その荷物の山のあいだを、数台の黄色いフォークリフトが行き来している。

道警機動隊第一中隊第二分隊長の山際《やまぎわ》巡査部長は、一階の点検を終えると、三人の部下を引き連れて二階のフロアに上がった。二階も、コンクリートの壁がむき出しで、しかも方々に剥離やひびができている。一階とちがい、荷はほとんど入っていなかった。搬入口のそばに、パレットが十数枚ずつ重ねられ、いくつかの山となっている。人の動きもなく、空気は冷えきっていた。山際分隊長は、あらためてこの上屋に、要塞、それも打ち捨てられた要塞、という印象を感じた。

フロアをざっと点検してから、山際たちは東側の搬入口を調べてみた。赤錆の浮いた鉄の扉のかんぬきは、なぜかはずされている。足もとに、白っぽい埃か粉のようなもの。煙草の灰のようだ。分隊長はその灰を靴の爪先で散らすと、扉を左右に開いた。

目の前に、雨に煙る小樽港が広がった。正面に見えるのは、第二埠頭とその倉庫群だ。足もとには、第三埠頭の東岸壁。アナスターシア・パバロワ号が接岸したときには、この搬入口はおそらく、ちょうど船の中ほど、舷梯《げんてい》か船檣《せんしょう》の開口部あたりの正面に位置することになるようだった。

搬入口の外は、幅二メートルほどのテラス状になっており、搬入口同士をつなぐ回廊が左右に伸びていた。テラスには赤いスチールのパイプのてすりがあり、これにオリーブ色のゴム曳きのシートがかけられている。ちょうどテラス部分の内側を隠すような具合だった。

左右の搬入口を見たが、シートがかけられているのは、この搬入口だけだった。荷役の作業にも邪魔になるだけのものだ。山際はかすかにひっかかりを感じながらも、鉄の扉を閉じた。

ふいに怒鳴り声があった。

山際は、声のした方に目をやった。上屋の西側の搬入口のそばだった。別の班の機動隊員たちが、あわただしく動いていた。

ホイッスルが鳴った。その音は上屋の内部に反響し増幅された。

不審者か？　危険物か？

西側の搬入口のそば、天井につながる梯子の上に、数人の男たちがとりついた。梯子の下では、ふたりの機動隊員が拳銃を抜いてかまえている。梯子の上に、不審者でも発見したようだ。山際は部下と共に走った。

ひとり、男が後ろ向きになって梯子をおりてくる。黒っぽい衣類をまとった男だった。機動隊員ふたりも、男に拳銃を突きつけたまま、梯子をくだって床におり立った。男はフロアまでおりると、壁に身体を向けて両手をあげた。機動隊員たちは彼を両側から押さえ、身体検査を始めた。

山際は駆け寄って訊いた。

「何ごとだ。どうした？」

ひとりの機動隊員が向き直って報告した。

「この男、ダクトの中にひそんでいました」

「ダクトの中？」

「ええ」

機動隊員は天井を指さした。金属製の太いダクトが天井を走っている。幅は六十センチほどあるか。人がひとり、中で横になることはできるだろう。壁の梯子の上の吸入口が開いていた。

隊員は言った。

「発見して拳銃を向けると、はいだしてきました」

上出来。山際は思った。そこまで徹底してやってくれるとは、気のまわる部下だ。あとでほめてやることにする。

その機動隊員は言った。

「密入国のロシア人かもしれません。二日前から、ソ連の貨物船が二隻入ってますから」

「顔をこっちへ」

機動隊員がその不審者を振り返らせた。

黒い髪に、黒い瞳。陽に灼けているのか、地なのか、少し浅黒い肌の色。彫りの深い顔立ちだが、人種までは想像がつかなかった。ラテン系なのか、それとも中央アジアあたりの出身かもしれない。山際は、これまでさほど数多く生身の外国人に接してきたわけではなかった。判断がつかない。

男の年齢は四十前後だろう。身長は百八十センチはあるようだ。黒い防寒ジャケットに黒いズボン、黒い運動靴を履いている。

顔には、表情らしきものがなかった。機動隊員に両腕をつかまれて不服そうではあるが、恐れやおののきや落胆の感情は見せてはいない。密入国者らしくもなかった。見ようによっては、ふてぶてしいとも取れる表情だ。

山際は訊いた。

「名前は？　ＩＤカードかパスポートを持っているか。パスポート」

男は無言だった。抵抗の素振りは見せなかったが、質問に答えようともしていない。どこか山際を小ばかにしているようにも見える。

「言葉がわからないのか。ここで何をしていた？　密入国か？」

やはり男は無言だ。鼻から息をもらしただけだった。

山際は、彼を発見した機動隊員のひとりに訊いた。

「所持品は？　何か不審なものはあるか？」

その隊員が答えた。

「とくにまだ。ポケットの中まで探ってはいませんが、あやしいものは持ってないようです」

「ダクトの中にもか」

「いま、調べています」

ダクトの端から、機動隊員の尻が出てきた。もぐりこんで、中をあらためていたようだ。

その機動隊員は、すっかり身体を出すと、手提げ鞄と、黒っぽいハードケースのようなものをダクトから引っ張りだした。梯子の下で、別の隊員がその荷を受け取った。

山際は、バッグを手にして、その外国人に目をやった。所持品検査の許可を求めたつもりだった。男は目をそらした。

自分のものではないとでも言ったつもりか？　山際はバッグのファスナーを開けて、中身を確かめた。最初に出てきたのは、黒い目出帽だった。つぎに懐中電灯。水筒。革ケースに入った工具一式。工業用の粘着テープ。

山際は、誰にともなく言った。

「密入国者が持つものにしては、臭いな」

部下の隊員が言った。

「こっちのケースはロックされています。ずいぶん軽いんですが」

山際は、そのケースを見た。長さ一メートルほどの、黒いケース。手にしてみると、なるほど中にはスポンジぐらいしか入っていないようだ。楽器のケースのように見えないこともない。でなければ……。

山際は男に言った。

「開けてくれないか。オープン。オープン」

男は返事をしない。ケースを見ようともしなかった。しかたがない。

山際は隊員たちに顔を向けて言った。

「誰か、もう一度、ダクトの中にもぐれ。まだ何か隠してるはずだ」

すぐにひとりの隊員が梯子を上がっていった。ダクトの端からその機動隊員が再び身体を出してきたのは、三十秒後だ。慎重に梯子に足をかけてくる。

機動隊員は梯子の上で振り返り、右手に持ったものをかざした。下にいた機動隊員たちが、軽く驚きの声をあげた。

それは山際の想像したとおりのものだった。

銃だ。スコープつきのライフル銃だったのだ。

6

ホテルから運河までは、ほんの半ブロックだった。

早紀は背の高い神崎敏子に半歩遅れて、運河までを歩いた。

運河は幅二十メートルほどだろう。ホテルから歩いてすぐの橋から見ると、運河はその橋の前後に数百メートルの長さで掘られているようだった。運河の向こう岸、港寄りには、石やレンガ、あるいはコンクリート造りの古めかしい倉庫が、愛想のない壁を運河に向けて連なっている。倉庫の壁には、いまは使われていないらしい貨物の搬出口が、十メートルほどの間隔で並んでいた。

道路からちょうど人の高さほどおりたところに、遊歩道ができていた。石畳の散歩道だ。運河の水面は、雨の飛沫で白く湧き立っているように見えた。古風なデザインの街灯には、すでに黄色い灯が入っている。早紀と神崎敏子は、それぞれ傘をさしたまま、その遊歩道へとおりた。

ゆっくりと歩きながら、神崎敏子が言った。

「小樽は思い出の街なの。これまで、二度きたことがある。最初は主人と」

早紀は神崎敏子の横顔を眺めた。目の焦点は、どこか無限大に近く遠いところにあるように見えた。足もとや運河にかかる橋を見ているようではない。

「わたしたち、新婚旅行はしなかったけど、結婚二年目に、ようやくハネムーンがわりの北海道旅行をしたのよ。函館から、小樽、札幌とまわったわ。主人が小樽の大学の出なのでここでも一泊。お友だちを訪ねたり、啄木や伊藤整の文学碑を見てまわった」

早紀は訊いた。

「小樽は、そのころと変わりました？」

「こぎれいになったみたいね。この運河のまわりも整備された。以前は運河はこの倍くらいの幅があって、艀《はしけ》がたくさん浮かんでいたの」

「二度目も、ご主人とですか？」

「いいえ。息子ときたのよ。哲夫が就職して一年目だったかしら。北海道旅行をプレゼントしてくれたの」神崎敏子は早紀に顔を向けた。「ご存じかしら。主人は、あの子がまだ中学生のころになくなったの。うちは、いわば母子家庭だったのよ。母ひとり子ひとりのうちだったの」

「聞いたことがあります。神崎さん、ドイツでもよくおかあさまの話をしていました」

「いい子だったわ」神崎敏子はまた顔を遊歩道の先へともどした。「苦労させたのに、何も不平を言わずに育って」

「そのご旅行、おふたりでいらしたんですか？」

「いえ、ひとり旅。あの子が、就職するまでおかあさんには苦労させたって言って、就職一年目の夏のボーナスで旅行クーポンをプレゼントしてくれたの。どこに行きたいかと聞かれたので、わたしは主人との思い出がある北海道を頼んだ。息子はわたしの旅行に合わせてうまく札幌に出張してきて、小樽で合流したのよ。丸一日あの子と一緒に街を歩き、夜はお寿司を食べに行ったわ」

「神崎さん、おかあさま想いでいらしたんですね」

「ええ、優しい子なのよ。だから、この街には思い出がつまってるの。主人との最初の旅行。息子のご招待」

早紀は、いったん唾を飲みこんでから白状した。

「わたし、じつは、ドイツから手紙をもらいました。神崎さんの署名がある手紙です。わたしがきょう小樽にきたのは、そのためです。手紙では、きょう小樽港で、神崎さんが真相を話してくれると書いてありました」

神崎敏子は、さして驚いた様子も見せずに横目で早紀を見つめてきた。

早紀は訊いた。

「おかあさまも、神崎さんからお手紙を？」

神崎敏子は問いには答えずに言った。

「あの子の無実を信じてる？」

「ええ」そう素直に答えることができた。いまは。「信じてます。だから、わたしはきょう、ここにきたんだと思います。それを信じていないのなら、くる気もおきなかったでしょう」

ふいに警報器の音が響いてきた。東京でも聞きなれた、緊急自動車の音だ。ちょうど遊歩道が、運河にかかる橋にさえぎられるところだった。早紀と神崎敏子は、橋の上に出るステップをのぼった。

目の前を、一台の警察車が走り抜けてゆくところだった。白と黒とに塗り分けられたセダン。赤いランプを点滅させていた。ドアに書かれた小樽警察署の文字を読みとることができた。警察車は左手、坂道の上の方から走ってきて、橋の右手へと疾走していった。タイヤが水をかきあげた。早紀たちは一歩しりぞいて水を避けた。

神崎敏子が警察車の走っていった先をあごで示して言った。

「第三埠頭が、その先にあるの。外国からの船が入る埠頭なんだけど、今朝、こっちのほうを散歩してみると、大勢の機動隊員がきていたわ。桟橋の入口には、灰色のバスが停まっていて、一般の人は入れない。検問をしていたのよ」

神崎の帰国を、警察も察知しているということなのだろうか。早紀は不安を押し殺して、その第三埠頭の方向に目をやった。たしかに、正面に見える平坦な広場のほうぼうに、黒っぽい制服を着た機動隊員の姿が見える。隊員輸送車も何台か停まっていた。かなりの数の機動隊員が、いま小樽港第三埠頭に集結しているようだ。

走っていった警察車は、倉庫らしき陸屋根の建物の脇に停まっていた。警告灯は回転したままだ。倉庫のそばには、その警察車のほかにも、何台かのパトロールカーがあった。そのそばで、雨合羽を着た男たちが激しく動きまわっている。

　また警報器の音が近づいてきた。警察車だった。坂道を滑りおりるように走ってくる。スピーカーから、増幅された声が聞こえてきた。切迫した響きの声だ。

「警察です。交差点通過します。交差点通過します」

　橋のたもとの交差点で、何台かの車が急停車した。ブレーキをかける音が、雨の中に響きわたった。警察車はまったく徐行せずに交差点を渡り、第三埠頭の入口へと突っ込んでいった。

　神崎敏子が、ひとりごとのように言った。

「何かあったみたいね」

　神崎哲夫が逮捕されたのだろうか。

　早紀は、すぐにその想像を打ち消した。神崎が帰ってくるとしたら、四時入港予定のソ連船に乗ってだ。いま、こんな時刻に、第三埠頭にいるはずがない。彼が逮捕されるはずがない。しかし、自分の判断を百パーセント信じることもできなかった。だいいち、いまの騒ぎが神崎とは関係のないものだったとしても、これだけ機動隊が桟橋を固めていたとしたら、神崎は午後四時に無事に船からおりることができるのか。

　神崎敏子が第三埠頭の方に向かって歩き出した。早紀も一歩遅れて続いた。

　一本また通りを渡った。左手の建物、小樽市港湾部と表示の出たビルの脇から水面が見えた。もう埠頭に入ったようだ。右手にはガラス面と焦げ茶色の壁とが横縞となった、七、八階建ての近代ビルがある。

眼前に広い駐車場があった。警察車は、その駐車場の奥に固まっている。船は岸壁の右側に着くということだから、ちょうどその警察車の背後に接岸することになる。

埠頭中央の上屋群へと通じる道路には、バリケードが作られていた。左右で、濃紺の出動服に身を固めた機動隊員が警備についている。

バリケードのすぐ前まで行くと、機動隊員のひとりが早紀たちに訊いてきた。

「用事は？」

神崎敏子が答えた。

「埠頭を見たいんですが」

「用がなければ駄目だ」

「入ってはいけないってことですか？」

「部外者はだめだ」

「いま、警察の車が走っていきましたが、何か起こったんですか」

「関係ない」

機動隊員は、姿勢をそのままに神崎敏子から視線をそらした。それ以上は説明の用なしとでも言ったつもりなのだろう。ヘルメットから雨が垂れていた。

早紀が一歩前に出て訊いた。

「きょう入る船を迎えるのもだめなんですか？」

機動隊員は、早紀を見おろして言った。

「埠頭の外で迎えたらいい。どうせ乗客はここを通る」

神崎敏子が鼻から小さく息を吐き、早紀に言った。

「もどりましょう。それとも、運河沿いの、ガラスの展示館か何かをのぞいてみる?」

早紀は首を振った。

「いえ、観光はあとにします。いまからもどると、きっと部屋に入れるころだと思いますから」

同じ遊歩道を、早紀と神崎敏子は並んで引き返した。帰り道では、神崎敏子は無言だった。表情が硬かった。胸に何か心配ごとでも抱えているか、激しく緊張しているかのようだった。その表情は、舞台の袖で出番を待つ俳優を思わせるものだった。

7

真堂洋介は、渡辺と一緒にその倉庫の二階へと駆けあがった。

不審者が発見されたというダクトの下では、数名の機動隊員が現場保全にあたっているところだった。小樽署の鑑識課員たちは、すでに作業にかかっていた。

中年の機動隊員が近づいてきた。階級は巡査部長。不審者を拘束した分隊長のようだ。

分隊長は真堂の前で敬礼して言った。

「道警機動隊第一中隊、山際分隊長です」

「ああ」真堂は軽くうなずいて訊いた。「その通風孔にひそんでいたって？」

「そのようです。あちらのパレットの裏手からは」山際は、東側搬入口の方向を指差して言った。「寝袋も見つかりました。あの搬入口のあたりで、何か企んでいたようです。ソ連船が入港すると、目の前に船のタラップがくる位置です。外のてすりにシートがかぶせてあり、身を隠せるような細工がしてありました」

真堂は山際に訊いた。

「男は、抵抗はしなかったんだな？」

「しませんでした。発見された時点で、観念したようです」

「所持品は、あのライフルとバッグ、それに寝袋だけか」

「われわれが発見したのは、あれだけです。倉庫全体をもう一度点検しますが」

「この近辺に停まってる車をすべてあたれ。レンタカーか盗難車に乗ってきているはずだ。車の中にまだ、重要なものが残ってる」

渡辺が横から言った。

「何をやろうとしたのか知りませんけど、どじな野郎ですね。機動隊の封鎖してるど真ん中で、ことを起こそうという気なんですから」

真堂は言った。

「われわれがこの一帯を封鎖するとは思っていなかったのだろう。神崎の一件とは無関係なのかもしれん。ソ連の職業的犯罪者の密入国っていう線だって、まだ捨てるわけにはいかん。そいつが自供を始めるまで、早合点しないほうがいい」

山際が訊いた。

「それで、このあと、われわれのほうは？」

真堂は言った。

「引き続き上屋内の点検を続けてくれ。上屋の屋根の上、それから排水溝、下水管もだ。高い位置から周辺を監視することも必要だな。それを中隊長に伝えてくれるか」

「は」

「ソ連船の入港一時間前には、点検完了。封鎖の持ち場にもどれ」

「は」山際は、もう一度敬礼して回れ右していった。

分隊長が遠ざかると、渡辺が言った。

「わたしは、偶然ってことはあまり信じないほうなんですよ。やつはやはり、神崎をどうにかしようとしてやってきたんでしょうね。どこか、北のほうの国から」

「そう思うのが妥当だろう」真堂は言った。「ほかの可能性は、数パーセント以下だろうとは思うさ。この地上には、神崎を抹殺しようとしている誰かがいるんだ。それも、彼が日本の警察の手に陥ちる前に、どうしても殺さなければならない状況があるってことだろう。そうでなければ、港の、船が着く岸壁の真ん前で、スコープつきライフルを持って待ち構えることはないんだ」

8

ホテルに帰りつくと、早紀はあらためてチェックインの手続きをとった。部屋の用意はできているという。三階のダブルの部屋だ。ロンドンの3。部屋にはひとつひとつ世界の主要都市の名がついているのだ。内装も、その都市をイメージさせるものなのだろう。

神崎敏子が言った。

「じゃあ、また後ほどってことになるかしらね」

「ええ。同じホテルですし。とりあえずわたしは、部屋に落ち着いてしまいますわ」

ロビーに風が吹きこんできた。板張りの床に、荒っぽい足音。早紀は振り返った。

またあの長髪の男だった。川口と名乗った、マウンテン・パーカを着た男。

男はその場に棒立ちになり、驚愕に目をみひらいていた。視線の先は、早紀ではなかった。

神崎敏子だ。

男は驚きを顔に残したまま、神崎敏子に言った。

「神崎さんですね。あなたもきてらしたんだ」

早紀は神崎敏子の顔を見た。神崎敏子は、不快げに眉をひそめている。見知った顔なのだろうが、会って愉快になれる男ではないようだった。

男は言った。

「その節は、いろいろ取材にご協力いただきました。川口比等史です」

神崎敏子は、そっけなく言った。

「協力した覚えはありません。息子のことでは、嘘八百を書かれただけです」

「誇張はあったかもしれませんがね、嘘ではない。基本的には、警察発表どおりじゃありませんか」

早紀はやっと思い出した。男は、ルポライターだ。川口比等史。覚えている。あの事件のあと、母親に話を聞きたいと、二度ほど訪ねてきていた。早紀も少しだけその場にいたことがある。『秘密警察《シュタージ》に買われた男』それが男の書いたルポのタイトルだった。西田博文の殺害犯は神崎哲夫だとの前提に立ち、神崎哲夫をスパイと決めつけた本だ。早紀も読んでいた。事件の解釈についてはまったく警察の受け売りであり、神崎哲夫のひととなりについては、ずいぶん歪曲があると感じられたルポだった。

川口は早紀を横目で眺め、それから大きくうなずいて言った。

「思い出しましたよ。こちらのお嬢さんは、西田さんの娘さんですね。ベルリンで殺された西田博文氏のひとり娘だ。早紀さん、でしたか？」

認めたくはなかったが、うなずくしかなかった。

川口は言った。

「おふたりはご一緒に？　いや、ちがいますね。そうか、事情がわかってきましたよ。どうやら、あの事件の関係者が、この街に何人も集められているんだ。神崎さん、お宅にもやはり手紙が？」

神崎敏子は早紀に顔を向けて言った。

「早紀さん、わたし、お茶を飲んでいるわ。あとで、いらっしゃらない」

「ええ」早紀は承知した。「とりあえず部屋に行きます」

神崎敏子は、黄色いレインコートのままで、喫茶室の方向に立ち去っていった。

ベルボーイが早紀のスーツケースを持って歩き出した。早紀もベルボーイを追った。

川口比等史があとをついてきて、早紀に訊いた。

「きみにも、神崎から手紙がきたんだね」

もう隠していてもしかたのないことかもしれない。埠頭にはあのとおり、機動隊。ここには、神崎哲夫を追っているルポライターまでいる。神崎哲夫の帰国は、どうやら世界じゅうが知っていることのようだった。

早紀は短く答えた。

「ええ」

「なんて書いてあった？　会いたいってことなのかな」

「そういう意味のことです」

「きみの手紙には、彼はソ連船で帰ってくると書いてあったんだろうか。きょうの午後の船で帰ると？」

「いえ。小樽港にきてくれとだけ」

ベルボーイが立ちどまった。廊下の突き当たり、エレベーターの前だった。扉が開いてベルボーイが言った。

「お客さま、どうぞ」

箱の中に身体を入れると、川口が言った。

「あとで、情報交換できないかな。協力してもらえると助かる」

ベルボーイが乗りこんで、川口に顔を向けた。一緒に乗るのかと訊いたようだ。川口はベルボーイに首を振ると、エレベーターの外からまた早紀に言った。

「どうだい。ぼくたちの関心は、同じ男のことだ。協力しあえないか」

早紀は迷った末に言った。

「申し訳ありませんが、できません。神崎さんに迷惑をかけてしまうことになるかもしれない」

「その心配はもうしなくていいかもしれないんだ。この警備じゃ、彼はぼくやきみと言葉を交わす前に警察に捕まるだろう。彼を殺したいと思ってる人間も、この街にはやってきている」

「え？」

川口は、ベルボーイにうなずいた。ボーイは扉の「閉」のボタンを押した。扉が両側から閉じられてきた。

川口は扉の向こう側で、言葉の効果を楽しむかのように言った。

「いま、埠頭で男が逮捕された。ライフル銃を持っていたそうだ……」

扉が閉じられ、言葉はそこで切れた。

早紀はベルボーイに言った。

「とめて。とめてください」

「え」

ベルボーイはあわてたが、エレベーターはすでに上昇を始めていた。とめようがなかった。エレベーターはいったん三階でとまり、扉が開いた。扉がまた閉じられ、一階にもどるまで、十秒以上の時間が経過していた。

エレベーターの扉が一階で開くと、早紀は廊下に飛び出した。川口の姿は見えなかった。左右に目をやった。右は駐車場への出口らしい。左手は階段。外に出る出入口があるようだった。

早紀は廊下をまっすぐ進み、ロビーに出てフロントに駆け寄った。

「いまの方、男の方ですけど、どちらに行ったかわかりません？」

係の女性が首をかしげた。

「アノラックを着たお客さまでしょうか？」

「ええ。その人」

「たったいま、出てゆかれましたが」

「ありがとう」

ロビーを抜け、階段を駆けおりて、外の路上に飛び出した。雨。氷雨が早紀の顔を打ち、頭を濡らした。目の前を、乗用車が水しぶきをあげて通過していった。早紀は庇の下にもどって、また左右に目をやった。川口の姿は見えなかった。

いま、埠頭で男が逮捕された。ライフル銃を持っていた……。

ほんとうのことなのだろうか。あの警察車の急ぎよう。埠頭の警戒と、何か騒ぎらしいあわただしさ。ちょうどあのときのことだったのだろうか。だとしたら、それは何を意味しているのだろう。何を示す証拠だと言うのだろう。

早紀には、答えを見出すことができなかった。早紀は唇をかんでホテルの中にもどった。足をひきずるようにして階段をのぼり、廊下まで出た。左手の真鍮張りを模したドアは、レストランとカフェに通じるものだった。神崎敏子が、いまこの中でお茶を飲んでいるはずだ。神崎敏子に、いまの情報を伝えようかと一瞬考えた。さっきの警察の動きは、じつは……。

いや、と考えなおした。意味もわからず、また裏づけもとらないうちに、そんな情報を振りまくことはない。

フロントまでもどって、早紀は受付に訊いた。

「先ほどの川口さんっていう男性、いつから泊まっているのかしら」

「昨日チェックインされましたが」

ありがとうと礼を言って、早紀はカウンターから離れた。

9

ロンドン3、と表示のある部屋に入って、早紀は荷物を手早くチェストやクローゼットに収めた。

想像していたとおり天井の高い部屋で、たいがいのホテルの客室とはちがい、奥へではなく、横に広い。部屋の床も板張りで、壁は漆喰塗りだった。全体に淡い紫色にまとめられている。モダン・デザインのカウチとテーブル。同じブランドらしきライティング・デスクと椅子。キングサイズのベッドが、部屋の右手に置かれている。

ひと隅がバスルームとして区切られており、中はオレンジ色と白のタイル張りだった。バスタブは深く、それこそドイツ人男性が入っても、膝や胸が出ることはないだろう。シャワーの配管はむきだしで、これも船の給湯設備を模したもののようだった。

部屋の壁には、ロンドンの劇場のポスターが額装されてかかげられている。英国人俳優のポートレートも何点か。ロンドンへようこそ、ということのようだ。

ベルリンという部屋はあるのかしら、と早紀は思った。もし神崎が帰国してこのホテルに泊まることになったら、ベルリンという部屋だけは避けたほうがいいような気がする。むしろ、デュッセルドルフ、という部屋のほうがいい。それは早紀が思春期だったころの、神崎との平和で幸福な記憶に重なる都市でもある。彼はデュッセルドルフには、どんな印象を持っているだろう。

電話が鳴った。

二度目のベルが鳴り終わらないうちに受話器をとると、相手は神崎敏子だった。

「早紀さん」神崎敏子は言った。「あなた、もうお昼ご飯はすませてしまったのかしら。ちょっと遅いけど、ここのレストラン、二時までならランチが出るのよ。よかったらいらっしゃらない？」

まいります、と答えて、早紀はクローゼットの扉の表の鏡に自分の姿を映した。キャメル色のパンツに白いシャツ、紺のジャケット。ふだんの通勤着姿の自分。うしろ姿を見てみると、飛行機と列車に揺られてきたせいで、ジャケットには少し皺がよっていた。でもディナーに行くわけではない。これで充分。まだ着替えるまでもないだろう。

ロビーにおり、廊下を進んで突き当たりの扉を開けると、カフェとレストランのあるホールだった。

一階二階が吹き抜けの、窓の多い空間だった。かつては北海道拓殖銀行の店舗として使われていたスペースだ。五本のギリシアふうの柱が立っているラインを境にして、一段低いフロアがカフェ。一段上がったフロアがレストランとなっている。二階には回廊があり、ここにもテーブルと椅子がしつらえてあった。

神崎敏子がいたのは、レストランのほぼ中央のテーブルだった。客は、ほかには喫茶のほうも含めて十人ばかりか。ひとり、暗い顔で黙々と海老のフライを切っている三十男がいた。

早紀は神崎敏子の向かい側の席についた。神崎敏子の前には、紅茶のカップが置かれている。黄色のコートは脱いでいた。男仕立ての、グレンチェックのスーツ姿だった。神崎敏子は少しだけ笑みを見せると、低い声で訊いてきた。

「さっきの男、あなたもご存じなのね」

「はい」早紀は答えた。「事件のあと、母にいろいろ話を聞きにきていた人です。ルポライターの、川口って方です」

「うちにも、しつこく訪ねてきたわ」

「お相手、されたんですか」

「いいえ。最初から哲夫のことをスパイ扱いしてきた。もちろん殺人犯だと思いこんでね。だから、いっさい取材には応じなかったんだけど。でもずいぶんひどいことを書いてくれたわ。前の会社の人とか、大学時代のお友だちなんかから、あの子を悪く言う言葉を引き出してね」

「あの方が書いた本、『秘密警察《シュタージ》に買われた男』という本でしたね」

「あれは週刊誌の記事をまとめたものよ。中身はご存じなのね」

「ガベージ」と早紀は短く評した。「クズです」

「ただのクズならまだいい。あの記事のために、人がひとり、死んだわ」

「え？」

ウェイターがきた。早紀は会話を中断した。死ぬの殺すのと言っているわけにはいかない。早紀はスパゲティとサラダ、それにコーヒーだけを注文した。

ウェイターが去ると、神崎敏子は言った。

「嫁が死んだの。自殺したのよ」

そのことは新聞記事で読んでいた。

「お気の毒です」早紀はかすれるような声で言った。

神崎哲夫の奥さんは、裕子さん、といった。神崎同様、ドイツでは自分を可愛がってくれた。冗談好きで、料理が上手で、早紀の家でホームパーティがあるときは、必ずふた皿か三皿、和風の料理を持ってきてくれた。父は、裕子さんの手料理が食べたくてあの夫婦を招ぶのだと公言していたものだ。

神崎敏子が言った。

「嫁は、お腹に赤ん坊がいたの。わたしの初孫になるはずの子がね。八カ月だったわ」

早紀が黙っていると、神崎敏子は続けた。

「警察の取調べもきつかったのだけれど、直接はあの記事だったように思うの。哲夫が、裕子さんとつきあう以前におつきあいのあった方のこと。外国の新聞社で働いている人で、哲夫とは二年ぐらいおつきあいがあったかしら。もちろんわたしも紹介されていたのよ。きちんとしたおつきあいだった。けっきょくはうまくゆかなかったんだけどもね」

「神崎さんが結婚される前のことですね」

「そうよ。でも週刊誌の記事では、哲夫とはその後もずっとつきあいがあったように書かれていた。日本に帰っているとき、ときたま会ったという程度のことだったんだけど、記事は、まるで哲夫が不倫を続けていたように書いていた。警察からもいろいろ吹きこまれたせいで、裕子さんは何がなんだかわからなくなったのよ。家の外では、右翼が毎日朝からスピーカーで売国奴、スパイとがなりたてていたし、妊娠中なんてただでさえ気持ちが不安定になるときよ。裕子さんが心労で参ってしまうのは当然だったわ」

「裕子さんは、神崎さんを疑ったんですか」

「百人が口をそろえて誰かを悪く言えば、たとえ妻だって疑ってしまうでしょう。あの人、裕子さんがわたしに言った最後の言葉はこうよ。哲夫さんのことが、よくわからなくなりました、って」

レストランの入口で、男の声がした。あたりをはばからぬ話し声。早紀は思わず振り向いていた。

濡れたコートを着た男がふたり、レストランに入ってきたところだった。床に雨をたらしながら、レストランの通路を進んでくる。ウェイターがあとから小走りについていた。案内など無用という態度のように見えた。髪を横分けにした小柄な男と、髪を短く刈った猪首の男。

男たちは通路をはさんで早紀たちとは反対側のテーブルに着いた。ふたりとも、まだ三十代なかばだろう。

猪首の男は、ウェイターに大声で言った。

「なんでもいい。早くできるもの、ふたつ」

ウェイターが言った。

「カレーライスでしたら、時間はあまりかかりませんが」

「それでいい。それに、アメリカン・コーヒーひとつ」

小柄な男は、メニューから顔をあげて言った。

「モカ・ブレンドをくれ。二十グラムで、百四十ccの水」

ウェイターは一瞬とまどいを見せてから言った。

「かしこまりました。サラダなどはいかがいたしましょう」

「いいって」猪首の男はうるさそうに言った。「言われたものだけ持ってこいよ」

小柄なほうの男が、こちらのテーブルに目を向けた。男の瞳孔が開いたのがわかった。

早紀は顔を神崎敏子に向けた。神崎敏子も男を見ていた。いや、にらんでいたのかもしれない。その目には、まちがいなく憎悪の光があるように見えた。

早紀の視線に気づくと、神崎敏子は男から目をそらし、早紀に小声で言った。

「哲夫のことを調べた刑事たちよ。警視庁公安部の連中」

早紀はあらためて男たちを見た。男たちも、早紀たちのほうを横目で見ながら、何ごとかささやき合っている。かつて取り調べた老婦人をそばにして、当惑しているようではなかった。微笑さえみせている。事態を楽しんでいるかのようだ。

神崎敏子が訊いた。

「あなたは、事情聴取なんてなかった？」

「いえ」早紀は首を振った。「母は何度か呼ばれたりしたようですが」

「あの刑事たち、わたしや裕子さんを、一日六時間以上も絞ってくれたわ。哲夫の交遊関係について、よくもまあこんなことまでと思うくらい細かく訊いてきたの。あの子の高校時代にまでさかのぼって、どういう関係なんだ、どの程度のつきあいなんだってね。ちょっとでも言いちがえたりすると、こちらがまるで人間ではないような言い方でののしってくれたわ。あの暴力団員みたいな男が机を叩いて怒鳴るのよ。あっちのとっちゃん坊やみたいな男が、公安部のエリート刑事らしい。彼は言葉でねちねちと責めてきたわね」神崎敏子は、皮肉っぽく鼻を鳴らした。「女のわたしが言うのもおかしいけど、女の腐ったの、って言う言葉は、あのエリート刑事のためにあると思ったものよ」

刑事たちはもうコートを脱いで、隣の椅子の背にひっかけている。ふたりとも、身体にぴったりした、地味な霞が関スーツを着ていた。

神崎敏子が言った。

「とっちゃん坊やのほうは、真堂って言う名前だったわ。あの暴力団員みたいな刑事は、渡辺だったかしら」

早紀はまた強い胸騒ぎを感じた。彼らが小樽にきているとしたなら、神崎は早紀や母親と会う前に逮捕されてしまうのではないか。早紀や母親がせっかく小樽にやってきたというのに、言葉ひとつ交わすこともできぬままに、彼には手錠がかかり、東京へ護送されるのではないか。

川口比等史の言葉が思い出された。

埠頭で、ライフルを持った男が逮捕された。

この人たちが逮捕したのだろうか。神崎哲夫を、すでに留置所に放りこんでしまったのだろうか。早紀が期待し予想していた事態は、幕が開く前にすでに終わってしまったのだろうか。

またレストランに新しく客が入ってきた。神崎敏子の目もまた鋭く光った。早紀はその客たちに目を向けた。

中年男がふたりだ。仕立てのいいスーツを着こんだ五十年配の男と、がっしりとした体格をゴルフウエアふうの服に包んだ、三十代後半と見える男。早紀は視線を神崎敏子にもどして訊いた。

「ご存じの方たちですか？」

「ええ」神崎敏子は、男たちから目を離さずに答えた。「あの子の上司だった男と、元同僚よ。横浜製作所の重森っていう偉いさんと、事件当時西ベルリンにいた、寒河江っていう男」

重森と寒河江は、早紀たちのテーブルのそばまで歩いてきて、ふいに足をとめた。

通路の反対側では、公安部の刑事たちが重森たちを見上げている。刑事たちはふたりとも、軽い驚きを見せていた。表情から見るところ、重森たちを知っているということなのだろう。

重森たちは、激しく狼狽している。重森も寒河江も、刑事たちに目をやり、それから神崎敏子を眺め、まばたきする、それを何度か繰り返した。口を開けている。目の前に見ていることが信じられないかのような表情だった。まったくこの遭遇を予想していなかったようだ。

神崎敏子のほうは、顔を固くして重森を見上げている。その目にあるのは、刑事たちを眺めるのと同じ種類の色だった。

重森がようやく刑事たちに言った。

「公安の方でしたね。その節はお世話になりました」

真堂がからかうように言った。

「奇遇ですね。小樽には、お仕事ですか」

「いえ、その、そういうわけでもないんですが」重森は神崎敏子に顔を向け、頭を下げた。

「どうも。その、その節は。ええ、横浜製作所の重森です」

神崎敏子は、硬い表情のままで言った。

「こちら、西田早紀さん。ご存じかしら」

重森はぴくりとのけぞった。背か腹の筋肉が痙攣したようだ。いきなり手に爆弾でも押しつけられたかのような動揺だった。

重森は神崎敏子と早紀を交互に眺めて言った。

「あ、あの、欧亜交易の西田の？」

早紀は小さくうなずいた。

重森は早紀から目を離すと、口の中で何ごとかつぶやいた。聞き取ることはできなかった。彼は寒河江の背を突ついて言った。

「奥に行こう。向こうへ」

横浜製作所の社員ふたりが去ったところで、早紀は小声で訊いた。

「あの方たちは、どういうご関係なんです？」

神崎敏子は紅茶のカップを持ち上げ、ひとくちお茶をすすってから言った。

「息子をおとしいれたの。すべてはあのふたりが仕組んだことよ」

「仕組んだ？」

神崎敏子は、声が大きいとでも言うように首を振った。

「あとで、詳しく話してあげるわ。わたしは事件のあと、あのふたりに会いに行って、事件の真相を正直に話してくれと頼んだことがあるんだけど、とりあってもらえなかった」

早紀は、ふたつ奥のテーブルに着いたふたりを見ながら思った。彼らも、神崎哲夫からの手紙を受け取ったのだろうか。もし神崎がドイツから彼らにエアメールを送ったとしたなら、その文面はどういうものだったのだろう。あなたたちと和解したい。握手をしにきませんか、とでも書いたのだろうか。

とつぜん、ピーピーという発信音が鳴り出した。エリート刑事のほうが、胸からポケットベルのような装置を取り出して、イヤホンを耳にあてた。通信機のようだ。

真堂という刑事は、イヤホンをはずして通信機を胸ポケットに収めると、コートに手を伸ばした。

「小樽署に行くぞ」

渡辺のほうが訊いた。

「何かありましたか」

真堂は声をひそめたが、早紀には聞き取ることができた。

「所持品の中に、神崎の写真があったそうだ。顔がはっきり写ったものが三枚」

「じゃあ」

「こい」

「カレーは？」

「金だけ払えばいい。昼はあとまわしだ」

刑事たちは、あわただしく席をたっていった。

神崎敏子が、レストランの入口のほうに目をやりながら眉をひそめた。

振り向くと、川口比等史が入ってくるところだった。刑事たちとすれちがうところだ。川口は刑事たちに笑みを見せていた。妙になれなれしげな表情だったが、刑事たちは素っ気なくレストランを出ていった。

神崎敏子が顔を横に向け、そばの水槽に目をやった。

川口が通路を進んできて、早紀の横で立ちどまった。視線はレストランの奥に向いている。重森たちの存在に気づいたようだ。

川口は、誰にともなく言った。

「知ってる顔が、続々小樽に集結してるよ。媒介項はいったい何なのかね」

神崎敏子はとつぜん立ち上がった。

「早紀さん。わたし、ちょっと失礼するわ。また外を散歩したくなった」

川口のそばには、一瞬たりともいたくはないということのようだ。早紀はとまどったが、神崎敏子は早紀を手で制して言った。

「あなたは、食事がまだよ。ここにいらっしゃい」

神崎敏子は素早く伝票を手にして立ち去っていった。

川口が、空いたその席に腰をおろした。ずいぶん愉快そうだった。頬が光っている。軽く興奮しているようにも見えた。

川口は言った。

「知ってるのかな。いまこのレストランにいる客の多くは、神崎事件がらみだ。出て行った刑事たちも含めてね。みんな、ぼくが取材に歩いた相手だ」

早紀は訊いた。

「埠頭で捕まったっていう人、誰だったんですか」

川口は答えた。

「外国人。白人だ。第三埠頭の上屋の中に隠れていたそうだ。ちょうどソ連船が着く岸壁の真ん前だ。きょう、北海道警察本部の機動隊が、一帯を警戒していて発見、緊急逮捕だ」

「その外国人、どうして逮捕されたんです。ライフルを持っていたとかおっしゃってましたね」

「そう。それもスコープつきだ」

「スコープ?」

「ああ。光学式の照準装置のことだ」

「どういうことです。それは何を意味してるんですか」

「つまり、男は誰かを狙撃しようとしていたってことだ。正確に、誰かの胸か頭を狙ってね」

「川口さんは、どうしてそういう情報をご存じなんです?」

「小樽署を突ついた。それに地元新聞の記者と、情報交換。小樽港にこれだけ機動隊が集まってるんで、地元のマスコミも騒ぎだしているんだ。何があるのか、情報集めに躍起さ。警察のほうは、マスコミを突っぱねていたんだけどね、隠しきれない部分については、少しずつリークを始めてる。ぼくも、小樽市内を走りまわってるのさ」

いましがた、真堂の言っていた言葉が思い出された。彼が通信機を使ってから言っていた言葉。早紀は言った。

「いま、ここにいた刑事さんが言ってました。誰かの所持品の中に、神崎さんの写真がはいっていたとか」

「ほう。じゃあ、そいつのことだろうな。となると、もう疑いようもない。その白人が狙っていたのは、神崎哲夫だろう」

「どうして神崎さんが狙われるんです？　その外国人は、どうして神崎さんを撃とうとするんです？」

「神崎はスパイ容疑のかかっている男だよ。どこかの諜報組織とか秘密警察とかが、彼を殺したいと思ってるんだろう」

「なぜ？」

「理由はわからない。男の国籍がどこかもまだ知らないんだ。いや、いくらでも考えられるか。スパイ戦の中のありふれたできごとのひとつなのか。でなけりゃ報復。口ふさぎ。あるいは裏切り者への制裁。ただ、手持ちの情報だけでは、これと決めることはできないね」

「こんな時代なのに？　もうスパイ戦なんて、映画の中だけのことなんじゃありません？」

「それは甘い見方だよ。冷戦が終わったって、世の中に争いの種は尽きないんだ。冷戦が終わったために噴き出した対立や抗争も多い」

ウェイターが、早紀の注文の料理を持ってきた。川口は、どうぞかまわずに、とでも言うようにてのひらを向けた。ためらったが、早紀は昼食をとることにした。

川口が言った。

「さあ、ぼくもきみに情報を提供してる。きみもぼくに、手にしてる情報を少し出してくれると、フェアってものだけどもね」

ひとくちめのスパゲティを呑みこんでから、早紀は言った。

「とくに何も持っていません」

「神崎はほんとうにやってくるのかな。この厳戒態勢の小樽港に、予告どおりに。彼は、警察が待ち構えているとは思っていないんだろうか」

「わたし、わかりませんわ」

「承知のうえでくるんだとしたら、彼は逮捕を望んでいることになる。手錠をかけられるためにやってくることになる。そうなると、ぼくやきみをここに呼んだことの意味がわからない。会って話ができるわけじゃないからね。彼は、きみにはなんと書いていたんだ？」

「真相を話したいってことだけです」

「逮捕されては、それもできない。つまり、神崎についての一件は、神崎が小樽上陸と同時に逮捕されて、第一部終了ということになるんだ。あとは、裁判だろう。きみがぼくに情報を提供してくれても、神崎に迷惑をかけることになると心配することはないんだがね」

「ほんとうに、わたし自身もそれ以上の情報なんて持っていません」

「だって、彼はわざわざきみを呼んでいるんだろう？」

「手紙は、母宛てでした。母がきたくないと言ったので、わたしがきたんです」

「彼のことが気になるから？」

早紀は素直に答えた。

「ええ」

「きみの親父さんを殺したスパイだ」

「そう言われているだけです。証明はされていません」

「肩をもつのかい」

「わたしは神崎さんをよく知っていましたから。父を殺すような人じゃありません」

「誰かが何か事件を起こすと、周囲の人間はみんな言うじゃないか。そんなことをする人とは思えない。信じられないって」

「神崎さんはちがいます」

川口は皮肉っぽく口の端で笑った。

「彼と関係のあった女は、みんなそう言ったよ。やつは、女に人気があった」

関係があった女？　どういう意味だろう。早紀はいぶかった。わたしが神崎さんと性関係があったと決めつけているのだろうか。深い意味のない言いまわしなのか。

テーブルの脇に影が立った。早紀が横を向くと、横浜製作所の社員だという男だった。ゴルフウエアを着た中年。どこか牛を連想させる風貌の男だった。寒河江といったろうか。

寒河江は、川口比等史に、言いにくそうに言った。

「たしか、川口さんでしたね。ルポライターの」

「ええ」と川口。「伊豆の病院まで、訪ねていったことがあります。あの事件のあとで」

「あのときは、療養中でしたからね。海外勤務でくたびれ果てていた。何も話せなくて申し訳ない」

「また同じ取材できてるんですよ。寒河江さんも、お目当ては神崎ですね」

寒河江はあいまいにうなずいて言った。

「その、ちょっと耳に入ってしまったんで訊きますがね」

「なんでしょう？」

「誰か、逮捕されたと言いましたか？　きょう、埠頭で」

「ええ。さっき、外国人が逮捕されたんです。ライフルを持っていたそうですよ」

寒河江の顔は一瞬ひきつった。

「外国人が？」

「ええ。何人《なにじん》かは知りませんが、白人らしい。ロシア人かもしれませんが」

「そうなんですか、どうも」

寒河江は視線をレストランの内部に泳がせ、呆けたように口を開けたまま自分のテーブルにもどっていった。

川口は、寒河江を目で見送ってから早紀に言った。

「あちらにもいろいろ聞ける話がありそうだ。やはり小樽にきてよかったよ。あとでまた会いましょう」

川口は立ち上がって寒河江たちのテーブルのほうに歩いていった。あちらでも情報交換を持ちかけるつもりなのだろう。とりあえず食事のあいだ、ひとりにしてもらえることはありがたかった。

早紀はあらためてスパゲティを口に運んだ。午後一時四十五分になっていた。ソ連船アナスターシア・パバロワ号の入港まで、あと二時間と少しだった。

10

重森逸郎は、寒河江剛と一緒にレストランを出た。

チェックイン・タイムには間があるということで、レストランで時間をつぶしていたのだ。宿泊カードに名前だけは書いているが、まだ部屋には案内されていない。が、そろそろ部屋にも入れるころだろう。

川口比等史に対しては、話すことは何もないと追い払っていた。川口はしばらく粘っていたが、こちらの拒絶の意思が固いことを知ると、彼は雨の通りへと出ていってしまった。小樽署に行くと言っていたから、また情報収集ということなのだろう。川口とやりあっているうちに、西田博文の娘、早紀のほうはとうに食事をすませて、レストランから消えていた。

レストランの出口で、寒河江がぽつりと言った。

「神崎が、ここに関係者全員を呼んだのでしょうかね」

ついいましがたから、寒河江の表情は深刻さを増していた。千歳までの飛行機の中でも、千歳から小樽までの車の中でも、これほど思いつめた顔ではなかったのだが、いまは胃に穴でも開いたかのような苦渋に満ちた顔だ。

重森は首を振って言った。

「全部を呼んだわけじゃないだろう。このメンバーが一堂に会すれば、収拾がつかなくなる。利害が一致するわけでもないんだ。だいいち、神崎が公安部の刑事たちに、逮捕してくれと申し出ることは考えられない。自首する気なら、おれたちに取引きを持ちかける必要もないしな」

公安がきているのは、別の線から情報をつかんだということなのだろう。困ったことに、港は機動隊が封鎖してしまったというし、この分では、神崎と重森たちとの取引きは成立しない。というより、交渉を持つこと自体が不可能だった。あとは神崎が、何か事件の全体像を語る証拠物件など持ったまま逮捕されないことを祈るだけだ。

神崎哲夫の母親は、事件のあと、本社にも重森の自宅にも何度も訪ねてきている。迷惑だから帰ってくれと取り合わなかったが、息子の無実を主張し続ける執念には、正直のところ、気味が悪いほどだった。口振りや目の色から、彼女が精神の変調をきたしているとさえ思ったものだった。西田博文の娘のことは、すっかり失念していた。たしか彼女は事件当時十七、八だったはずだ。これまで会ったことはない。事件を報道する映像の中で顔を知っていただけだ。いま二十三、四か。可愛い女に育っていた。

神崎の母親と、西田の娘。あのふたりが同じテーブルに着いていたというのは、どういうことなのだろう。西田の娘にしてみれば、相手は自分の父親を殺した男の肉親。こだわりなく同席できる相手ではないはずだ。神崎敏子は、西田早紀を丸めこんだのだろうか。神崎哲夫の無実を信じこませたのだろうか。どうであれ、あのふたりも神崎哲夫から、何らかの連絡を受けたのだろう。だから自分たちと同様、この港街にやってきたのだ。

それに、あのルポライターの川口比等史。彼はいったいどこから神崎帰国の情報を得たのか。彼は神崎の事件について、重森たちが仕組んだとおりの構図でルポを書いてくれた男だ。神崎哲夫は彼をわざわざ小樽に招く理由などないはずだったが。

ロビーまで歩いて、重森は無意識に早紀の姿を探した。地味なみなりの、しかしどこか凛とした印象のあるあの女は、見当たらなかった。部屋に入ってしまったか。

フロントのカウンターの前に立って、重森は受付の女性に言った。

「そろそろチェックインできるかな」

「はい、重森さまと寒河江さまですね」受付の女性はキーをふたつカウンターの上に置いて言った。「たいへんお待たせしました。四階のお部屋です。向かい合わせです」

キーを受け取ると、受付の女性が言った。

「寒河江さま。伝言がございます」

受付はカウンターの下から封筒を取り出して、寒河江の前に滑らせてきた。

寒河江は一瞬驚きを見せたが、すぐに封筒を取り上げた。

重森はその場に立ったままでいた。寒河江は封筒を開いて、中から一枚の紙を取り出した。眉間にしわが寄った。あまりいいメッセージではないようだ。

寒河江は顔を上げると、受付に訊いた。

「この伝言、電話だったのかな」

受付の女性は、小首をかしげてから言った。

「えーと、キーボックスの中にあったものですから、たぶんそうじゃないかと思いますが」

「あなたが電話を取ったわけじゃないんだね」

「ちがいます。別の者だと思います」

寒河江は数度まばたきを見せてから、寒河江は重森に言ってきた。

四階でエレベーターをおりてから、寒河江は重森に言ってきた。

「次長、わたし、ちょっと用事ができました。部屋にいったん荷物を置いたら、出てくることにしますが、すぐにもどります」

いいだろう。重森は思った。寒河江はどうやら、この自分には内緒で、新しい工作に取りかかっているようだ。態度といい、動きといい、妙なところが目につく。本人は、おれの目に隠れてやっているつもりのようだが、およそのことは察しがついている。その中身はたぶん、自分は知らないままでいたほうがよいのだろうが。

重森は寒河江に言った。

「四時には船が入る。それまでに戻ってくるか」

「そのつもりですよ。それじゃのちほど」

重森は自分の部屋に入った。シドニーの2。壁に架かった絵も小物も、オーストラリアのイメージで統一された部屋だった。

柱にかかった時計を見た。午後二時五分になっていた。ソ連船入港まで、あと二時間弱だ。

11

早紀は自分の部屋で時間をやりすごしながら、しだいに息苦しくなってゆくのを感じていた。

事態は、自分が想像していたよりもずっと複雑でおおごとになっている。ソ連船からおりてくる神崎哲夫を迎えて、どこか暖かく居心地のよい場所で話を聞かせてもらうというわけにはゆかなくなったのだ。この港には、いま神崎哲夫ひとりのために、彼の母親と、大勢の警察官と公安の刑事たちと、ひとりのジャーナリストと、神崎のかつての勤め先の上司、同僚がきているのだ。くわえて自分。

もしこれがみな、神崎哲夫からの手紙で呼び寄せられてきたのだとしたなら、神崎は会う順番をどのように考えているのか。共同で質疑応答の時間でも持とうというのか。自分はほんとうに神崎哲夫から、自分の父親殺害事件の真相について、語ってもらうことができるのか。

窓の外の空は、もうすっかり暗くなっていた。墨を流したような空の色だった。通りの向かい側に見える古いビルの窓にも、すべて蛍光灯の明かりが入った。街灯の黄色っぽい光の輪の中には、降りしきる雨の粒が見える。ゆるやかな坂となった路面には、雨が流れていた。ほとんど瀬のようだった。ときおり、ヘッドライトをつけた自動車が、水しぶきをあげてその瀬を突っ切ってゆく。風も出てきているようだった。

窓辺で振り返って時計を見た。

いつのまにか午後三時三十分になっていた。船の入港まであと三十分。そろそろ埠頭まで出向いていたほうがいいかもしれない。あの小樽市港湾部の建物には、食堂か喫茶店があるようだった。雨の中、吹きさらしの埠頭に立っているわけにはゆかないが、あの建物の中でなら、待つのも苦にはならないだろう。

鏡の前に歩いて、髪に触れてみた。すっかり乾いている。レストランからもどったあと、ゆったりとしたバスタブにつかり、時間をかけて温まった。勢いのいいシャワーで、ていねいに髪を洗った。ごく控え目に化粧もした。神崎哲夫は、自分とすぐ気づいてくれるだろうか。ただ健康であっただけの十八歳の西田早紀が、もうすっかり大人になっていることを喜んでくれるだろうか。目を丸くするだけか。失望の色を見せるか。それとも賛嘆してくれるだろうか。

早紀は電話に手を伸ばし、神崎敏子の部屋の番号を押した。

三度コールがあってから、受話器が取られた。ほんの少し沈黙があってから、緊張ぎみの声。

「はい？」

早紀は名乗って言った。

「おかあさま、わたし、そろそろ埠頭に行ってみようかと思います。よかったら、ご一緒できないかと思いまして」

また沈黙。向こうの電話機のうしろで、音楽が鳴っている。男の声。切々とした響きの歌だ。オペラのアリアかもしれない。神崎敏子がラジオでも聴いているのだろう。

神崎敏子が感情を押し殺したような声で訊いた。

「あなたの手紙、その船のことが書いてあったわけじゃないでしょ？」

「ええ。ちがいますけども。でも、ここにじっとしていても仕方がありませんし」

「そうね」神崎敏子は、ひとつ心を決めたように言った。「たしかにそうだわ。わたしはまったく期待していないけれども、ここにいてもしかたがない。いまから出る？」

「ええ。そのつもりでした」

「車で行きましょう。風が強くなってる。この嵐の中を歩いてゆくのはたいへんだわ」

「お車でいらしてたんですか」

「千歳で借りて、ここまで乗ってきてたのよ」

お歳の割りに活発な方だわ、と早紀は思った。神崎哲夫からは、母親が何かのスポーツ選手だったと聞いたことがあったような気がした。バレーボールだったろうか。バスケットボールだったろうか。背の高い人だから、そのどちらでもふしぎはない。いまでも、ジョギングぐらいは欠かさぬ毎日なのかもしれない。

「では、ロビーに行っています」

「五分だけ待ってね」

電話を切ってから、神崎敏子の声のうしろで流れていた曲が何か思い出した。たしか「トスカ」の中で歌われる曲。デュッセルドルフにいたころ、オペラの好きな神崎がCDでよく聴かせてくれた曲であったような気がした。そのころもっぱらアメリカのロックを聴いていた早紀だったから、あまり好みにはなれなかったが。でも神崎母子は、かなり似た趣味を持っているということなのだろう。どちらがどちらに影響を与えたのかはわからないが。

早紀はコートを着こむと、テーブルの上からキーを取り、ドアノブに手をかけた。

12

午後の三時半だというのに、小樽港はすっかり夜の様相となった。

雨のせいだ。日没にはまだ間がある時刻だが、もう太陽はないも同然。埠頭に設置されたすべての照明に灯が入っていた。道警本部が臨時に据えた六基の探照灯も、どこにも死角が出ないように第三埠頭の東岸壁を照らしていた。その岸壁には、波が激しく当たって砕けている。

真堂洋介は、埠頭つけねに設けた封鎖線の内側、警備指揮車の後部席にいた。コートを着こみ、両手をポケットに入れていた。脇腹には、拳銃を収めたホルスターの感触。手錠は取り出しやすいよう、コートのポケットに入れてある。逮捕状と、ドイツ連邦警察からの赤手配書のコピーは、スーツの胸ポケットの中だ。魔法瓶は、隣りのシートの上だった。

アナスターシア・パバロワ号の船内捜索のための令状は用意できなかった。違法な信書開封の事実を根拠とすることはできなかったためだ。真堂は、インターポール本部を動かして、アナスターシア・パバロワ号に神崎哲夫が乗船するという情報を警視庁宛てに発信してもらう方法も考えたのだが、インターポールからは拒否されていた。こうなると、アナスターシア・パバロワ号の船長の好意をあてにするしかない。

ソ連船はほぼ予定どおりに小樽港に入港していた。船はいま小樽港の中で、タグボートによって向きを変えているところだ。中古車を積みこむため、船尾を陸側に向けるのだと、小樽市港湾部の職員から説明を受けていた。埠頭の先に、みずからの照明でぼんやりと浮かび上がる白っぽい船が見える。それがアナスターシア・パバロワ号だった。接岸は四時ちょうどになるだろう。

指揮車の後部席のドアが開いて、北海道警察本部の警備部の担当者が身体を入れてきた。歳は四十をいくつか越えたあたりか。小太りの身体を、窮屈そうに制服に包んだ男だ。制服の上には、雨合羽。高柳《たかやなぎ》という名前だった。透明の書類フォルダーを手にしていた。

高柳はシートに座って言った。

「手順の最後の確認ですが」

「やってくれ」真堂はうながした。

「まず、入国審査官と税関の職員が、船に乗りこみます。出入口の奥のサロンにデスクが置かれまして、これが入国審査と税関のカウンターになるわけです」

「わかってる」

「最初は船員に対して船員手帳の提示を求め、上陸許可証を発行することになります。ここで、上陸する船員は船からおりますし、すぐにはおりない者は、船の中でまたそれぞれの仕事につくでしょう」

「わかった」

「つぎが乗客です。旅券審査とビザの確認。それが終わったところで、税関。ま、ほとんど免税扱いでしょうし、経験から言いまして、トラブルが起こるとも思えません」

「経験はどうでもいい。手順だ」

「は」高柳は続けた。「入管の係官は、当該の神崎哲夫なる人物の無効処分を受けた旅券の提示を受けた場合、もしくは、神崎哲夫が偽造旅券を提示した場合も、その場で拘束という方法をとりません。入国印を押さぬまま、いったん旅券審査のデスクの前を通過させます。この点はよろしゅうございますね」

そこが肝心の部分だ。神崎哲夫の逮捕は、自分が船の外でおこなう。大勢の、日本の警察官や関係者の面前で自分が手がける。船に乗りこむのは、神崎が下船を拒んだ場合だけだ。

高柳は続けた。

「乗客たちの上陸の件ですが、この雨ですから、きょうは船の中に留まるという乗客も多いかもしれません。それに七時からは、日ソ友好協会が歓迎パーティも開きますので。で、上陸する乗客たちは、タラップで埠頭におりまして、われわれの検問のあいだを抜けて、三々五々、小樽市内に向かうことになります。検問は片側に一小隊ずつ。真正面から照明を当てます。写真撮影、ビデオ撮影も手配ずみです。すべての乗客、船員が、この検問を抜けなければ、埠頭から出ることはできません。神崎哲夫も逃げ隠れしようもなく、この検問を抜けることになります」

「わたしは、どこにいることになる？」

高柳は書類フォルダーにはさまった埠頭の見取図を指で示して言った。

「検問のこちら端です。警視正の合図ひとつで、隊員たちが当該の人物を囲み、はがいじめにします。警視正が手錠をかけますと、護送車まで五メートルは隊員たちが引っ張ります。護送車の扉の前で手早く身体検査を実施しまして、機動隊員四名が一緒に護送車に乗りこみ、小樽署まで急行することになります。警察車一台がこの護送車を先導します」

「護送車の後ろにも、車を走らせろ」

高柳は顔を上げた。何か言いかけたようだったが、すぐにこくりとうなずいた。

「は、そのようにします」

「やつが、上陸しなかった場合は？」

「ケースはふたつあります。パスポート・チェックを受けたうえで上陸しなかった場合は簡単です。入管と税関職員が神崎を確認しているわけですから、国内法違反の現行犯ということで、問題なくわれわれが船内に入って、神崎哲夫を逮捕、拘束できます」

「もうひとつは？」

「神崎哲夫が入国審査そのものをあきらめた場合です。つまり、入管や税関の職員にも気づかれずに客室にもどってしまった場合は、船長との交渉ということになります」

「捜索令状はないんだ」

「存じております。この場合、外国船ですので、司法権は船長にあります。船内の強制捜索はできません。船長に対して、被疑者の身柄を拘束し、日本警察に引き渡すよう、要請することになります」

「拒む事態も考えられるな」

なんといっても、外国航路の船長ともなれば、この夏までは共産党員であった可能性が大だ。ココム規制違反の容疑者に対しては、好意的であってもふしぎはなかった。

高柳は言った。

「やつがもしうまく船内にひそみ、ひそかに密入国をくわだてた場合も想定してあります。封鎖と検問は引き続き船が出港するまで継続します。明朝、道警機動隊の別の部隊が交代です。また海上も、道警の警備艇が二隻、二十四時間監視をおこないます」

渡辺が横から言った。

「船が、近づいてきましたよ」

正面に、アナスターシア・パバロワ号が接近していた。船尾を真堂たちに向けている。いくつもの強い照明灯を浴びて、その白い船体はステージの上のプリマドンナのように際立って輝いていた。雨粒が船体の表面ではじけ、塗料の表面を洗っている。船尾の甲板には、雨合羽を着たロシア人船員たちの姿が見えた。

13

早紀と神崎敏子が、第三埠頭に着いたのは、午後三時四十五分だった。神崎敏子が千歳空港で借りたという乗用車に乗ってきたのだ。車は濃いブルーの、ごくふつうのセダン。後部席には、旅行用の大きなバッグが乗っていた。フロアが雨で濡れていた。運転は、神崎敏子だ。彼女はホテルの駐車場からこの埠頭までの三分間、危なげのない、男っぽい運転を見せた。

埠頭手前の駐車場に入って、海側の端まで進んだ。そこが封鎖線となっている。木製の車止めが置かれ、その背後に機動隊員たちが楯を持って並んでいた。第三埠頭の一帯だけは、明るく照らし出されている。ちょうどそれは、雨の中に浮かび上がる、野外劇場の趣だった。雨にもかかわらず、十数台の車が駐車場にあった。テレビ局のものらしい、屋根にアンテナを設置したワゴン車もある。ボンネットの上に濡れた小旗をたらしているのは、新聞社の自動車だろうか。一台、観光バス。これはソ連からの観光客の送迎用のものかもしれない。雨の中を歩きまわる男たちは、たいがい胸から黒いカメラをさげていた。報道人もこのソ連船からおりる乗客には、なみなみならぬ関心を持っているということのようだ。ソ連の国旗と日の丸の小旗を持った男女もいたが、彼らは純粋にアナスターシア・パバロワ号の入港を歓迎するため、港にやってきた口だろう。

アナスターシア・パバロワ号は、すでに第三埠頭の東側岸壁に接しようというところだった。真正面、十メートルも離れていない距離に、白い船の船尾がある。タグボートが一隻、旅客船の後尾の船腹にキスしていた。船のデッキと栈橋の上では、作業員らしき男たちがあわただしく駆けている。接舷のための、最後の作業が行われるところなのだろう。

早紀は、左隣りの車のドライバーが、川口比等史であることに気づいた。少し前から、彼もここでアナスターシア・パバロワ号の入港待ちをしていたようだ。

川口も早紀に気づき、白いセダンの窓をおろして顔を向けてきた。何か言っている。ちらりと横目で神崎敏子の顔をうかがったが、彼女は正面を見据えたままだ。隣りのことなど、気にもとめていないという表情だった。早紀は自分が乗った車の助手席の窓を少しだけおろした。

川口は、大声で言った。

「おりてくる乗客ひとりひとりのチェックがあるってさ。きみやぼくとのご対面は、どうやら後まわしだな」

早紀は言った。

「マスコミもずいぶんきているんですね」

「彼らも神崎哲夫の帰国をかぎつけたんだ。その意味するところもね。地元の支局の連中が吹っ飛んできてる」

早紀は思った。おかあさまのことが漏れてなければいいけど。神崎敏子は、ここでまた貪欲な日本のジャーナリストたちから、遠慮のない質問攻めにあうことは望んでいないだろう。

川口は言った。

「あんたの車の反対側には、横浜製作所がきてるよ」

早紀は運転席ごしに、右隣りの車を見た。大型の銀色の乗用車が停まっている。運転席に、男の姿がひとつ。重森という名の男のようだった。もうひとり、寒河江という男は、車には乗っていない。

神崎敏子が言った。

「早紀さん。窓を閉めてくれる。雨が入ってくる」

「あ、すいません」早紀は素直に謝って窓を閉じた。「川口さんとは、お話ししたくはないんですよね」

「そうね。こだわりはあるわ」

「ごめんなさい。少し無神経だったようです」

「いいのよ。あなたの立場なら、あの男からは話を聞きたくなるのは当然かもしれない」

「わたしは、事件の被害者の娘ですけれど、何の偏見も先入観もありません。真相を知りたいだけですわ」

「息子を信じて」

「わたしは、信じています。さっきも言ったとおりです。わたしがここにきたのは、その確証が欲しいからです」

もしかすると何時間かあとには、自分がそう口にしたことでいっそう傷つくことになるかもしれない。ふと根拠なくそう思った。

神崎敏子は言った。

「息子に聞かせてあげたいわ。救われる言葉だから」

船が岸壁に着いたようだ。船から繋留索が埠頭におろされた。船のデッキの端を、数人の乗組員が走っている。やがてタグボートが、アナスターシア・パバロワ号から離れた。

上屋の脇に停まっていた二台のワゴン車が動きだした。車の中には、つばのついた帽子姿の男たちが五、六人ずつ。照明のおかげで、その車体に書かれた文字を読むことができた。

札幌入国管理局・小樽港出張所

小樽税関

職員たちがこれから船内に入り、旅券審査と通関手続きにあたることになるのだろう。

早紀は腕時計に目をやった。

午後四時六分前だった。

14

警備指揮車の中で、渡辺が言った。

「乗客がおりてくるようです」

真堂洋介は顔をあげた。明るく照らし出されたアナスターシア・パバロワ号の乗降口に、数人の人影が見えた。コートを着こんだ中年の男女が、タラップの上に出てきている。空を見上げて、顔をしかめていた。雨足の強さに驚いているようだ。

ダッシュボードに目をやった。デジタル時計が、四時十二分を示している。入国管理官と税関の職員が船に乗りこんでいってから、およそ十五分が経過していた。

「出るぞ」と渡辺に声をかけて、真堂は車をおりた。

すぐに小樽署の署員のひとりが傘をさしかけてきた。すでにタラップの下には、機動隊員たちによって、幅三メートル、長さ十五メートルほどの通路ができていた。真堂と渡辺は、通路の突き当たりに位置する場所に立った。乗客がタラップをおり、通路を抜けるまで、すっかり見通すことのできる位置だ。

傘をさして、最初の乗客がおりてきた。着ぶくれしているのか、ずいぶん体格がよく見える白人の中年カップルだ。ふたりとも帽子をかぶっていた。機動隊員たちが作った通路に気づくと、目を丸くして顔を見合わせた。

あとにどんどん乗客が続き出した。みな一様に、機動隊員たちを見て驚きの顔を見せた。いぶかしげに眉をひそめ、仲間たちとささやきを交わす者もいた。まさか彼らもブラスバンドつきの歓迎を楽しみにしていたわけではないだろうが、この仰々しい武装警官隊の出迎えも、やはり予期できないことだったのだろう。

乗客たちは真堂の目の前まできて、左手へと折れていった。そこから先にはもう機動隊員による通路はなく、ひとつゆるやかな封鎖線があるだけだ。埠頭を出るには、真堂から見て左手に進み、駐車場脇から中央通りへと通じる道路に出なければならない。彼らの大半は、まずきょうの夕方から夜にかけての時刻を、小樽市の商店街の散策で過ごすのだろう。一部は小樽市郊外の水族館見物に行くという。そのための貸切りバスが、駐車場にはきているはずだった。

白人客の下船が続く。

これもちがう。ちがう。ちがう。ちがう。ちがう。

渡辺が、目の前を通りすぎてゆく乗客の数を、小声で数えていた。

「三十一、三十二、三十三、三十四……」

ときおり、蒙古系の男の顔もまじった。ソ連国内の少数民族のようだ。しかし、真堂が写真で自分の脳細胞に記憶させた顔とは、似ても似つかない。むしろ、中央アジアの人種らしい黒い髪、黒い目の男の中に、すっと意識の向く顔があった。もちろん一瞬後には、それが神崎ではないことを確認できた。

「六十五、六十六、六十七、六十八」

船をおりる列がまばらになってきた。ひと組とつぎのひと組との間隔が空くようになった。やつは、どうしておりてこない？

コートのポケットの中で、手錠をにぎっている手が、汗ばんできた。神経が少したかぶっている。

落ち着け、と真堂は自分に言い聞かせた。こういう警備状況を知ったなら、やつも最後におりようとするのではないか。そのほうがトラブルも少ない。これ以上の恥の上塗りもせずにすむ。

「八十四、八十五、八十六……」

数える渡辺の声にも、いくらか焦りが感じられてきた。機動隊の中隊長が、ちらりと真堂に目を向けてくる。もの問いたげだった。何の合図もありませんが、このままでよいのですね、とでも訊いているつもりなのだろう。

真堂は中隊長の視線を黙殺した。お前が心配することはない。そのときがきたら、すかさず合図するから待っていろ。

意識をあらためておりてくる乗客たちに向けなおした。こんどは中央アジア系の顔にも、それまで以上に敏感に反応するよう心がけた。やつはこれまでドイツ国内でも官憲の手に落ちなかったのだから、整形手術くらいは施していた可能性はある。もともと目鼻立ちのすっきりした美男であったのだし、多少バタ臭い顔にすることもさほど困難ではないだろう。

こまかな顔形に拘泥するな。雰囲気だ。印象だ。真堂はさしかけられた傘の下で、いっそう注意深く乗客たちに視線を向けた。

15

機動隊員が作る封鎖線の外側、埠頭の駐車場には、早紀たちがいた。早紀も車をおりて、検問を抜けてくる乗客たちひとりひとりの顔を凝視していたのだった。

雨が容赦なく早紀の全身を打ってくる。早紀はレインコートの襟を立て、しっかりと胸元をかきあわせていた。帽子を目深にかぶり、傘はささなかった。ときおり雨は横から吹きつける。傘は役立たずだった。靴の中に、雨がしみこんできていた。

神崎敏子は、はじめは車の中にいると言っていたのだが、乗客がおり始めると、外に出てきた。黄色のレインコートに黄色の帽子。足元は黒いゴムのブーツだった。おりてくる乗客を見つめる目には、期待の光は見当たらなかった。醒めていると言ってもよいほどに冷ややかだった。

いくつかのテレビ局も、それぞれの放送車の屋根の上にライトとカメラを置いて、捕物劇に備えている。ポンチョをすっぽりかぶった男たちや、胸の前でビニールにくるんだカメラを抱えている男たちもいた。しかし、この場でほんとうに絵になる出来事が起こるかどうかについては、みな半信半疑という顔だった。

川口比等史は、早紀の左手で、傘をささずにその場に立っていた。マウンテン・パーカ姿で、フードを頭にかぶっている。肩から雨がしたたっていた。

早紀たちから少し離れて、重森の姿があった。重森はステンカラーのコートを着て、傘をさしていた。帽子はかぶっていない。髪がすでにすっかり濡れていた。

封鎖する機動隊員のすぐ向こう側で、私服の刑事たちが背を向けている。船をおりてくる乗客たちは、機動隊の列のあいだを抜けると、刑事たちの真ん前で左手に曲がっていった。封鎖の線に沿って駐車場を外側からまわりこむと、埠頭から出ることができるのだった。駐車場の貸切りバスに乗りこむ乗客もいた。そのほかのソ連人観光客は、そのまま埠頭から小樽中央通りへと出てゆく。雨と風の悪天候とはいえ、小樽観光を中止としたり、日程を順延にするわけにもゆかないのだろう。

早紀は時計を見た。

午後四時三十二分。乗客が下船を始めてから、もう二十分以上たっている。目の前を通りすぎていった乗客の数は、およそ百人くらいだろうか。神崎哲夫はまだおりてきていない。警察にもまだ何の動きもなかった。そろそろ雨の中で待つことが、つらく退屈に感じられてきた。

川口が、背を丸めて早紀に身体を向け、言った。

「これでやつがおりてこなかったら、ぼくは誰を恨んだらいいのかね。そりゃたしかに、この船で帰ってくるとは書いてあったわけじゃないんだけどもね」

早紀は神崎敏子の反応をうかがった。神崎敏子は、いまの川口の声など、耳に入らなかったかのようだ。吹きつける雨のせいか、頰をこわばらせ、背だけはすくっと伸ばしてたたずんでいた。

16

入国管理官のひとりが検問のあいだを抜けてきた。鞄をさげている。弛緩の感じられる表情だった。パスポート・チェックは、もう終了したということのようだ。

真堂洋介はその入管の職員に訊いた。

「もう、これで終わりか？」

二十代なかばの相手は答えた。

「ええ。乗組員全員と乗客全員の旅券審査を終えました」

「何人だ？」

「乗組員が三十一。乗客が百八です。船長から渡された名簿どおりでした」

「ここを通っていったのは、九十七だ」

「船内に少し残っているようですよ。七時からは、船内で歓迎のレセプションがありますし」

「神崎哲夫は？」

「いませんでした。その名のパスポートは提示されませんでしたし、それらしき人物も確認できません」

「まさか」

「おりません」入管職員は首を振った。「この船には乗っていません」

真堂は渡辺を振り返って言った。

「渡辺。乗りこむぞ。こい」

言うなり、タラップへ向かって駆けた。

渡辺がすぐあとから続いた。これを北海道警察本部の警備部の警察官四名が追った。

タラップを駆けあがったところで、真堂はソ連船の一等航海士に制止された。航海士も、この日のものものしい警備の理由はすでに耳に入れていたようだ。

「あなたは何です？」と、羆《ひぐま》を思わせる偉丈夫の航海士がロシア語で訊いてきた。「身分を明らかにしてください」

真堂は警察手帳を開いて、身分証明書を見せた。

航海士は一瞥して肩をすくめ、身体をずらして乗降口を開けた。真堂たちは、その航海士を押しのけるようにサロンへと入った。まだサロンには、何人かの入国管理官らが残っていた。デスクや書類の束を片づけているところだった。

サロンの奥から、濃紺の船員服を着た恰幅のいい男がやってきた。赤いあごひげを伸ばした初老の男だ。船長だ、と航海士が言った。

真堂は船長にロシア語で言った。

「この船に、国際指名手配を受けた犯罪者が乗っている可能性があります。逮捕状は用意してきました。船内の捜索を許可願いたい」

船長は愉快そうに言った。

「いま、パスポート・チェックがあったばかりだ。その人物はいたのですか」

口調は愉快そうだったが、目は笑ってはいない。むしろ不快がはっきりと表れていた。せっかくの小樽寄港をだいなしにされたとでも思っているのかもしれない。客から苦情でも受けたか。

真堂は答えた。

「いや、われわれの前には姿を見せていない。ひそんでいるようです」

「ナホトカ出港前にも、充分船内は点検してあります。われわれがしただけでなく、ソ連邦の国境警備隊も念入りにやってくれた。密航者などいないことは確認ずみだ」

「いると信じるにたる情報が入っているのです」

「どんな犯罪者なんです。日本人なんですか」

「日本人です。殺人犯だ」

「この船は、これまでただのひとりも日本人を運んだことがない」

「パスポート・チェックに引っかからなかったとしたら、密航という線が強くなってきました。船長のあずかり知らぬ間に、もぐりこんだのでしょう」

「この船はナホトカを出てきたのですよ。ナホトカで、日本人がこっそり乗りこんだと言うのですか」

「お国のパスポートを所持していた可能性も排除できない。かなり狡猾な男です。その程度のことは簡単にやってのけたはずだ。どうです。ご協力いただけますかな」

「この船は、ソビエト連邦籍です。この船の中の司法権は、船長のわたしにある」

「ここは、日本の領海内です」

「ソ連邦の船だ。司法権はわたしにある。日本警察ではない。捜索令状があるならともかく、それはずいぶんと厚かましい要請と思いますがね」

「司法権がどこにあるのかは知っています。だからご協力を求めている。船長がその人物を拘束し、われわれに引き渡していただけるなら、それでもいいんです。どうなんです？ 協力を拒まれますか」

「いいでしょう。いいでしょう」船長は天井を仰ぎ見るようにして言った。「協力要請を拒むわけにはゆかないのでしょう。乗組員に、その日本人を探させますよ。発見できたら拘束し、身柄を日本警察に引き渡す。お約束しましょう」

「われわれがその乗組員に同行することはできませんか」

「ニェート」船長はきっぱり首を振った。「きょうはこの船の中で、歓迎のパーティもあります。日本の警官にうろうろされては迷惑だ」

「しかし」

「だめです」船長は言った。「協力は約束した。船内捜索をただちに始めますから、それがすんだら、あの目障りな武装警官隊をどこかへやってください」

乗降口に、慌ただしい靴音が響いた。その場の全員が、乗降口に目を向けた。若い制服警官がサロンに駆けこんできた。いましがたまで、真堂に傘をさしかけていた警官だった。

警官は、合羽から雨をしたたらせながらサロンの中央に進んできて言った。

「警視正、たったいま、小樽港マリーナで、男の他殺体が発見されました。本署のほうから、警視正に連絡するようにと」

真堂はいらだちを隠さずに言った。

「いまそれどころじゃないことはわかってるだろう。なんだって言うんだ」

若い警官は、緊張を見せて答えた。

「男の身元は、寒河江剛。横浜製作所の社員です。どうやら射殺らしいとのことでした」

真堂は渡辺と顔を見合わせた。

17

二台の警察車が、けたたましく警報器を鳴らして埠頭を飛び出していった。

港の外で、何か突発事態が起こったようだ。早紀は、あの公安の刑事ふたりが警察車に乗りこむのを見た。ということは、神崎哲夫がらみの事態のようだ。でも、この船のほうはどうなるのだ？　乗客はすべておりてしまったということなのだろうか。

事情もわからぬまま、早紀は神崎敏子を見た。神崎敏子も首をかしげてくる。

気がつくと、川口比等史はどこかへ消えていた。車はそのままだから、あたりの報道陣の中にまぎれたらしい。そのマスコミ関係の車や人にも動きがある。何台かの乗用車が、警察車を追うように駐車場から急発進していった。

当惑しているところに、川口がもどってきた。彼が自分の車に乗ろうとするので、早紀は川口に駆け寄って訊いた。

「何があったんです？　どこへ行くんです？」

川口は、神崎敏子や重森のほうにちらりと目をやってから言った。

「小樽マリーナで死体が上がった。寒河江っていう、あの横浜製作所の社員らしい」

驚いて早紀は重森に目を向けた。重森も早紀の顔色に気づいたようだ。雨の中を小走りに駆け寄ってきた。

「何かあったのか」と重森は川口に訊いた。「公安の刑事が吹っ飛んでいったな」

川口は早紀への答えよりもいくらかていねいに答えた。

「いま、あっちの新聞社の車に連絡が入ったんですがね。マリーナで死体が発見されたんです。死体は重森さんの部下ですよ。寒河江剛っていう男だって聞きました」

突風が吹いた。重森の傘が風にあおられて裏返った。傘の骨の折れる音が響いた。

「畜生」重森は傘を放り投げると、くるりと背を向けて駆け出していった。

川口比等史は車のドアを勢いよく閉じた。すぐにエンジンに火が入った。

早紀は神崎敏子に訊いた。

「わたしたちは、どうしましょう」

神崎敏子は、車の前にまわりながら言った。

「行ってみましょう」

18

小樽港マリーナは、第三埠頭からほんの三分ほどの距離の位置にあった。埋め立て地を抜ける産業道路を東に約三キロメートル、東京で言うなら、新木場《しんきば》あたりを思わせる平坦な土地の一角にあった。石原裕次郎記念館という正体不明の施設の案内に従って道を左折すると、その記念館の並びがマリーナの建物だった。すでに警察車が三台、駐車場で警告灯を回転させていた。セダン型のパトロールカーが二台と、ワゴン車が一台だった。まだ、現場封鎖の措置はとられていない。

真堂洋介たちの乗る警察車は、そのマリーナの駐車場のもっとも奥へと進んで急停車した。警官がひとり、懐中電灯を振りまわしている。真堂は車をおりると、雨に濡れるのもかまわず、その警官に向かって駆けた。

マリーナの建物の脇は石畳の広場となっていた。その正面がヨットハーバーの水面だった。夜の薄明かりの中に、百隻か二百隻のヨットの影が見えた。そびえたつ多くのマストが、槍を林立させた軍勢のように見えた。

広場の端に、数人の制服警官と、ひとりの私服警官が立っている。彼らの足もとに、何か黒っぽいもの。真堂は駆け寄って、その黒っぽい物のそばにしゃがみこんだ。

寒河江剛だった。八六年当時の横浜製作所の西ベルリン駐在員。真堂も数度事情聴取をしたことのある男だ。その彼が、いまずぶ濡れの死体で、真堂の目の前に横たわっている。まぶたは閉じられていない。ショック死だろうか。ほんの二時間前、いや、三時間ほど前には、あのホテルのレストランを、雄牛のように歩いていた男。

私服の刑事が言った。

「水の上に浮かんでいました。マリーナの管理人が発見したんです。発見は十五分ほど前です。ジャンパーのポケットから、財布と免許証入れを発見して身元がわかりました」

真堂はその刑事を見上げて訊いた。

「射殺体だと報告を受けたが」

「ええ、そのようです。検死医はまだなんですが、ごらんください」

警官は寒河江のブルゾンの胸のあたりに懐中電灯の明かりを向けた。

小さな穴がふたつ開いている。ひとつはちょうど心臓のあたり、もうひとつはそれよりもいくらか胸骨寄りの位置だった。その周囲は色が変わって黒ずんでいる。

真堂はブルゾンのファスナーをおろし、下のシャツをむき出しにしてみた。白っぽいシャツの襟元は、半分流れかけた血で染まっていた。ふたつの穴が、ブルゾンと同じ位置に開いている。

まちがいない。銃創だ。

拳銃弾か。それともライフル弾か。

真堂には判断がつかなかった。ただ、さほど大きな口径の弾丸ではないように思った。衣類の損傷は、目立つほどのものではない。きょう埠頭で逮捕されたあの白人男とは、何かつながりがあるのだろうか。

死体に手をかけて転がしてみた。背中を調べたが、貫通はしていないようだ。

立ち上がると、渡辺が言った。

「どういうことなんでしょう。やつの帰国と関連がある事件でしょうか」

「わからん」真堂は不機嫌に答えた。「それよりなんでこいつは、こんなところにいたんだ？　この雨の中、ヨットにでも乗ろうとしていたのか。だいいち、どうしてあの重森って男と一緒じゃないんだ？」

周囲を見渡してみた。嵐のヨートハーバーだ。しかも夕刻五時近く。ぎっしりとマリーナの水面を埋めたヨットは、風に揺れてきしんでいる。どこかのヨットのたるんだ帆が、いまにも千切れそうな音を立てていた。船遊びにやってきているような物好きの姿は見当たらない。これが数時間前でも、この状態とさほど変わりはなかったろう。二時間前なら、多少は空に明るさが残っていたという程度か。

マリーナの駐車場に、立て続けに自動車が進入してきた。六台か七台。うしろから、まだ追ってくる車もあるようだ。

車からまずおりてきたのは、マスコミ連中のようだった。おりるなり強いライトを点灯した者もいる。ビデオ・カメラがまわりだしたのだろう。神崎敏子やあのルポライターの姿もある。

真堂は警官のひとりに言った。

「連中を近づけるな。駐車場から追い返してもいい」

「はっ」ふたりの警官が駐車場へ向かって駆けていった。

「おっと待てよ」

真堂は、近づいてくる者の中に、重森の姿を見た。いま重森にだけはいくつか質問をしなければならない。真堂は警官たちのあとを追うように、マリーナの駐車場へと走った。

青ざめた顔で重森が近づいてくる。真堂はまっすぐ重森に向かい、その正面に立ちどまった。駆けてきた神崎敏子やルポライターも、真堂を囲むように足をとめた。

真堂は周囲を黙殺して言った。

「あっちに、あなたの部下の死体があります。あの寒河江って男とは、いつ別れたんです？彼はこんなところで何をやっていたんです？」

重森はうろたえながら答えた。

「よく知りません。さっき、ひとりで出ていったんだ」

「なぜ？」

「わからん」

「まったく心あたりがない？」

「そのう」重森は頼りなげな声で言った。「あいつは、誰かから伝言をもらって、ホテルを出ていったんだ。二時すぎだ。すぐもどると言っていたが、わたしはそれ以来見ていない」

「誰からの伝言だったんです?」

「わからない。内容も知らない」

「ひとつ確認しますが、あなたも神崎哲夫からの手紙を受け取って、小樽にやってきたんですね」

「そう」重森は素直に認めた。「わたしと寒河江宛てに航空便が届いた。きょう、小樽港に来いというものだった」

「あなたがたがわざわざやってきた理由は?」

「神崎は、何か取引きをしたいということだった」

「それだけの弱みがあったととっていいんですな」

「べつに弱みはないが、気になった」重森はつけ加えた。こざるを得なかった」

「指名手配犯から手紙をもらって、そのことを警察には連絡していない。裏の事情が勘繰られますな」

「なんだっていうんです?」重森は目をむいた。「どっちみち、あんたたちだって、こうして情報を得ていたんじゃないですか」

小樽署の私服刑事が近寄ってきて言った。

「警視正、目撃者が出ました」

「なんだ？」真堂は刑事に顔を向けた。

刑事は報告した。

「隣りの、石原裕次郎記念館の職員なんですが、二時間ほど前に、建物のトイレの窓から男ふたりを見ています。マリーナの岸壁のあたりにいたそうです。距離は五十メートルくらい」

「男ふたり？」

「ええ。ひとりは、ジャンパーを着て傘をさしていたと言いますので、被害者でしょう。もうひとりは、トレンチコートを着て帽子をかぶった男だったそうです」

「そのコートの男が撃つのを見たのか」

「いいえ。見たのは一瞬だったそうですが、数メートル離れて向かい合っていたそうです」

「銃声は？」

「聞いていないと言っていますが、この雨ですから」

真堂は、重森に言った。

「重森さんたちがここにいらした事情については、あとでゆっくりうかがうとします。念のために、あっちの死体が寒河江氏本人かどうか確認願えませんか」

「いいでしょう」

重森は真堂にうながされて歩き出した。小樽署の警官が、マスコミや神崎敏子たちを押しとどめた。

19

重森逸郎と公安の刑事たちが遠ざかると、神崎敏子が早紀に訊いてきた。

「早紀さん、これからどうなさる?」

早紀は答えにつまった。どうしよう。

公安の刑事たちが、埠頭からマリーナに移動したのだ。埠頭では、きょうは神崎哲夫の逮捕はないという判断なのかもしれない。もしそうでなければ、彼らは船の昇降口の下に居続けたはずだ。いずれにせよ、早紀たちが埠頭の機動隊の封鎖線の外で神崎を待つことは、もうあまり意味がなかった。

早紀は訊いた。

「おかあさまは、どうなさいます?」

「わたしは、またホテルにもどるわ」と神崎敏子は答えた。「身体が冷えてしまった。お茶でも飲みたい気分」

「わたしもそうしますわ」

神崎敏子が自分の車の運転席に乗りこむと、川口比等史が近づいてきて訊いた。

「お帰りかい?」

「はい」早紀は答えた。「ホテルにもどろうと思います」

「ぼくは、もう一度第三埠頭にもどってみようと思う。何がどうなってるのか、見当もつかない。もう少し情報を集めたい」

そういう川口の顔は、たしかにかなり不可解そうだった。彼はひとつ首をかしげ、警察官が固まっているマリーナの岸壁に目をやりながら、自分の車に乗りこんだ。

不可解なのは、早紀も同じだった。

神崎哲夫は、船からおりてこなかった。そもそも船には乗っていないのかもしれない。ではいったい、あの手紙はなんだったのか。真相はいつ、どこで話してもらうことになるのか。

また寒河江剛という男のこと。横浜製作所の社員である彼が、射殺体で発見された。寒河江もこの小樽で神崎の帰国を待っていたひとりだ。その彼が、たまたまゆきずりの強盗に襲われたり、ちがう事件の巻き添えになったとは考えにくかった(トレンチコートを着た男がいた、と警官が言っていた)。

それに、きょう埠頭で逮捕されたという、狙撃用の銃を持った外国人のこと。彼は意味なくきょうこの日、埠頭の上屋にひそんでいたわけではあるまい。狙撃銃を用意していたからには、彼には狙撃の対象があったはずだ。

神崎哲夫の帰国をめぐって、何か早紀のうかがい知れぬドラマが進行しているのかもしれない。これは早紀が考えていたよりもずっと大きく、奥の深い陰謀の一部なのかもしれなかった。

もしかして、と早紀の頭に一瞬ひらめいたものがあった。あわてて打ち消した。いくらなんでもそれは想像の飛躍というものだ。

早紀は車の助手席に身体を入れた。

神崎敏子が車を発進させた。川口比等史の車が、駐車場を出て加速してゆくところだった。早紀たちの車が、その後を追うように駐車場を出た。

運転しながら、神崎敏子は無言だ。頬はこわばっている。

早紀や川口と同様、この事態の解釈に窮して、頭をひねっているのかもしれない。神崎哲夫が船からおりてこなかったことで、深く落胆しているのかもしれない。それとも関係者の死に衝撃を受けているのか。

ホテルのすぐそば、運河にかかる橋をわたったところで、神崎敏子はようやく言ってきた。

「早紀さん、今夜のご予定はある？」

「いえ」早紀は答えた。「とくに」

「よかったら、わたしと一緒に食事をしない。ひとりきりの食事には、まだ慣れることができないの」

「かまいません。どこか、当てでも？」

「べつにないわ。この雨だし、あのホテルのレストランでいいんじゃないかしら」

「そうですね」早紀も、靴や衣類を濡らしてまで動きまわりたくはなかった。「何時からにしましょう」

「七時ではどう？」

腕時計を見た。

午後五時を十分ほどまわっていた。

「はい。七時にレストランに行っています」

車はホテルのある交差点を右折し、そこからさらに通りを横切って、駐車場に入った。

20

重森逸郎が、死体のそばから立ち上がって言った。

「まちがいありません。寒河江ですよ」

真堂洋介は念を押した。

「二時までは、彼とご一緒でしたね」

「二時少しすぎまで、レストランにいた」

「そしてレストランを出てみると、フロントに、彼あての伝言があったのですね」

「そう。彼にだ。わたしにではない。わたしたちにでもない」

「あなたと寒河江氏は、ふたり一緒に小樽にこられたんですか」

「ええ。羽田から一緒だった」

「きょう？」

「きょうの午前中に東京を発った」

「寒河江氏は、誰かを連れてはいませんでしたか」

「いや、わたしたちふたりだけできたんだ」

「誰かを小樽に先にやった、というようなことは、言っていませんでしたかね」

「聞いていないが」

「ダニエル・カウフマンという男をご存じですか？」

「いや。誰なんです」

「イスラエル国籍の男です」

「ユダヤ人、という意味か」

「ええ。きょう、埠頭で逮捕された男だ。名前と国籍だけ名乗って、あとは黙秘しているのですが」

「その男が、何の関係がある？」

「神崎哲夫の写真を持っていました。遠距離射撃用の狙撃ライフルも持っていましたし、おそらくプロの殺し屋でしょう。いまインターポールに照会しています。顔写真を持っていた以上、神崎を狙っていたのだとみるしかないのですが」

「神崎はスパイ活動に従事していたんだろう。どこかの諜報組織に狙われるようなことは、あってもふしぎはないんじゃないかね」

「同意しますよ」真堂は言った。「ところで、男が持っていた神崎の顔写真の一枚は、デュッセルドルフの欧亜交易の事務所で写したものなんです。神崎の顔の部分だけ、大きく伸ばしたものですがね」

「それがどうかしたんですか」

「われわれが神崎哲夫のアパートから押収した写真の中に、それと同じ写真の、ノートリミングのものがある。欧亜交易の社員と、横浜製作所のヨーロッパ駐在員が、打合せでもしているときのものです。プリントされた日付けから、八六年三月に撮影されたものだとわかります。同時に押収したほかの写真と照らし合わせると、その写真を撮ったのは、当時横浜製作所のベルリン駐在員、寒河江剛氏だと推測できるんです」

「よくわかりませんな」重森はいらだたしげに言った。「何をおっしゃりたいんです」

真堂は、相手のいらだちにはかまわず、同じ調子で続けた。

「言い換えれば、問題の写真の原版は、寒河江氏が持っているんです。そしてそのネガから引き伸ばされた写真を、ダニエル・カウフマンなる殺し屋は持っていたんですよ。要約すると、カウフマンに神崎の写真を提供したのは、寒河江剛氏ということです」

真堂は、重森の反応を凝視した。重森の顔に現れた驚愕は、さほどのものではなかった。演技ではないにせよ、まったく予想外のことを聞かされたようでもなかった。

重森は言った。

「寒河江が、その殺し屋を雇ったと？」

「わたしはいまのところ、あなたと寒河江氏とを切り離して考えねばならぬ理由がない」

重森は訊きなおしてきた。

「わたしたちが、殺し屋を雇ったと言うんですか」

「東京へもどったら、その点については説明を求めることになります」

「知らん」憤然として重森は言った。「寒河江が勝手にやったことだろう。わたしは神崎を殺さねばならない理由などない。彼の手紙を受け取って、彼と話し合うためにここにきたんだ」

「何か取引きをされるとおっしゃってましたね」

「神崎が、取引きしたいと書いてきたんだ」

「何を取引きするんです？」

「知らん。そこまでは書いてなかった」

「でも、あなたは取引きというそのひとことで、用件を理解した。だからこそ、この小樽にきたんじゃないですか？　言ってください。神崎と何を取引きするつもりだったんです？」

「こっちには、何もない。ただ、やつの話を聞いてみようというだけだ。かつては、やつはわたしの部下だったんだ。あのような事件を起こしたとはいえ、多少の同情のようなものがないわけでもないからな」

「あれほどの被害を受けていながらですか？」

「一面、彼だって被害者だ」

「ほう」真堂は訊いた。「彼が何の被害者だって言うんです？」

重森は、いったん口を開け、表情を静止させた。言葉を選んだのだろう。

ふっと息を吐いてから、彼は言った。

「企業論理と、冷戦のだ」

真堂は、心底愉快な気分で言った。

「横浜製作所の中堅幹部の重森さんから、そのような言葉を聞くとは意外ですな。そのうえソ連邦共産党が解散してしまって、冷戦すらノスタルジィですか」

「帰っていいかね」重森は真堂の言葉を無視して言った。「この雨の中で、尋問を受けたくはない」

「あのホテルですね」

「そう」

「これから、小樽警察署が寒河江氏の部屋の捜索にかかることになります。重森さんの部屋は？」

「四階の、シドニーの2だ。寒河江は向かい側だ」

「ホテルでまた、お目にかかりましょう」

重森逸郎は寒河江剛の射殺体を残して、マリーナの駐車場へと歩み去っていった。

渡辺が、言い出しにくそうに顔をしかめてから言った。

「警視正、もしかして、神崎哲夫がすでに上陸しているということは考えられないでしょうか。この殺人は、神崎哲夫がやったことだという可能性は、ありませんか」

真堂は、少しためらった末に答えた。

「可能性がゼロではない。少しその線が強くなってきたかもしれない。しかし」

「しかし？」

「だとしたらわざわざ母親を小樽に呼んだのはどうしてだ？　母親だけじゃない。寒河江や重森たちを、どうしてわざわざ、小樽に呼んだんだ？　もしすでに密入国を果たしているなら、東京で接触すればすむことだ」

「じゃあ」渡辺は、寒河江の死体に目を向けて訊いた。「これは？」

「ココム違反事件が、まだ尾を引いているのではないかと思えてきた。寒河江という男も、やはりなんらかの関わりがあったんじゃないかとね。ひとりプロの殺し屋だと思えるイスラエル人がつかまった。この街には、まだ何人か、外国の諜報組織やら暗殺者やらがひそんでいるのかもしれない」

「断言はできないんですね」

「できない。判断は、検死と鑑識の報告を待ってからにしよう」

「埠頭の封鎖は解除しますか」

「いや。だめだ」真堂は首を振った。「あのソ連船にやつが乗っているということの蓋然性は、相変わらず高い。きょうこれから、アナスターシア・パバロワ号では日本人もまじっての歓迎レセプションが開かれる。おひらきは九時ごろだそうだが、そのとき下船する日本人にまじって、やつが上陸する可能性も捨てきれない」

「ご指示をお願いします。自分は、つぎは何を？」

真堂はマリーナの駐車場に顔を向けた。乗用車が二台、続けて駐車場を出てゆくところだった。神崎敏子の姿はもうない。

真堂は走り去る車を目で追いながら言った。

「あの母親を見張れ。あの婆さんがこの街で何をやっているか、それを注視しよう」

「隣りの部屋で、室内の電話と会話をすべて盗聴していますが。あの四人とは別にということですね」

「あいつらには、接触があった場合、尾行に入るように指示してある。連中はそのまま、部屋に残しておかなきゃならない。だけど、お前が言うように、すでに神崎哲夫は密入国を果たして、母親とは接触ずみだということも、全然想定できないわけじゃないんだ」

「もうすでに、あの親子は連絡をとりあっていると？」

「それも考えにいれておこうということだ。お前はあのホテルで母親を監視しろ。どこかに出てゆくようなら、尾行して、連絡をよこせ」

「わかりました。警視正はどうされます？」

「埠頭に行って、船長の船内捜索の結果を訊く。それから小樽署。小樽署の署長、それに道警の副本部長と協議だ。管内のホテル、旅館の総点検を要請する。不審者を発見するんだ」

「警戒地域を、第三埠頭だけじゃなく、小樽全域に広げるわけですね」

真堂は渡辺には応えずに踵を返し、小樽署の警察車へと向かった。

21

早紀はホテルの部屋にもどるとすぐ、乾いた衣類に着替えた。

ストッキングはすっかり水を吸っていたし、パンツも膝まで濡れていた。シャツの襟もとも湿っぽくなっていた。

雨は予定外だったが、今夜もう一回着替えるだけの替えは用意していた。ストッキングをはきかえ、ひざ丈のブルーのスカートをはいた。シャツを脱いで、かわりに薄手の紺のスウェーターを着た。

胸の騒ぎは、この数時間まったく収まってはいない。ときおりそのことを意識しない瞬間があるだけだった。

早紀は靴の中にティッシュ・ペーパーを詰めてカーペットの上に置くと、備えつけの冷蔵庫に近寄った。中に期待どおりワインの小瓶があった。ロゼと白。地元のもののようだ。

ロゼを出して、グラスに三分の一ほどついだ。あまりお酒は得意ではないが、西ドイツにいたころから、食卓でワインだけは少し口にしていた。父親の西田博文も、未成年の早紀がワインを飲むことについては寛容だった。いつしか、ワインだけは多少味わうことができるようになっていた。

おもしろいことに、と早紀は唐突に思った。神崎哲夫はデュッセルドルフの暮らしを好んでいたが、ドイツ・ワインにだけはなじめぬと言っていた。ラインもモーゼルもだめ。ワインよりも彼はむしろビールだった。

東ドイツの小さな瑕のひとつはね、と神崎哲夫が父親に言っているのを聞いたことがある。うまいビールがないことですね。いろいろ聞いてみても、理由はわからないんですが、東ドイツの国民でさえ、国産ビールのまずさは素直に認めるんですよ。ビールのうまさで祖国を選ぶことができるなら、ぼくはチェコにしますね。

彼はその後の五年間、何を飲んできたのだろう。まずいビールで我慢してきたのだろうか。それとも、ブルガリアやルーマニアの赤ワインを飲むようになっているのだろうか。彼が小樽で最初にすることは、もしかすると冷えたビールをジョッキであおることかもしれない。

神崎哲夫。父親と仲のよかった、大人の男。早紀に、世界の見方を教えてくれた男。世界をはかる基準や、世界を比べる物差しはひとつきりではないのだと（それとなく、そうとは思わせぬ方法で）教えてくれた男。

早紀はワインをひと口飲んでから、いましがた口には出さなかった想いを解きはなった。神崎さんは、もしかしてもう小樽に上陸しているのではないか。帰ってきているのではないだろうか。

そして、増殖を始めたひとつの懸念。

あの寒河江という男は、ひょっとしたら神崎哲夫が撃ったのではないのか。

神崎敏子は、寒河江たちが神崎をおとしいれた、と言っていた。詳しくは聞かなかったが、あの事件は寒河江と重森たちによって仕組まれたことなのだと。もしそれが真実だとするなら、神崎哲夫が寒河江という男を恨みに思い、報復することに根拠はあるのだ。

とにかく待とう、と早紀は思った。

神崎が船からおりてはこられないのだとしても、あるいは、もうすでに上陸してしまっているにせよ、早紀は待つしかない。神崎からの接触を待つしかとる途はなかった。

ホテルからあまり出歩かずに、待っていよう。十八日、小樽港。神崎の指示がそれだけなのだ。彼には、この自分をきょう探し当てる目途があるはずだ。そうでなければ、あのような指示をしてくるはずがない。

自分は、港にいちばん近いホテルにいる。小樽港で誰か人探しをしなければならなくなったとき、誰であれまず最初に思い浮かぶホテルのひとつがここなのだ。ここにいればいい。

早紀はグラスを口まで運んで、残っていたワインを飲み干した。まだ少し飲めそうな気分だった。

22

「あれを」と、部下の機動隊員が言った。「誰かが」

北海道警察本部第一機動隊の山際分隊長は、足をとめて、部下の指さす先を見た。

封鎖線の外側、第三埠頭と第二埠頭のあいだの岸壁上だった。その位置からは、うしろ向きに接岸したアナスターシア・パバロワ号の右側の船腹を監視できた。道警本部が設置した照明灯の明かりで、アナスターシア・パバロワ号の白い船体が、雨の夜の小樽港にくっきりと浮かび上がっている。水面では、警備艇が二隻、波にもまれていた。山際は部下四名を連れて、この岸壁を巡視中だった。

また部下が言った。

「救命艇のあたりです。何か動きました」

山際は目を細めた。その刹那だ。アナスターシア・パバロワ号の船体の前部、ブリッジのうしろで、何か黒いものが宙に躍った。黒いものはすっと海へ落ちた。船腹の喫水線のあたりで水しぶきがあがった。

部下のひとりが叫んだ。

「飛びこんだ！」

アナスターシア・パバロワ号に近い位置にいた警備艇も、飛びこみに気づいたようだ。甲板の上に数人の警察官が飛び出してきた。警備艇の屋根に設けられた探照灯が、水しぶきのあがったあたりにさっと向けられた。

波間に、人の影があった。船体に沿って泳いでいる。警備艇が動き出した。警告灯が回転を始め、サイレンが鳴り響いた。

山際は部下を連れて岸壁を駆けた。男は港の陸側の岸壁に泳ぎつこうとしているようだった。アナスターシア・パバロワ号の船尾付近で待ち構える必要があった。

警備艇のサイレンを聞いたのだろう。べつの分隊が第三埠頭の方向から駆けてきた。その機動隊員たちが叫んでいる。

「あれだ」

「海の中だ」

警備艇はアナスターシア・パバロワ号の船腹すれすれまでに近寄って向きを変えた。男をソ連船と自艇とのあいだにはさむ恰好となった。甲板から警察官が浮輪のついたロープを海の中に投げこんだ。別の警察官は、どうやら拳銃を男に向けているようだ。増幅された声が聞こえてきた。警備艇の警察官が、男にマイクで何か言っている。ロシア語らしい。

岸壁からも、大光量の探照灯が男に向けられた。ふりしきる雨が、強い光を受けて光った。男の姿がはっきりと見えるようになった。男はその強い探照灯を浴びて、観念したようだった。泳ぐのをやめ、浮輪に手を伸ばした。

警備艇の警官たちがロープを引き、男の身体を甲板に引き上げた。引き上げたところで、警備艇はまた動き出した。波に揺れながら、まっすぐ岸壁に向かってくる。

山際は怒鳴った。

「護送車を。護送車をこっちへまわせ」

隊員のひとりが、携帯通信機を口に当てた。

岸壁に激しく水しぶきをあげて、警察車がすべりこんできた。山際分隊長はさっと一歩しりぞいたが避けきれなかった。顔にしぶきがかかった。

警察車からおりてきたのは、あの公安の若い捜査員だった。真堂警視正。

真堂は機動隊員たちを押しのけるようにして前に進んできた。

「なにごとだ？　誰か飛びこんだのか？」

山際は、警備艇を指さして言った。

「密航者のようです。ひとり、船から飛びこんだのですが、拘束しました」

警備艇は山際たちが待ちかまえる岸壁のすぐ手前で向きを変えた。警察官がロープを投げてくる。機動隊員がこれを受け取って、すぐにトリポッドにひっかけた。

甲板の上では、ずぶぬれの男がひとり、甲板に両手をついて、荒く息をしていた。警察官が三人、この男の肩や首を押さえている。

警備艇は横向きに岸壁についた。警察官三人が、飛びこんだ男をはがいじめにするように立たせた。機動隊員たちの持つライトが、男の顔に集中した。

真堂警視正が、山際の隣りで言った。

「ちがう。神崎じゃない」

男は白人だった。灰色の髪をした、二十代後半か三十ぐらいと見える白人男。不精ひげを伸ばしていた。悄然として目をふせている。密航の成功に人生を賭けていたのかもしれない。

山際は言った。

「とつぜん船から飛びこんだんです。救命艇のあたりからでした」

言って隣りを見ると、真堂はもういなかった。警察車に乗りこもうとしているところだった。

23

渡辺克次は「格闘技通信」から顔をあげた。

廊下の突き当たりに見えるエレベーターの扉が開いたように思ったのだ。

黄色いコートを着た女がいた。神崎敏子だ。神崎敏子は、エレベーターをおりると、数歩前に歩いて足をとめた。

渡辺は柱の陰に頭を引っこめた。ロビーの隅の椅子、エレベーターとフロントを同時に視野に収めることのできる位置だった。ロビーの真ん中に柱があるため、身体を少しずらすだけで、エレベーターからは死角となる。

渡辺は、神崎敏子がロビーのほうへ歩み出てくるだろうと予測した。フロントでキーを預け、外出するのだろうと。

いま、ロビーには客はひとりもいない。少し前までは、小樽署の捜査員たちが寒河江の部屋の捜索のためにきていて、このロビーでもあわただしく動いていたのだが、彼らももう引き揚げてしまった。

三秒待ち、五秒待った。

神崎敏子は、廊下を進んでこない。柱の陰からロビーのほうには姿を見せなかった。渡辺はあらためてエレベーターホールに目をやった。神崎敏子の姿は消えていた。もういちどエレベーターに乗ったのか？　階床表示盤のランプを見た。動いていない。

渡辺は立ち上がって、雑誌を椅子の上に放った。別の出入口から出たのか。コートを手にしてエレベーターの前まで走り、右手を見た。階段があって、階段をおりきったところに出口がある。建物がまだ銀行として使われていたころは、銀行店舗ではなく、事務所に用事のある客のための出入口だったのだろう。いまはホテルの副玄関ということになる。その出口を使えば、ロビーを通らずに、直接表の通りに出ることができるのだ。

渡辺は階段を駆けおり、出口の扉を開けた。歩道に飛び出して、素早く左右に目をやった。誰もいない。雨の通りには、人影はなかった。歩いて角まで行けるほどの時間はなかったろう。発進してゆく自動車もない。右手、ホテルの玄関口には、送迎用の箱型の車と、白っぽいセダンが停まっている。セダンは、小樽署の覆面警察車だ。渡辺が尾行用にと借り出していたものだ。

もう一度階段を駆け上がった。

エレベーターに向かって左には、駐車場への出口があった。通りにいないとしたら、こちらだ。出口のドアを押して、薄暗い駐車場を見渡した。

奥のほうに、黄色いものが見えた。黄色のレインコート。神崎敏子だ。神崎敏子はちょうど車に乗りこむところだった。

さっと身体を隠した。

神崎敏子が動きだした。部屋に電話連絡があったのだろうか。それとも神崎敏子のほうから連絡をつけたのか。どちらにせよ、この雨の中を出てゆくのだ。そうとう大事な用件であることは確かだ。歯ブラシや週刊誌を買いにゆくのではない。

神崎敏子が、ブルーのセダンを駐車場の入口へと進めた。左のウインカーランプがついた。色内通りを東へ向かうということだ。

そのあと、どっちへ行く？

緑山手《みどりやまて》通りに曲がり、坂道を登ってゆくのか。直進して堺町《さかい》通りに入るのか。それとも運河方向へ曲がるか。

渡辺は駐車場のドアを閉じると、一度階段を駆けおり、入口の扉を少しだけ開いた。建物をまわりこんで、ブルーのセダンが走ってきた。ヘッドライトの強い明かりの中に、雨粒が光った。セダンがホテルの前を通過したところで、渡辺はホテルを飛び出し、雨の舗道を覆面警察車まで駆けた。

運転席に身を入れたとき、神崎敏子の乗ったセダンは、運河の手前、浅草橋《あさくさばし》の交差点を左折してゆくところだった。

真堂への報告のことが頭をかすめた。

しかし、尾行は自分ひとり。ぐずぐずしてはいられなかった。とにかく車を発進させ、神崎敏子を見失わないようにすることだった。報告は、いくらか運転に余裕ができてからのことだ。それから警察車の無線機に手を伸ばせばいい。

渡辺はイグニション・スイッチを入れて、トヨタのマークIIを急発進させた。

24

川口比等史が自分の部屋にもどってきたのは、午後六時半を少しまわった時刻だった。第三埠頭にゆき、待機する放送局や新聞記者たちに探りを入れてきたのだった。大新聞や東京の放送局の連中は、たいがいフリーランスのライターなどは相手にもしようとしないが、しかし小樽の地元の報道人たちは、おおむね好意的だった。神崎哲夫に関する情報を、川口が気前よく振る舞ったせいだ。

この日の機動隊の出動が、神崎哲夫という日本人に関わっている、と明快な説明ができたのも、川口だけだった。少なくとも小樽では、川口は神崎哲夫をめぐる事件について、もっとも豊富な知識を持った男だった（公安の刑事を別にすればだ）。神崎哲夫と彼の起こした事件について、川口の提供する情報がなければ、地元報道人たちは、自分がなぜその場にいるのか、その理由さえわからなかったはずなのだ。川口はその情報提供の見返りとして、逆に地元の報道人でなければ入手できぬいくつかの情報をもらったのだった。

濡れた靴下を取り替えてから、川口は電話機に近寄った。西田早紀と話すためだった。いまフロントで、早紀の部屋の番号は確かめていた。

番号を押すと、すぐに早紀が出た。

川口は言った。

「ぼくなんですがね、また情報交換はどうかなと思って」

早紀はとまどったように言った。

「わたし、とくに何も情報は持っていないんですが」

「きみが知っている事実のうち、いったい何が情報かってことは、ぼくが教えてあげるよ」

「でも」

「ぼくは好意で言ってるんですよ。さっき、アナスターシア・パバロワ号でひとり密航者が捕まった話は知っているかい？」

「密航者が」さすがに驚いたようだ。「神崎さんだったんですか」

「聞きたいかい」

「もちろんです。じらさないでください」

「そっちの部屋に行っていいかな」

早紀の返事は、少し遅れた。

「一階の、カフェのほうではいかがでしょう」

これだ。川口比等史は、相手が乗ってこなかったことに少々腹を立てた。純真そうな顔でいて、けっこうすれているのかもしれない。こういう場の切り抜けかたについては、多少の訓練を受けてきた女なのかもしれない。

「いいだろう。下のカフェで待っている」

「すぐにまいります」

二分後に、川口比等史は、カフェで西田早紀と向かい合った。

早紀は席に着くなり訊いてきた。

「その捕まった人は、神崎さんでした？」

「残念ながらちがった」川口は相手の顔にかすかに落胆の色が浮かぶのを楽しみながら答えた。「ロシア人だ。政治的な背景はないらしい。円と自動車にひかれて、船にもぐりこんだのだろう。警視庁の公安じゃなく、入管がこの男を拘束して取り調べているよ。強制送還だろうな」

早紀はテーブルに目を落とした。落胆に代わって、かすかな安堵の表情も浮かんだように見えた。

早紀は顔をあげると、ふしぎそうに訊いた。

「そのことを教えてくださるために、わざわざお電話を？」

「もうひとつあるよ。小樽警察は、市内のホテル、旅館の一斉捜索を始めた」

「それは、どういうことです？」

「直接は、寒河江剛殺害犯の追及だろうと思う。でも」

「でも？」

「警察はべつの可能性を考え始めたんじゃないかな。神崎は、もしかしたら、すでに小樽に上陸しているのかもしれないってことだ」

「何か、証拠でも？」

「それははっきりしない」川口は顔をしかめて言った。「ただ、ぼくの考えを言えば、寒河江って男の殺害事件との関連が気になる」

「神崎さんが、あの人を殺したとおっしゃるんですか？」

「すでにベルリンで実績のある男だ。あって不自然じゃない」

早紀の鼻孔がふくらんだ。目には憤りの炎。川口は驚いた。事実を言ったまでなのに、なぜこの娘はそう反発するんだ。

早紀が言った。

「父のことは、証明されていません。わたしは、神崎さんが父を殺したとは信じていません」

「きみよりも百万倍もの情報を得ている西ベルリン市警が、彼のやったことだと判断してるんだけどね」

「西ベルリン市警も警視庁の公安部も、じっさいの神崎さんを知りません」

「きみが彼の何を知ってる？　デュッセルドルフで、貿易会社の社員を装っていた彼を知っているだけだ。東側のスパイであったことは知らなかった。もちろん、彼の女関係も、遊びっぷりもね」

「女関係って？」

「若いときからけっこう派手だった。かみさんとはべつに、女もいたんだよ」

「そうご本にはお書きになったんでしたね。不倫を続けていたと」

「あの英字新聞のライターの場合は、まずまちがいなく性関係があることを疑ってよかったしね」

「証拠はありましたの?」

「ぼくは、伝聞は伝聞として、状況証拠は状況証拠として書いたんだ」

「伝聞をあえて書かなきゃならない理由って、あるんですか。最初から、読者にこう印象づけようという意図でもないかぎり、それは必要のないことじゃありません?」

「どんな本だって記事だって、ひとつのコンセプトというものがある。それに従って、情報が整理され、提示されるんだ。そのことを否定しないよ。ぼくのルポは、ひとりの東側スパイの人間像を、立体的に、総合的に描くことがテーマだった。東ドイツの秘密警察《シュタージ》に買われた男の、その人生の表と影を、全部明らかにすることだった」

　言いながら、川口比等史は自分で照れた。あの本は、それほど美しく語ることのできる仕事ではなかった。下司な好奇心をベースに、手間も暇もかけずにでっちあげた仕事だった。たしかに取材は浅かったし、断定の根拠となる証拠にも、不足があった。誇るに足る部分があるとすれば、それにもかかわらず三万二千部売れたことだ。

　早紀は言った。

「あの本は、ひとをひとり殺しましたわ」

「人を殺した？」なんのことだ。

「神崎さんの奥さん、裕子さんが自殺しました」

川口は安堵した。そのことか。

「あれは、べつにぼくの本のせいじゃない。亭主があんな男だったってことで、絶望したんだろう」

「人をひとり、深く絶望させたことに、責任はないとおっしゃるんですか」

「ぼくのルポのせいじゃないって」

ウェイトレスが近寄ってきた。

川口はコーヒーを注文してから、早紀を見た。好きなものを、とうながしたつもりだった。

早紀は言った。

「わたしはけっこうです。もうまいりますので」

ウェイトレスが立ち去ってから、川口は言った。

「あまりごきげんがよくないのはわかったけど、ひとつだけ聞かせてくれ。ひとつだけだ。ぼくが教えたことへのお返しということで、いいだろう？」

早紀がいったん唇をかんでから、小さくうなずいた。

承諾ととっていいのだろう。

「彼からきた手紙。正確な文面はどんなものだ。きょう小樽港にきてくれ、とだけ書いてあったときみは言ってたが」

早紀は硬い調子で言った。

「こうです。『真相をお話しします。十月十八日、小樽港にきてください。神崎』」

「それだけ？」

「ええ」

「このホテルに泊まったのはなぜだ」

「旅行代理店にまかせたんです。港にいちばん近いホテルをお願いすると言って」

「どうして港の近くがいいんだい？」

「とくに根拠はありません。神崎さんは船で帰ってくるような気がしたからです」

「アナスターシア・パバロワ号で？」

「いいえ。でも、小樽市の港湾部に聞いたら、この日、ちょうどアナスターシア・パバロワ号という船が入るということでしたので、じゃあそれかなと思っただけです」

自分とほとんど同じだった。神崎という男は、つくづく言葉を節約する性らしい。ふつう、人を呼び出すときは、場所と時刻を正確に記すものだ。なのにこいつときたら、ほとんど商社マンが書くものとも思えぬ手紙を出して、平然としている。これでアポイントがとれたつもりなのだろうか。

「もうひとつ質問だ」

「まだですか」

「神崎の母親はどうなんだろう。彼女には、もっと具体的な指定があったんだろうか。あの人の顔を見てると、ここで息子と対面するってことには、さほど期待していないようにも思えるけどね」

「わかりません。おかあさまには、直接お訊きになってください」

早紀は頭をさげて立ち上がった。

ちょうどコーヒーを運んできたウェイトレスと、ぶつかるところだった。

「ごめんなさい」

早紀は小さい声でウェイトレスにあやまり、その吹き抜けのカフェを出ていった。

25

真堂洋介は、警備指揮車の後部席に身体を入れ、ステンレス製の魔法瓶に手を伸ばした。

いま、第三埠頭には、約三時間前とは逆の人の流れがある。

上陸していたソ連からの観光客たちが、雨の小樽市街観光を切り上げて、数人ずつ船に帰ってきていたのだ。アナスターシア・パバロワ号が、小樽港に停泊しているあいだ、彼らのホテルとなる。

船にもどる乗客たちの中に、日本人もまじっていた。日ソ友好協会小樽支部の面々だという。それに、小樽市役所関係の役人たちや、小樽市の吹奏楽団、北海道教職員組合の有志たち。船で行われる歓迎レセプションの日本側出席者たちだ。百人くらいが出席しそうだと、真堂は警備の担当者から聞いていた。

一時間ほど前、あの密航者を拘束したあと、真堂はあらためてアナスターシア・パバロワ号の船長と会っていた。船内捜索の結果を訊くためであった。

「いない」船長は言った。「あの飛びこんだひとり以外に、密航者はいない」

真堂は船長に言った。

「その言葉を、百パーセント真に受けるわけにはゆかないことは、ご理解いただけるでしょうな。さきほど、いない、と保証された直後に、あの男が飛び出してきたのですから」

船長は、真堂の言葉に動じたふうも見せずに言った。

「あの男が飛び出したってことは、われわれがこんどはいかに徹底的に船内をあらためているか、それを示しているものですよ」

「やはりわれわれには、船内捜索はさせていただけない？」

「だめです」

「あなたがたの捜索が百パーセント信頼できるものではない以上、われわれも警官を撤収させるわけにはゆかないんですが」

「不愉快だが、やむをえないでしょうな」

そうして真堂は引き下がってきたのだった。それが五時四十五分ごろのことだった。

北海道警察本部警備部の高柳警部が、警備指揮車に入ってきた。せっかく暖まっていた車内の温度が、警部の雨に濡れた合羽のせいでまた涼しくなった。コーヒーを飲もうとしていた真堂は顔をしかめた。

高柳が言った。

「いま聞いてきましたが、この雨ですので、レセプションはあまり遅くはならないとのことです。主催者は、十時前には終わると言っています」

真堂は高柳に訊いた。

「船にもどる客、乗る客、すべてカウントしてあるな？」

「はい。三人が、三カ所でべつべつに」

「つぎに神崎がおりる機会があるとしたら、この日本人たちが帰るときだ。日本人にまぎれて上陸することが考えられる。こんどは、日本人の中から日本人を探すことになるんだ。四時のときよりも、気が抜けないぞ」

「承知してます。その旨、いま訓示してきました。つきましては、各小隊を三十分ずつ交代で休憩させたいんですが。隊員たちが、雨のせいでちょっと消耗しています。九時半には、封鎖をフル態勢にもどしますが」

「それは、機動隊の中隊長と相談してくれ。遺漏がないなら、かまわん」

「はっ」

警備指揮車から高柳がおりてゆくと、入れ代わりで小樽署の捜査員が乗りこんできた。マリーナにも駆けつけていた、三十代の刑事だ。埠頭の封鎖とは直接関係のない警察官だが、真堂とはいましがた寒河江剛の射殺体発見の件で、言葉を交わしていた。

刑事は言った。

「寒河江剛の検死の結果が出ました」

真堂はうなずいて、コーヒーカップ代わりの魔法瓶の蓋を口に近づけた。

刑事は警察手帳を開いて言った。

「まず死因ですが、銃弾による失血死とのことです。弾は二発。一発は心臓右心房を、もう一発は胸骨を砕いて大動脈を破壊していました。貫通はしていません。死亡推定時刻は、死後硬直の程度からみて、死体発見の一時間から二時間半前。胃の内容物からみると、食事をしてから二時間以内」

「何も語っていないと同じだ」

「といいますと？」

「やつは二時には生きていたんだ。飯を食ったのは、その直前だ。死体発見は、四時半ごろだろう？」

「では、死亡推定時刻は、二時から三時半までのあいだに絞ることができます」

「猿の論理学だな。ほかには？」

「弾は三二口径らしいとのことです。拳銃弾と思われますが、これの鑑定にはもう少し時間が必要です。現場では、薬莢はまだ発見されていません」

「三二口径」

　やや小型の拳銃ということになる。日本国内では、四五口径よりは多く出まわっており、入手しやすいサイズだ。

　刑事は続けた。

「弾の進入角度ですが、ほとんど水平とのことでした」

「寒河江剛の身長は、いくらだった？」

「百六十二センチとのことです」

日本人の男としては、小柄なほうだ。ということは、大柄な外国人などに撃たれたものではないのか。拳銃を構えた位置にもよるだろうが。

「ほかには？」

「いまのところ、それだけです」

「寒河江の所持品からは、やつが受け取ったというメッセージは出たのか」

「いえ。見つかりませんでした」

「ホテルの担当者は、誰からのメッセージか思い出したか」

「それが、誰も寒河江宛ての電話をとった記憶がないんです。メッセージを書き取った者も出ていません。寒河江に封筒を渡した者は、寒河江宛ての封筒がレセプションのデスクの上にあった。メッセージを書き取った者が、キーボックスに入れ忘れたのだろうと思った、というんです」

どういうことだ？　真堂はわけがわからなくなった。寒河江はメッセージを受け取ったが、そのメッセージを発した者の声を聞いた者はいないというのか。差出人はいないというのか。幽霊がメッセージを書いたわけでもあるまいし。

真堂は別のことを訊いた。

「寒河江の部屋からは何か出たか」

「身のまわりの品だけでしたが、ちょっと気になる物がひとつ」

「なんだ？」

「ドルの両替証です。カードケースの中から出てきました。東京銀行新橋支店のもので、寒河江は五日前に日本円で約二百六十万円をUSダラーに両替しています」

「その両替は、持ち込んだ日本円を全部ってことか。それともきりのいい額のドルを要求したのか」

「二万ドルちょうどを要求し、必要な額の日本円を払ったようです」刑事は妙にうれしそうな顔で訊いてきた。「寒河江って男、何かの理由で高飛びするつもりだったんでしょうか。彼もココム違反に連座していて、あのソ連船で逃げるつもりだったんでしょうかね」

「ちがう」きつい調子で真堂は言った。「それは殺し屋への報酬だ。ダニエル・カウフマンに支払うための外貨だ。そのくらいの判断もつかないのか」

刑事は首を引っこめて頭をさげた。

真堂はあらためてコーヒーを喉に流しこんだ。

腕時計を見ると、午後七時五分前になっていた。

26

午後七時五分前、西田早紀は神崎敏子の部屋に電話を入れた。

「はい？」と神崎敏子はすぐに出た。

また電話機のうしろで、オペラのアリアが聞こえる。さっき聞いたものと同じだ。「トスカ」から、主役のテノールのアリア。

早紀は言った。

「おかあさま、食事の件ですが、いまレストランのほうには、川口さんがいます。それでも、かまいません？」

「かまわないわよ」神崎敏子は、ふしぎそうな声で言った。「まさか、あの人がわたしたちと一緒に食事をしたいと言ってるんじゃないでしょ？」

「そうは言っていないんですが、近寄ってきていろいろ詮索してくるんじゃないかと思います」

「返事をするつもりもないわ。行きましょう」

早紀はその言葉にほっとして受話器を置いた。神崎敏子さえそう言ってくれるなら。

早紀がレストランに行ってみると、川口比等史はもうその吹き抜けの空間のカフェのスペースから消えていた。早紀はウェイターに案内されて、レストランのほぼ中央、昼食をとったときと同じテーブルについた。

客の数は、ほかに三組。昼と同様、ひとり無表情に食事をしている眼鏡の男がいた。残りは、若いカップルと、夫婦らしい中年のカップル。

一分ほど遅れて、神崎敏子が姿を見せた。昼と同じ、グレンチェックのスーツ姿だった。硬い表情も相変わらずだ。いや、いっそう険しくなっているかもしれない。目の下に、薄い隈のようなものができていた。

向かいの席に着くと、神崎敏子はレストランの中を見渡して言った。

「あのルポライター、見えないけど」

早紀は答えた。

「出ていったようです。ついさっきまで、いたんですけど」

「あなたにいろいろ質問していたのね」

「ええ」

「やはり、あの子を殺人犯と決めつけていた？」

「ほんの少しも疑ってはいないようでした」

「むずかしくない人ね」

ウェイターが注文をとりにきた。早紀と神崎敏子はコース料理を注文した。生牡蠣とスープ、舌平目のムニエルとフィレステーキ。ハウスワインがサービスでつくことになっていたが、神崎敏子はワインリストからべつに地元のロゼを注文した。

早紀は訊いた。

「オペラがお好きなんですか？　さっきも電話のうしろで聞こえていましたが」

神崎敏子は、かすかに頬をゆるめた。早紀の問いに、何か愉快なことでも思い出したかのような表情だった。

「好きになったの。あの子に感化されてね」

「神崎さん、オペラがお好きでしたね。デュッセルドルフでも行っていましたし、ミュンヘンやウィーンに行く機会があれば、必ずオペラハウスに行ったって聞いています。もちろん、ベルリンでもでしょうけど」

「あの子はどちらかというと、ドイツ・オペラはさほどでもないのね。ほんとうはイタリア・オペラが好きなのよ」

「ワーグナーだけは好きになれない、と言っていました」

「同感」神崎敏子は言った。「わたしが聴くようになったきっかけは、あの子がむりやり連れていってくれたからなの。あの子が欧亜交易に入って西ドイツ暮らしを始めた秋、わたし、あの子にヨーロッパに招待されたわ。そのとき、初めてウィーンで聴いたのよ。『こうもり』だった」

「さきほどかかっていた曲は、なんていうんですか？　その前にお電話したときもかかっていたように思いますけど。『トスカ』でしたっけ」

「ええ。さっきはちょうど『星は光りぬ』がかかっていたかしら。ドミンゴなの。あなたは、オペラはお好きなの？」

「CDは、神崎さんがうちにいらしたとき、何度か聴かせてもらったことがあります。神崎さんの車に乗ったときも、テープはオペラがほとんどでしたわ。でも、本物は観たことがありません。『トスカ』のストーリーも知らないんです。どんなお話なんです？」

「短く言うと」神崎敏子は言葉をまとめるかのように首を傾け、天井を見た。「二世紀くらい昔の、イタリアの話よ。政治犯の男が公安警察に追われて逃げてきて、親友の画家のところに助けを求めるの。画家には歌手の恋人がいるんだけど、でも」神崎敏子は口をつぐみ、首を振った。「オペラのストーリーを短く話すって、むずかしいわね。あの子は、『カサブランカ』っていう映画の原典はこれだと言っていたけど」

「ハッピーエンドのお話ですか？」

「いえ、ちがうわ。悲劇よ」

「その警察に追われる人、どうなってしまうんです？」

神崎敏子は、なぜかかすかに動揺を見せて言った。

「彼は、逃げてきて、でも」

そこにソムリエがやってきた。初老の、やせて首の長い男だ。

神崎敏子は言った。

「オペラの話は、ちょっと横に置いておきましょう」

ソムリエが神崎敏子にボトルのラベルを示した。神崎敏子は小さくうなずいた。ソムリエはテーブルの横で、栓を抜きにかかった。

早紀は無言でソムリエの手元を見守った。「トスカ」のストーリーは、東京にもどってから調べてみることにしよう。おそらく、この場の話題にはふさわしくない筋なのだろう。神崎敏子が言いよどんだのはそのためだ。

ソムリエが神崎敏子のグラスに、ワインを少しだけついだ。神崎敏子は、グラスに手を伸ばした。その指が、細かにふるえていた。また、指にも手の甲にも、ほとんど血の気がなかった。早紀が注視していると、神崎敏子はふるえる右手に左手を添えてグラスを持ち上げ、ワインを口に含んだ。

神崎敏子がうなずいてテーブルにグラスをもどすと、ソムリエが慣れた手つきでそのグラスにワインを注ぎ足した。

早紀はふと困惑を感じた。このあと、乾杯、とグラスを触れ合わせるべきだろうか。いまこの食事は、それをして不謹慎ではない状況だろうか。

早紀の躊躇を神崎敏子が救ってくれた。彼女は言ったのだ。

「わたしの、小樽のいい思い出に、乾杯してくれる？　ちがうわ。小樽の思い出じゃないわね。わたしたちの家族の思い出に」

早紀は言った。

「もちろんです。その思い出、もっと聞かせていただけますか」

「いいわ。あなたも聞かせて。わたしの知らない哲夫のこと。デュッセルドルフで、あの子と裕子さんが、どんなふうに暮らしていたのか。あなたのご家族と、どんなふうなおつきあいがあったのか」

ソムリエが早紀のグラスにワインを注いでくる。それを横目で見ながら、早紀は言った。

「おふたりは、若い女の子があこがれるようなご夫婦でした。仲がよくて、何をするのも一緒で、ほがらかで、冗談をよく言い合っていて。わたしは、神崎さんご夫婦がうちにくるのが、楽しみでなりませんでした。わたしもいずれ結婚したときは、こんな夫婦をめざそうと思っていたくらいです」

「あなたのご家庭も、うらやましいくらいに仲がよかったみたいね。あの子からよく聞かされていたわ」

「父が、ざっくばらんな人でしたから」

「主人もそうだった。過労死してしまったけど」

「お気の毒です」

ソムリエがテーブルから離れていった。神崎敏子は、自分のグラスの中の明るいピンクの液体を見つめながら言った。

「かわいそうなのは、日本の男性たちね。会社に尽くすだけ尽くして、生きる喜びなんて、ろくに楽しむこともできずに枯れ果ててしまう。企業戦士、なんて言葉をまるで讃えるように口にする人がいるものね。日本の男は、兵隊としての人生を生きればそれでいいと思っているみたい。わたし、あなたのおとうさまも、日本の会社社会の犠牲者のように思うんだけど」

「父は、仕事一辺倒の人ではありませんでした。わたしや母をとても大事にしてくれていました。神崎さんも、それは同じでした。デュッセルドルフであんなふうな家族ぐるみのおつきあいができたのは、父も神崎さんも、ただの会社人間ではなかったからだと思います」

「ほんとうにいい人にとっては、この国の社会は生きにくいわね」神崎敏子は声の調子を変え、顔をあげてグラスを差し出してきた。指はまだかすかに震えている。「さ、わたしたちのいい思い出のために」

早紀と神崎敏子は、グラスを軽く触れ合わせた。雨に降りこめられた古いホテルの、時を封じこんだような印象のレストランに、透き通った澄んだ音が小さく響いた。

27

川口比等史は、自分の部屋からフロントに電話をかけた。重森逸郎の部屋の番号を聞くためだった。

きょうの昼には、取材は拒まれていた。しかし、一度拒まれたくらいで引き下がるわけにはゆかない。だいたい、連れが殺されているのだ。世間さまを騒がせているのだ。彼は世間に対して、いろいろ説明したり釈明したりする義務がある。

彼を事情聴取していたはずの捜査員たちも、とうに帰っているはずだった。ホテルの表にも駐車場にも、もう警察車は停まっていないのだ。捜査の邪魔にはなるまい。

フロントはすぐに部屋の番号を教えてくれた。川口はそのメモを見ながら、重森の部屋へ電話をかけた。

部屋で電話がコールされている。川口はコールの数を無意識に数えていた。十二回数えたところで、受話器をもどした。

外出のようだ。埠頭だろうか。それとも事情聴取の続きで、小樽署のほうに出向いているのか。

時計を見ると、午後七時三十分になっていた。そろそろ腹も空いてきていた。

ホテルのレストランに行こうかと考えたが、思いなおした。格式が高そうなホテルだった。コースで取れば、軽く一万円はとられるだろう。それに酒もつけば、勘定は自分の予算を大幅に上まわる。まさかカレーライスだけ注文するわけにもいかないのだ。

だいいち、まだ自分は、金になるスクープを手にしていない。神崎哲夫との単独独占インタビューもまだなら、「秘密警察《シュタージ》に買われた男」の逮捕の瞬間も目撃してはいないのだ。まだぜいたくをするのは早かった。いよいよきょう、何も起こらないことがわかったら、あとでラーメンでも食べにゆけばいい。

川口は、ホテルの二階にバーがあることを思い出した。昔の金庫室を、そっくりバーにしているという。どっちみち今夜はこのホテルの中にいたほうがいいのだ。バーで少し引っかけよう。

川口は部屋を出て、二階のバーへと向かった。

28

ワインが入ったせいか、神崎敏子はいくらか饒舌になっていた。気分が晴れてきているようだ。硬かった表情が、ほころんでいる。無条件の、無防備なくつろぎではないにせよ、早紀との会話を愉しみ、なごんでいることはたしかなことのように思えた。

早紀は神崎敏子の気分が自分にもうつっていることを喜びながら、話に耳を傾けた。

神崎敏子は言っている。

「あの子もわたしの夢に賛同してくれてね。小樽がおかあさんとおとうさんの思い出の街だって言うなら、いずれこの街に越してきてもいいよって。港の見える場所に、家を建てようってね。どっちみちあの子は、貿易の仕事で世界じゅうを飛びまわっているでしょう。東京勤務のときから、いずれ海外駐在員になることははっきりしていたし。だから、家をこちらに持つことも、まったく実現不可能な夢ってわけじゃなかったの。

でも、わたし自身の好みでいえば、同じ港街でも、長崎とか函館のほうが性に合ってる。誰の言葉だったかしら。函館の文学はロマンチシズムで、小樽はリアリズムだっていうのね。たしかにそうだとは思う。小樽って、ちょっと夢には欠けるところのある街よね。でも、夫はリアリズムのこの街が好きだった。小樽商大の出だし、青春の思い出がいっぱい詰まっているの。ちょっと思い入れの程度がちがっていたわ。

だからわたしは、哲夫に言ったの。思い出の街は、遠くで想うからいいのよ。べつにわたしは小樽に住もうとは思わない。ときどき訪ねるだけでいい。ときどきやってきて、運河のほとりを散歩し、おいしいシーフードを食べることができたらいいって」

早紀は神崎敏子の言葉をさえぎって言った。

「おかあさま、ワイン、もう一杯いかがです？」

神崎敏子は空になったワイングラスに目をやって首を振った。

「いいえ。これだけにしておくわ。あなた、早紀さんは、どうぞいただいたら」

早紀は、自分が大酒飲みとみられることを心配しながらも言った。

「そうします」

手を軽くあげると、レストランの奥からソムリエが近づいてきた。

29

真堂洋介は、警備指揮車の中で、小樽署通信室からの無線電話の連絡を受けた。

通信室の男は言った。

「警視正のご指示どおり、渡辺刑事の受令器を呼び出しているんですが、有線の応答がありません」

真堂は訊いた。

「呼び出しは、どのくらい前だ」

「二十分前から、二分おきにやっています」

「ホテルのほうには、電話してみたか」

「はい。警察の車は、もうだいぶ前に帰ったとのことです。これは、被害者の部屋を捜索した班のことを言ってるようなんですが」

「渡辺は、覆面パトカーを借りてた。小樽署の面々とは、一緒じゃない」

「覆面パトカーも見えないとのことです」

「盗聴してる連中の部屋には、電話してみたか」

「はい。きていませんとのことでした」

「神崎敏子はどうだ。外出してるのか」

「いえ。ホテル内におります。いまレストランにいるそうですが、呼び出しましょうか。あの西田早紀という女と食事中だということですが」

「いらん」

真堂は受話器をもどして、両手で顔をもんだ。目のまわりから頬にかけて、すっかりこわばっていた。

神崎敏子を見張れという指示を出したのに、渡辺はいったいどこに行ってしまったのだ？ ホテルを出たのか。それとも、指示の中身を拡大解釈して、神崎敏子がレストランにいるあいだに、彼女の部屋に侵入を試みたか。それにしても、受令器に通信を送っているというのに、応答がないというのが妙だった。有線電話が見当たらないところにまで出ていったのだろうか。だとしたら、なぜ？

警備指揮車のフロントガラスごしに、雨にたたかれるアナスターシア・パバロワ号の白い船体が見える。甲板にもブリッジにも、船員の姿は見えず、タラップを昇りおりする乗客の姿もなかった。船のサロンで開かれているというレセプションも、いまがたけなわというころだろう。タラップの前に整列する機動隊員たちは、雨の中で石像のようにたたずんだまま動かなかった。

真堂は時計を見た。午後八時四十分になっていた。

30

川口比等史は、ホテルのさほど広くはないバーで、五、六杯のウィスキーを飲んだ。

バーは天井にガラス繊維を使って星空をあしらった、不思議な印象のある空間だった。ホテル全体が船や港をイメージさせるようにできていたから、そのバーだけは、インテリアがいくらか異質と言えたかもしれない。それとも、船のデッキから見上げる星空、という主題で構成された空間だったのか。いずれにせよ酒を切り上げて勘定書きを見ると、ステーキでも食べにいったほうがましだったと思える数字が並んでいた。

川口は、バーを出てから、ロビーへとおりた。きょうの夕刊を手に入れるためだった。フロント・カウンターの横に新聞が積まれていた。川口はそれが無料であることを確かめてから、中央紙と地元ブロック紙を一部ずつ取った。ロビーの奥、フロントとは廊下をはさんで反対側のスペースで、読むつもりだった。

椅子に着いて新聞を広げたときだ。

早紀と神崎敏子がロビーに現れた。エレベーターホールの反対側からだ。コートは着ていない。レストランから出てきたようだ。

ふたりとも、頬がゆるんでいた。そうとう楽しい食事だったようだ。まるで仲のいい嫁と姑だ、と川口は思った。本来、仲よく口がきける関係ではないはずなのに、神崎敏子はあの娘をとうとう丸めこんでしまったらしい。警察の言い分を完膚なきまでに砕いてしまったようだ。

早紀と目が合った。神崎敏子も川口に目を向けてきた。早紀は微笑をすっとひっこめた。神崎敏子は、口元はそのままだったが、その目には険しい光が走った。川口は黙ったままで頭を小さくさげた。

ふたりはいったんエレベーターホールへ向かいかけたが、神崎敏子だけがロビーに引き返してきた。神崎敏子は、フロントの船員服の女性に顔を近づけ、何か訊いている。フロントの女性は、一枚の紙を持ち出して、指で紙の上を示していた。

神崎敏子は自分の腕時計に目をやった。

つられて川口も腕時計を見た。午後八時四十七分。

神崎敏子はフロントを離れると、もう一度早紀が待っているエレベーターホールへと向かっていった。

ふたりがエレベーターに乗りこんだところで、川口は立ち上がってフロントに近づいた。係の女性が、愛想よく首を傾けてくる。ネイビーブルーの船員服を着た、背の高い女だ。二十七、八か。色白で、切れ長の目。くせのない赤っぽい髪を耳の下で切っていた。ネームプレートには、小泉とあった。

川口は、つとめて邪気のない笑みを作って訊いた。

「神崎さん、何か訊いていたようだね。何かわからないことでもあったのかな」

小泉とネームプレートをつけた女が訊き返した。

「いまのお客さまですか？」

「うん、神崎さんのことさ。小樽のうまい寿司屋のことなら、ぼくに聞けばよかったのにな。何を訊いていた？」

「小樽の地理のことです」と小泉は答えた。目には警戒の色はない。川口を神崎の知り合いと誤解してくれたようだ。「新潟からのフェリーの桟橋にはどう行ったらいいのかとお訊ねでした」

新潟からのフェリー。

ひらめくものがあった。新潟からのフェリー。

川口は訊いた。

「へえ。神崎さんは、フェリーで帰るつもりなのかな。誰かがやってくるのかな」

「どうでしょうか。十時に着くとしたら、何分前にここを出たらいいか、ということでしたので、五分前で充分ですとお答えしたんですが」

「それは、今晩の十時ってことかい」

「そうだと思います」

「その時刻に着くフェリーがあるの？」

女は壁の時計に目をやってから答えた。

「ふだんですと、新潟からのフェリーは早朝です。朝の四時だと思いました。十時に着くフェリーはないはずですが、このお天気でしたので便が変更になっているのかもしれません」

「フェリー会社の電話番号、わかる？」

小泉は、すばやくメモを書きつけてくれた。

「ありがとう」

メモを受け取ると、川口はロビーの反対側のグリーン電話に向かった。

受話器をとって、フェリー会社に電話を入れた。

「ひとつ聞きたいんだけど、きょうの十時ごろに入る船ってあるのかな」

電話回線の向こうで、船会社の女は答えた。

「一昨日新潟を出ました便が、十八時間遅れで入港の予定です」

「十八時間遅れ？」

「申し訳ございません」女は言った。「今朝四時入港の予定でしたが、この低気圧に加えて、機関のほうが不調でした。その修理ということもあって、途中で男鹿《おが》市の船川《ふなかわ》港に避難していたものですから。ご迷惑をおかけいたしました」

「十時に着くんだね」

「はい。あと一時間ほどでございます」

「どうも」

新潟からのフェリーが着く。神崎敏子が、なぜかその到着時刻に合わせて、フェリー乗り場に行く。

新潟。小樽と並び、ソ連貿易の盛んな港だ。日本航空とアエロフロートが、新潟空港とハバロフスクを結ぶ航空路も拓いている。その新潟からフェリーが着く。神崎敏子がフェリー乗り場に行く。

たとえ老衰死直前のゴリラだって、このことからひとつの結論を導きだすだろう。つまり、そのフェリーには……。

川口は、自分がかなり興奮してきたのを感じながら、受話器をもどした。

31

日本人たちがつぎつぎと、アナスターシア・パバロワ号のタラップをおりてくる。歓迎レセプションが終わったのだ。

真堂洋介は、警備指揮車をおりて、この日本人たちひとりひとりの顔を確かめていた。若い警察官が、横から傘をさしかけてくれていた。

機動隊の通路を抜けてくる日本人たちは、機動隊員たちに一様に嫌悪と侮蔑の表情を向けた。彼らがここに動員された警察官に対して、好意を持っていないことははっきりしていた。日ソ友好の動きを邪魔する、頑迷な右翼どもとでも思っているのだ。でなければ、世界の流れを読むことのできぬ、阿呆な犬どもとでも見ていることとだろう。

三十代なかばの男。背の高い男。

真堂は、写真と照合こそしなかったが、多少なりとも条件の合致する男に対しては、遠慮のない視線を向けて、顔を点検した。そんな視線を向けられた男たちは、露骨に敵意のこもった目を返してきた。連中も、それなりに筋金の入った親ソ派というわけだ。いずれきょうのビデオテープと写真は、警視庁公安部がじっくり吟味することになるだろう。

傘で顔を隠して進んでくる出席者もいる。機動隊員たちは、そのような日本人に対しては、乱暴に傘を持ち上げて、顔を照明灯にさらした。不服の声をあげる者もいたが、大きなトラブルにはならなかった。

やがて日本人の流れがまばらになり、途絶えた。

真堂は驚いて、道警本部の担当警部、高柳に訊いた。

「これで終わりか？」

高柳は、手もとのカウンターを見ながら言った。

「九十二です。出席した日本人は、全部おりましたな」

やつは、日本人にまぎれておりる、という手も使わなかった。つぎに取る手は何だ？　どうでる？　深夜の密上陸か。それとも、やつはやっぱりこの船には乗っていなかったのか。

真堂の胸中を察したのかもしれない。高柳が言った。

「警視正、ふと思いついたんですが」

「なんだ？」

真堂は、相手を見た。四十年配の下膨れの警部の顔は雨に濡れ、濡れた部分に強いサーチライトの光が反射している。

高柳は言った。

「われわれは、ソ連から直接入る船のことを気にしてきましたが」

「そうだ。このアナスターシア・パバロワ号だと目をつけたが」

「小樽には、ほかにも船はいろいろ入ります」

「きょう入る外国船は、ほかにない」

「毎日のようにフェリーが入ります」

「国内便だろう」

「そうなんですが、小樽に入るフェリーの出港地というのは、舞鶴《まいづる》、敦賀《つるが》、新潟方面なんです」

心臓がふいに収縮した。

承知していた。小樽に入る大型フェリーボートの出港地は、日本海の港だ。

舞鶴。敦賀。新潟。

これらの地名を聞いて、公安の刑事なら反射的に思い浮かべねばならない。舞鶴、敦賀という地名には、北朝鮮を。新潟なら、それに対応するものは、ソ連だ。

やつは、いったん日本の別の港にひそかに上陸して（あるいは空路で日本に密入国し）、小樽にやってこようというのか。

自分はどうしていままで、国内便のフェリーの可能性を考えなかったのだろう。そうだ。十八日という日付けのせいだ。とくに十月十八日と限定された、あの神崎敏子宛ての手紙の文面のせいだ。まさか、国内便の定期航路とは思いいたらなかった。

真堂は言った。

「警部、きょうは、何時にフェリーが入る？　この低気圧でも、船は問題なく入港してくるのか」

「確かめてみましょう」

真堂と高柳は、機動隊の検問の列を離れて、警備指揮車に身体を入れた。

高柳は無線通信機を使って、すぐに小樽署と連絡をとった。

返事がモニターのスピーカーから聞こえてきた。

「明日の早朝四時に入る予定だった〈ニューしらゆり〉は、一時間ほど接岸が遅れる予定だそうです。新潟出港が、定刻より一時間遅れでした」

高柳はマイクを口に近づけて訊いた。

「舞鶴、敦賀からの船は？」

「ええと、敦賀発の〈ニューすずらん〉が、明日の朝六時入港予定ですね。あ、ちょっと待ってください。もうひと便、新潟発の船が入ります」

「なんていう船だ。何時だ？」

「これは、今朝四時に入港予定だった〈ニューはまなす〉です。新潟を一昨日の定刻に出港したんですが、日本海が大荒れになったということで、一時男鹿の船川港に避難していたんです。機関にも異常があったとか。現在の入港予定が、午後十時。十八時間遅れての入港です」

真堂は時計を見た。

午後九時十八分だ。

新潟発のフェリーボートが、もうじき着く。明日の早朝には、もう一隻。十八日という日付けにこだわるなら、問題は午後十時に入るという、遅れた便のほうだ。やつがもし乗っているとしたら、十時入港の便だ。本来は、今朝の四時に着くはずだった船。

小樽署の通信室の男が、とつぜん慌てたように言った。

「警部、そちらに、警視庁の真堂警視正はおられますか」

高柳は答えた。

「ああ。ここだ」

「いま、連絡が入りました。警視正に伝えてくださいとのことです。二十一時五分、色内埠頭の突端で、男の死体が発見されました。警視庁の渡辺刑事のようです」

真堂は息を呑んだ。渡辺が、死体で？

高柳が動転したような声で訊き返した。

「色内埠頭のどこだって？　警視庁の渡辺というのは確認されたのか」

「色内埠頭、北西の防波堤のところです。一班と鑑識がいま到着しました。渡辺刑事の警察手帳が見つかっています」

高柳は真堂を振り返って訊いた。

「どうされます」

「その色内埠頭へ案内してくれ」

「あっちの警察車に移りましょう。それと、十時入港予定のフェリーについては、どういたしましょうか」

「機動隊を一部、フェリーの乗り場へやってくれ。いちおう、おりる乗客をあらためるんだ。十人くらいでいい」

「手配します」

真堂は警備指揮車から、ふたたび雨の埠頭へおり立った。

32

川口比等史は、雨のフェリーボート乗り場まできて、いったん車を停めた。

フェリーボート乗り場というのは、東京港にせよ、小樽港にせよ、どこも似たような様子なのかもしれない。広い平坦な埋め立て地の一角の、あまりぬくみが感じられない無機的な空間。上屋と、待合室と、広い駐車場があり、駐車場から海へ向けて、自動車を積みこむためのゆるいスロープの橋がかかっている。岸壁ではいま、船腹にほとんど窓のない巨大な船が、接舷しようとしているところだった。

駐車場には、数十台の大型トラックが停まっている。船の便が乱れたせいで、トラックの運転手たちはこの岸壁でさぞかし退屈な時間をつぶしたことだろう。駐車場の広い舗装面に雨がはね、風が吹くたびに飛沫が走った。ナトリウム灯の黄色い明かりが、その雨の駐車場を冷やかに照らし出している。

埋め立て地の道路は、フェリー乗り場を左に見て、もう少し先まで延びている。埋め立て地の先は、原木かコンテナの集積所となっているようだ。街灯が数本、寒々と孤立して立っている。あとは闇だ。

川口は、道路から車を発進させると、待合室の建物の前の駐車場に入れた。ぐるりと一周してから、道路に対して直角に停めた。右手、市街地からやってくる自動車を早くから視認できる位置だ。車を停めると、川口はヘッドライトを消した。

神崎敏子の乗っていたのは、ブルーの小型車だった。北海道のレンタカーの『れ』ナンバー。彼女がこのフェリー乗り場にやってきて車を停めても、またはおりても、自分の監視から逃れることはできない。

時計を見た。

午後九時二十三分になっていた。船が接舷し、乗客たちがおりてくるまで、あと三十分少々。人を迎えるのだとしたら、そろそろ神崎敏子も到着するころだろう。

33

真堂洋介は、懐中電灯を当てて渡辺克次の死体を素早く観察した。死因は正面からの拳銃弾によるものだろう。顔の鼻の左に穴がひとつ。それに胸にひとつ。また二発だ。

死体は、色内埠頭の北西端の岸壁の上に横たえられていた。発見したのは、運送会社の警備員だ。上屋と上屋の隙間で、シートをかけられていたという。

スーツの下をあらためてみた。拳銃はホルスターに入ったままだ。渡辺は、発砲者と真正面で向き合いながら、撃たれることはほとんど心配していなかったということか。それとも、発砲者は渡辺が対応する間もなく、忽然と現れて撃ったのか。

渡辺が乗っていた覆面警察車は、埠頭の北の端、防波堤のつけねのところに停まっていた。エンジンはかけっぱなしだった。

現場には、寒河江剛の死体発見現場にもいた三十代の刑事がきていた。

刑事は真堂に言った。

「目撃者が出ています。あっちに停泊中の土砂運搬船の乗組員なんですが、三時間ほど前、このあたりから立ち去る男がひとりいたそうです。あっちの覆面パトカーがこの埠頭にきた直後です」

真堂は念を押した。

「三時間前？」

「六時半か、その前後ということでした」

「男っていうのは、どんなやつだ」

「この雨でしたので、鮮明には見えなかったというんですが。コートを着て、帽子をかぶっていた。傘はさしていなかったそうです。車は見ていません」

「それだけか」

「はい」

渡辺はいったいここで何をやっていたのだろう、と真堂は思った。渡辺には、神崎敏子を張れと指示していたのだ。その指示を無視して、わざわざこのようなところにまで勝手にやってきたというからには、それなりの理由がなければならない。この場合、それは神崎哲夫逮捕の目処がついたということか。神崎哲夫が渡辺の眼前に現れたのだろうか。

真堂は刑事に言った。

「もう少し目撃者をあたってみてくれ。どんな男だったか、至急はっきりさせたい」

刑事は訊いた。

「マリーナのほうの事件と、犯人は一緒でしょうか」

「たぶんな。身体の中から、同じ拳銃弾が出るだろう」

「どうでしょう。警視正の追っている男と、この連続殺人の犯人とは、同一人物と考えていいのでしょうか」

「その線がきわめて濃くなった」

高柳警部も、真堂に率直に訊いてきた。

「神崎哲夫は、もう密入国を果たしているってことですね」

真堂は、ふしょうぶしょう認めるしかなかった。

「ああ。どうやら密入国を果たして、逆恨みの報復にかかっていたようだ」

「どうして渡辺警部が殺されなきゃならないんです。直接の面識はないとうかがいましたが。西ベルリンの殺人事件は、当時の西ベルリン警察の管轄だ」

「ただ逮捕を逃れようとしたのかもしれんが、だったら渡辺のほうも、拳銃か手錠を取り出していたはずだ。報復だろう」

「警察官は、ただ職務を果たしているだけなのに」

「アカの道理ってのはそういうものだ。おれたちがあいつの母親や女房を締め上げてやったことが、伝わっているんだろう。母親があいつに伝えていたんだ」

真堂は、小樽署の私服刑事に言った。

「こっちの事件の処理を頼む」

「どちらへゆかれます？」

「殺害犯がこの次に行っていそうなところさ」

真堂は、警察車に向かって歩いた。その警察車は、屋根の警告灯を回転させたままだ。第三埠頭から、高柳警部が運転してきてくれたのだ。高柳も、真堂が歩きだすと、素早く先に駆けて警察車に乗りこんだ。

真堂が助手席に身体を入れると、高柳は訊いた。

「フェリー乗り場ですか？」

「いや」ぶるりと身体をふるわせてから、真堂は答えた。「先に小樽ホテルにやってくれ。急いで」

34

警報器を鳴らした警察車は、三分後にホテル小樽マリッティモの前に到着した。

ロビーに駆けこんで、真堂はフロントの係に警察手帳を見せ、訊いた。

「重森逸郎って客は、部屋にいるか」

係の女は、ちらりとカウンターの下に目を向けた。そこにキーボックスがあるらしい。

胸に小泉のネームプレートをつけた女は言った。

「キーはございませんので、お部屋にいらっしゃると思います」

「電話してみてくれ」

「はい」

小泉は電話機を操作し、しばらく受話器を耳にあてていたが、けっきょく言った。

「お出になりません」

彼の部屋は、寒河江の部屋の向かいだと言っていたか。四階の、シドニーの2。

「もうひとつ、神崎敏子って客は部屋か」

小泉はまたカウンターの下に目をやった。

「やはりキーは、こちらにはございません。レストランかバーのほうかもしれませんが」

「部屋の番号は？」

「ロンドンの2。三階でございます」

エレベーターホールへ向けて走ろうとすると、小泉は真堂を呼びとめてきた。

「あの」

真堂は振り返った。

「なにか？」

「あの。神崎さまでしたら、もしかすると、キーをお持ちのまま外出かもしれません。フェリー乗り場に行かれるようなことをおっしゃってました」

フェリー乗り場。

「何時に？」

「十時までには着きたい、という意味のことをおっしゃっていたように思います」

それだけ聞くと、真堂はエレベーターホールへ駆けた。遅れて車をおりた高柳警部が、一緒にエレベーターに乗りこんできた。

十時、フェリー乗り場。

神崎敏子がフェリー乗り場に出向いたということは、そのフェリーに神崎哲夫が乗っているということか。では、寒河江や渡辺を撃ったのは、誰だ？　この小樽には、神崎以外にも、寒河江や公安の刑事を殺す理由を持った男がいるのか。

四階でおり、廊下を走って、シドニーの2のドアの前に立った。耳をすますと、テレビがかかっているようだった。重森は部屋にいる。廊下の反対側は、寒河江の部屋。こちらは何時間か前に、小樽署が捜索をすませているはずだった。

真堂は脇のホルスターから、ワルサーを抜き出し、遊底をスライドさせた。高柳はちらりと真堂を見て、自分の腰のホルスターのボタンをはずした。

真堂はドアを四度、激しくたたいた。

返事はない。

三秒待って、もう四度たたいた。

やはり返事はなかった。ドアノブをつかんでまわすと、ドアは内側にすっと開いた。ロックされていない。

真堂は拳銃をかまえると、ドアを肩で押して部屋に飛びこんだ。

恐れていたとおりのものがあった。

部屋の中央のカウチの上で、重森逸郎は死んでいた。上着を脱ぎ、仰向けの姿勢だ。目も口も開いている。シャツの胸のあたりが真っ赤だった。

高柳が、頓狂な声をあげた。

「こいつはまた!」

テーブルの上には、ビールの缶がひとつ。灰皿の中には燃えつきた煙草。テレビはつけっぱなしだった。

真堂は右手で拳銃をかまえ、左手でコートのポケットからハンカチを取り出して、洗面所のドアを開けた。無人だった。つぎに、クローゼットの扉。コートがかかっているだけだ。

真堂は部屋を飛び出した。

「警視正！」高柳が呼んだ。

背後でドアが勢いよく閉じられる音。高柳も追ってくる。

真堂は階段を駆けおり、三階の廊下を走った。すぐに神崎敏子の部屋の前にきた。ドアを拳銃の銃把でたたいた。この部屋からも返事はない。フロントの女の言うとおり、やはりフェリー乗り場か。

エレベーターの扉が開いて、船員服を着た中年男がおりてきた。ホテルの従業員だ。男は歩きながら訊いてきた。

「マネージャーでございます。また何か？」

騒ぎを聞きつけてきたようだ。かすかに迷惑そうでもある。

真堂は言った。

「マスターキーを」

高柳が警察手帳を見せた。

マネージャーはうなずいて、ポケットからキー・ホルダーを取り出し、古めかしいキーを鍵穴に差しこんだ。

マネージャーがドアノブを軽くまわしたところで、真堂はそのドアを蹴った。拳銃をかまえて部屋に駆けこんだ。無人だった。チェックイン前のように、整頓されたままだ。隅にスーツケースがひとつあるだけだ。洗面所にも誰もいない。

部屋を出たところで、廊下の反対側のドアが開いた。真堂は足をとめた。西田早紀が、不安そうに真堂を見つめてくる。真堂の手にした拳銃に気づいて、顔色を変えた。

早紀はこわごわと訊いてきた。

「神崎さん、何かありましたの？」

真堂は訊いた。

「あのばあさん、そっちに行ってないか。あんたの部屋に」

「いえ」

「レストランで一緒だったんだろう」

「さっき別れました」

「何時に？」

「九時少し前だったと思います。食事を終えたところで、べつべつに部屋に入りました」

「あの川口というライターの部屋は知っているか」

「いえ。知りません」

横からマネージャーが言った。

「グリーンのアノラックを着たお客さまでしょうか。三十代なかばくらいの、眼鏡をかけたお客さま」

「そうだ。その男だ」

「そのお客さまでしたら、さきほどお車で外出されました。フロントで、新潟行きのフェリー乗り場の位置を確かめられていたようですが」

廊下の先の部屋のドアが開いて、コートをひっかけた男が飛び出してきた。公安の刑事のひとりだ。神崎敏子の部屋の盗聴班に入っていた。彼らは、昨日来、神崎敏子の部屋にかかる電話と、室内での会話のやりとり（もし、やりとりがあればだが）を、すべて盗聴し、記録しているはずだ。

その刑事は真堂の前に駆け寄ってきて訊いた。

「どうされました、警視正」

真堂はその刑事に訊き返した。

「神崎敏子の部屋に連絡は入っていないか。電話はなかったか？」

「ありません」

「午前中からずっと？」

「ええ。外からの電話は一本も」刑事は、ちらりと早紀に目をやって答えた。「館内電話で、そちらの女性から、電話があっただけです。三時半です」

「訪ねてきた者もない？」

「ありません」

「外に電話をかけなかったか」

「いえ。外にはまったく電話をかけていません」

真堂は高柳に向き直って言った。

「警部、こっちの殺しの件は、あんたにまかせた。処置を頼む」

「警視正は？」

「フェリー乗り場に行く。車を貸してもらうぞ」

「キーはついてます。道は、マリーナに行く道と同じ。標識が出てます」

階段へ駆けるとき、西田早紀が高柳に訊いているのが聞こえた。

「こんどは誰が。どなたが死んだんです？　フェリー乗り場に、何があるんです？」

高柳の答えるところまでは聞こえなかった。真堂は階段を一段おきに駆けおりた。

35

西田早紀は、コートを引っかけただけで雨の中に飛び出した。

ホテルの前から、警察車が、急発進してゆくところだった。タイヤが路面の雨を激しくかきあげた。

タクシーを。

舗道に立って、道の左右を見渡した。この時刻、ホテルの前の緑山手通りには、まったく車の往来がなかった。ホテルの玄関の前に、送迎用の箱型の車が停まっているだけだった。

いまだ降りやむ気配も見せぬ雨が、早紀の頭を濡らした。

送迎車の若い運転手が車からおり、愛想よく声をかけてきた。

「駅までですか？　誰かをお迎えに？」

早紀はひらめいて運転手にうなずき、言った。

「そうなの。お迎え。フェリー乗り場まで行ってもらえる？　大至急」

「この時刻に、フェリーが着くんですか？」

「着くらしいわ。遅れていた船が、十時に」

「ああ」

納得したようだ。運転手は、歩道にまわりこんで、後部席のドアを開けた。早紀はコートの胸を合わせて、車に身体を入れた。

車を発進させながら、運転手は言った。

「ソ連の船をお待ちになってたんだと思ってました」

「ちがうの」早紀は言った。「船がどれかはよくわからなかったの。ただ、大事な人を待ってたのよ」

「恋人ですか」

ためらいを吹っ切って、早紀は答えた。

「大好きな人」

箱型自動車はホテルの前を出て、すぐに臨港道路の交差点に出た。信号は黄色から赤に変わりかけるところだった。運転手は減速せずに交差点に入り、運河にかかる橋を渡った。

運河に沿って横一列に並ぶ倉庫のあいだを抜け、すぐに右折。道は、午後にマリーナに向かったときと同じ臨港の産業道路だった。港沿いの殺風景な景色の中を直進する道。警察車の赤いテールランプが、二、三百メートル前方に見えた。ほかには、車はまったく走っていない。

倉庫街を抜けたあたりで、左手に大きな白っぽい船が見えてきた。雨と夜を透かして、船の輪郭がぼんやりと見える。船の高い位置に、窓明かりがいくつかあった。あれが問題のフェリーボートなのだろう。そのフェリーボートを左手に見ながら、車は少し山なりになった橋を渡った。

橋を渡ってすぐに、フェリー乗り場の表示。警察車が左折した。早紀の乗る送迎車の運転手も、その箱型の車を左折させた。

行く手左側、埠頭の照明を浴びて、フェリーボートの船体が雨の中に浮かび上がっている。明かりは雨ににじみ、拡散していた。

フェリーの着いている岸壁の脇には、駐車場があった。数十台の大型トラックやトレーラー・トラックが停まっている。駐車場のある広い空間からフェリーボートの横腹にスロープが延びており、そのスロープの上を一台、トラックがおりてくるところだった。

運転手が車を減速させながら言った。

「もう下船は始まってますね」

早紀は言った。

「少し遅れたみたいね」

警察車のヘッドライトが、道の正面のコンテナを照らし出した。道はそこで行きどまりとなっているようだった。コンテナの向こう側は、もう岸壁なのだろう。埠頭がそこで終わっているようだ。

警察車のテールランプが接近した。速度を落としている。コンテナの手前から左手の駐車場に入るつもりらしい。

そう思った直後、警察車は急加速した。うしろに水をはねあげて、加速しながら逆方向に曲がった。道を右に折れたのだ。警察車は、道の右手にある上屋の陰に消えた。

「右に」と早紀は叫んだ。「右に曲がって」

運転手が訊いた。

「乗り場じゃなく?」

「警察の車を追いかけて」

送迎用のその箱型の車は、駐車場を通り過ぎ、道の突き当たりまできて減速した。早紀は、ここで急に警察車が右折したわけがわかった。右方向に延びる道の先に、二台の自動車が停まっているのだ。ぽつりと立つ街灯の薄明かりの下だ。手前に白っぽいセダン。その向こうに、黒っぽい車。白っぽいセダンはヘッドライトをつけたままだ。運転席のドアが開いている。一瞬目にとめただけでも、事故でも起こしているように見えた。

警察車が急制動をかけた。路面に水しぶきがあがった。警察車は半分スピンして濡れた道の上を滑った。停まっているセダンに衝突するか、と見えたが、警察車は道路をはずれ、道路標識のポールにぶつかって停まった。どんという衝撃音が聞こえた。横向きに停まった警察車から、真堂という刑事が飛び出してきたのが見えた。

「停めて!」早紀は叫んだ。「ここでいいわ」

車が急停車した。早紀の身体は、助手席のシートの背に激しく押しつけられた。

車が停まると、運転手は当惑を隠さぬ調子で言った。

「何か厄介ごとですね。わたしは、もどらなきゃなりませんが」

「いいわ。あとはなんとかなる。ありがとう」

早紀は自分でドアを開けて、車から飛びおりた。ドアを閉じると、送迎車は急後退し、甲高いエンジン音をあげてUターンしていった。

早紀は真堂を追うように道を駆けた。白いセダンの運転席のドアが開き、そこから人の身体がのぞいていた。横に倒れ、車の外へ、頭と背中の一部を出している。オリーブ色のアノラックを着ていた。

真堂という刑事が、その運転席の横に立って身をかがめた。早紀も追いついて、横倒しになった人物の顔を確かめた。川口比等史だ。目をむき、驚愕を顔にはりつけていた。

川口比等史の右目のあたりと、それに首の部分が赤かった。川口の眼鏡は割れて、開いたドアの下の路面に転がっている。眼鏡の横に、八ミリのビデオ・カメラ。眼鏡とカメラの上に、ぽたぽたと赤い液体が落ち続けていた。説明を受けるまでもなかった。銃で撃たれたのだ。きょうこれで、小樽で撃たれて死んだ人の数は何人目だったろう?

真堂が早紀に目を向けた。真堂の目は血走っている。度を失っているように見えた。手には拳銃が握られたままだ。

真堂が早紀に向かって怒鳴った。

「じゃまだ。行ってろ」

早紀は黙殺した。

真堂は川口の白いセダンから離れると、そのすぐ向こう側に停まっている、もう一台の車に駆け寄った。ブルーのセダン。神崎敏子が乗っていたものだ。エンジンがかかったままだった。

真堂が車の運転席側のドアを開けた。中から、音楽がほとばしり出てきた。カーステレオが動いているようだ。聞こえるのは、悲痛な女の絶唱だった。マリオ、マリオ、という叫びを聞き取ることができた。車の中に神崎敏子の姿はない。

早紀は顔をあげて埠頭を見渡した。

背後には、フェリー乗り場。道の先は、暗がりの中に溶けこんでいる。埠頭がずっと続いているらしい。左手は、すぐ岸壁となっているようだ。道は岸壁に並行して通っているのだろう。左側の闇の中で、ときおり波頭が砕けた。海鳴りが雨音にまじっている。

道の右側には、コンテナが延々と連なっていた。貨物船から荷揚げしたコンテナを、いっとき置いておくためのエリアなのだろう。

川口比等史の車のヘッドライトが、道の先を照らしている。そのライトを反射して、雨は銀色の糸となって落ちていた。

早紀は道の前方に、ひとつ人影を見た。ヘッドライトの光から少しはずれて立っている者がいる。ゆったりとしたコートを着て、帽子をかぶった人物。黒いブーツをはいているようだ。

真堂もその人影に顔を向けた。

真堂が大声で呼びかけた。

「神崎！　神崎哲夫！　お前だな」

早紀も、ほとんど同時に声をあげていた。

「神崎さん？　神崎さんなの？」

人影は、くるりと背を向けて駆け出した。その足もとで、水がはねあがった。人影は道からそれると、コンテナの陰に消えた。

真堂が人影を追った。

「神崎。神崎哲夫。出てこい」

早紀も必死で駆けた。神崎哲夫は撃たれてはならない。殺されてはならない。ひとことも声もかわさぬうちに、またどこか遠いところへ行ってはならない。刑務所であれ、北か東の寒い国であれ、黄泉《よみ》であれ、どこであるにせよ。

二十メートルばかり駆けたところで、真堂が足をゆるめた。早紀も駆けるのをやめ、歩調を落とした。

右手のコンテナの陰から、人影が現れたのだ。薄明かりのもとで、黄色いレインコートがわかった。白髪で、ブーツ姿。神崎敏子だった。神崎敏子は両手をコートのポケットに入れて、身を縮めている。雨に濡れた顔はくしゃくしゃにゆがんでいた。

真堂は足をとめて神崎敏子に怒鳴るように言った。

「ここで会ってたんですか。そういう約束だったんですか、神崎さん」

神崎敏子は、それには応えなかった。コンテナとコンテナの隙間に立ち、少しだけ足を開いた。その隙間への侵入を拒んで、立ちはだかったような恰好だった。

真堂は神崎敏子の背後に油断なく目をやって言った。

「さ、よけてください。神崎哲夫をわれわれに渡してください」

神崎敏子は首を振って言った。

「ここにはいないわ。あの子はいない」

「この期におよんで、何を言うんだ。さ、出てくるように言ってください。小樽はもう全市警戒態勢だ。逃げることなんて絶対不可能だ」

真堂は、神崎敏子の背後をうかがいながら、慎重に足を進めていった。早紀も、十歩ほどあとから続いた。

ふいに神崎敏子が、ポケットから両手を出した。

早紀は息を呑んだ。神崎敏子の右手にも、小さな拳銃がにぎられている。真堂がぴくりと反応し、痙攣するように動いた。右手を神崎敏子に向けた。

閃光があった。同時に短い破裂音。閃光も破裂音もふたつだった。

真堂洋介がのけぞり、背後へどうと倒れた。

続いて神崎敏子が膝から崩れた。両膝を地面に落とし、前かがみになった。そのまま前に倒れると見えたが、神崎敏子は左手で身体を支えると、拳銃を手にしたまま、バーベルでも持ち上げるかのような緩慢な動作で立ち上がった。

早紀は衝撃に身動きできなかった。足はすくみ、身体は凍りついていた。雨の中で棒立ちとなって、声をあげることもできなかった。呼吸が苦しくなった。

神崎敏子は立ち上がって、真堂にもう一歩近づいた。真堂が苦しげに身体をよじり、拳銃を持つ手をあげようとした。神崎敏子は拳銃を真堂の胸に向けて、引き金を引いた。

また閃光と破裂音。真堂の身体は水平のままはね上がるように痙攣したが、すぐにその痙攣も収まった。真堂は仰向けの姿勢のままで、動かなくなった。

やっとのことで声が出た。

「おかあさま！」

神崎敏子が顔を向けてきた。その顔には、表情と呼べるものはなかった。放心しているようにも見える。早紀の顔に視線が据えられたが、目に見えるものが何か、理解しているようではなかった。彼女の身体が揺れた。

早紀は神崎敏子に駆け寄った。神崎敏子の膝が折れた。手を伸ばして上体を支えようとしたが、支えきれなかった。どうにかもう一度、ゆっくり膝から路面におろすだけで精一杯だった。神崎敏子は路面に横座りの恰好となり、左手で上体を支えた。

早紀は、自分の手が赤くなったことに気づいた。見ると、神崎敏子の黄色いレインコートの右胸に、穴が開いていた。赤いものが、その穴の周囲に急速に広がっている。

「おかあさま、怪我を」

神崎敏子はその声が聞こえなかったように言った。

「もう、わかったでしょう。みんなを小樽に呼んだのは、わたしよ。わたしが呼んだの」

「神崎さんは？　哲夫さんはどこにいるんです？」

「死んだわ。もう死んでる。東ドイツで、二年前に自殺したの。今年の夏にドイツを訪ねて、わたしはそのことを知った。あの子は、ノートを残していたわ。この事件についての、詳しいノートをね。それで、あの子をおとしいれた陰謀の全部がわかった。何もかもわかった」

「だから、その復讐を？」

「とがめないで。わたしを、裁かないで」神崎敏子は首を振った。放心から少し回復したようだ。表情がもどってきている。ただその表情が差し示す感情は、断念だった。あるいは深い諦念のようなものだった。神崎敏子は、おだやかな声で続けた。「いいことか悪いことか、気にはしていないの。ただこうせずにはいられなかった。わかる？　あの子が死んだことがはっきりして、もうわたしには何もないの。わたしには、もう意味あることは何ひとつ残ってないのよ」

「わたし、哲夫さんが帰ってきてるのだと思ってました」

「みんなそう誤解してくれたわ。死んだ主人のコートと帽子を引っかけただけなんだけれどもね」

「みんな、すっかりだまされたんですね」

「嘘は言ってない。みんな勝手な思いこみで動いてくれたのよ」

早紀は訊いた。

「あのドイツからの手紙は？」

「哲夫の知り合いに頼んで、ベルリンから投函してもらった」

「神崎さんのお知り合い？」

「哲夫の味方になってくれた人たちよ。オスカーっていう絵描きさんとか」

「この拳銃は、どうされたんです？　おかあさまが拳銃を持っているなんて……」

「これもそのオスカーたちが手に入れてくれたの。撃ち方も教えてもらった。日本に持ち込むことも手配してくれた。素人が最後までやり通せるかどうか不安もあったんだけど、この雨も味方になってくれたわ。なんとか、想いは果たせた」

神崎敏子はむせこんだ。黄色いレインコートに血がしたたった。

「おかあさま。早く手当てをしないと」

「だいじょうぶよ。軽いわ」

「でも」

背後から、緊急自動車の警報器の音が聞こえてきた。いまの銃声が聞こえたのか。真堂が手配していたのか。走ってくる車の数は、二台や三台ではないようだ。

振り返ってみた。フェリーボートが、背後の闇の中にぼんやりと浮かび上がっている。しかし、接近する警察車を見ることはできなかった。埠頭の上屋の建物や野積みのコンテナが、その場からの視野をさえぎっていた。

早紀が顔をもどすと、神崎敏子は言った。

「わたしの車の中に、大事なものがあるの。哲夫の書いたノートよ。あなたに読んでもらわなきゃ。わたしからあなたへの手紙もはさみこんである。真相が全部書いてあるわ。警察がこないうちに、あなたがしまってちょうだい。助手席の物入れの中よ」

「でも」早紀はためらった。怪我人をここに残して、そんなことのために離れていいのだろうか。救急車がくるまで、自分はこの老婦人のそばにいて、手をにぎっているべきではないか。「おかあさまの怪我が」

「心配ない。自分で立てるくらいよ。でも、あの車まで走ってはゆけない。さ、ほんとに早くノートをとってきて。わたしのために、お願い」神崎敏子は、早紀の背を強く押した。

「お願い」

早紀は立ち上がった。警報器の音が近づいてくる。

神崎敏子は、早紀を見上げて、強くうながした。

「早く。あのノートを、あなたにこそ読んでもらいたいのよ」

「はい」

早紀は駆け出した。言われたとおり、ノートをとって、すぐに引き返そう。そして神崎敏子が救急車に乗るまで、いや病院に運ばれるまで、手当てが終わるまで、彼女のそばにいよう。

道をもどって、神崎敏子の乗っていたセダンの前に立った。警報器の音が近づいてくる。何台もの警察車が、埠頭に入ってきたのだろう。

早紀は車の中に身体を入れ、グラブボックスを開けた。黒い表紙の、小さなサイズのノートがあった。これだ。早紀は素早くそのノートを取り、自分のコートのポケットに収めた。

警察車がもうすぐそこまできている。

早紀は神崎敏子のもとへ向かって走った。

道の先に、ひとつ黒っぽいものが転がっている。真堂だ。

神崎敏子の姿は見えなかった。怪訝に思いながらも、早紀は駆けた。ついいましがたまで、神崎敏子が膝をついていた場所。公安刑事の転がる脇へ。

神崎敏子は消えていた。黄色いレインコートの女はいない。拳銃を手にした老婦人はいなかった。早紀は足をとめて、その場に立ち尽くした。

警察車が道をまわりこんできた。その場がヘッドライトに照らし出された。横たわった真堂と、その身体の下の黒っぽいぬめりが、いやおうなく強く目に入った。

神崎敏子のいた位置にも、雨に打たれて急速に消えようとしている黒っぽいぬめりがあり、またべつのぬめりが、道の少し左手にもあった。その先にもひとつふたつ、小さなぬめりがあるように見えた。

左手に十メートルも歩けば、埠頭の端の岸壁となる。低気圧の残滓が、まだ小樽の海を荒れさせていた。波が岸壁を洗っている。

警察車が走りこんできて、早紀を取り囲むように停まった。ドアが開き、何人もの警察官が飛び下りてきた。みな興奮し、何やら怒鳴り、叫んでいた。

早紀はその騒ぎの中心に立ち、黙したままで岸壁を見つめた。波は繰り返し繰り返し岸壁に砕け、散っている。この日小樽に着いたときから降り続いている雨は、まだほんの少しの衰えも見せてはいない。雨は頭を濡らし、額からたれて、目をにじませた。雨はさらに目にあふれて頬を落ちる生温かな水とまじった。

早紀は荒れる夜の海の彼方に目をやりながら、胸のうちでふたつの名を呼んだ。ひとつ、男の名と、ひとつ、女の名を。呼んだところで、けっして応えが返らぬことを受け容れつつ。二度とその名を口にしては呼べぬことを悲しみつつ。

エピローグ

一九九一年十月　小樽

「早紀さん。おおいそぎでこの手紙を書きます。このノートは、哲夫が向こうで二年間一緒に暮らしていた女性——クリスチーネという人です——から渡されたものです。わたしは今年の夏、ドイツで哲夫を捜してまわり、哲夫を見つけるかわりに、クリスチーネさんに行き当たったのです。

哲夫はすでに死んでいました。八九年の十月十八日、ベルリンの壁がなくなる直前のことだけれど、ライプツィヒの郊外の森で自殺したのです。自殺の前は、ひどい鬱状態だったとのことでした。

哲夫は、東ベルリンに逃げた後、自分にかけられた容疑を晴らす機会を待ちながら、技術翻訳や日本との貿易のアドバイザーの仕事をしていました。東ドイツ政府も、哲夫を匿っていることをおおっぴらにはできなかったため、哲夫は国家保安警察の保護を受けていたそうです。中国のパスポートを与えられていました。

クリスチーネさんが哲夫を世話していました。はじめは、ただ役所に命じられて生活の面倒を見ていただけなのだけど、哲夫が東ドイツに逃げて一年ほどたったころから、そのひとは哲夫を自分のアパートに引き取って一緒に暮らし始めたのです。人柄のあたたかな、とてもこまやかな心配りをする女性でした。

クリスチーネさんの話では、哲夫は裕子さんの自殺を知ったあとあたりから、精神のバランスを崩していったそうです。クリスチーネさんと一緒に暮らすようになってからも、心の平衡は失われてゆくばかりでした。ずっと自分を責めていたようだと、クリスチーネさんは言っていました。自分が東ベルリンに逃げたりしなければ、裕子さんも自殺することはなかったはずだと。自分に判断力がなかったために、妻を自殺に追いやってしまったのだと。精神病院にも何度か行ったそうです。でも、鬱状態はひどくなるばかりで、けっきょく最後には、自分の首を吊ったのです。

あの子がどれだけ苦しみ悩んだのか、そのことを考えると、わたしの胸も張り裂けそうになります。何度か神経の状態が案じられる手紙をもらっていましたし、わたしはずっとそのこと、あの子の自殺をおそれていました。そしてやはり、最悪のことが起こっていたのです。

読んでもらえればわかりますが、このノートの中には、あの事件の真相がすべて記されています。あなたのおとうさまを殺したのが誰か、少なくとも、そうさせたのは誰か、哲夫ははっきり名指ししています（でもわたしは、哲夫にも名指しできなかったほんとうの悪が、まだ地上のどこかにいるはずだと思うのですが)。このノートの中身をあなたに信じてもらいたい、哲夫への誤解をすっかり解いてもらいたいと思います。あなたに、このノートを贈ります。

この復讐は、ドイツにいるあいだに、わたしが思いついたものです。オスカーという絵描きさんと、ブリギッテさんという、クリスチーネさんの妹さんが、親身になっていろいろと手伝ってくれました。そもそもベルリンでこのおふたり、オスカーさんとブリギッテさんにたどりつくことができなければ、わたしは哲夫の消息をついに知ることなく帰国するしかなかったでしょう。

オスカーさんとブリギッテさんは、哲夫が西ベルリンから逃げるときにも、手助けをしてくれたのです。ドイツが分かれていたころは、クリスチーネさんたち姉妹も、壁の東西に分かれて暮らしていたそうです。ブリギッテさんは、ドイツが統一されてから、自分のお姉さんが東ドイツで哲夫と一緒に暮らしていたことを知って、とても驚いたと言っていました。もちろん哲夫は、クリスチーネさんとブリギッテさんが姉妹であることを、最後まで知りませんでした。

わたしの気持ちを話したとき、オスカーさんたちはすぐにはわたしに賛同してはくれませんでした。でもわたしの気持ちが固いことを知ると、計画を練るために知恵を貸してくれたのです。こんなことの細かなプランは、わたしの知識だけではとても組み立てることはできなかったでしょう。拳銃の扱いかたを教えてくれたり、ベルリンから手紙を出してくれたのも、オスカーさんとブリギッテさんのふたりです。
もう時間もありません。早紀さん、あなたと小樽でお会いできてよかった。小樽は、またひとつ、わたしにとって思い出深い街になりました。自分の生涯をしめくくるとき、あなたのような娘さんと親しくなれたことを、喜んでいます。あなたと、哲夫の思い出を共有できたことを、ほんとうにうれしく思っています。もうあなたとはお目にかかることはないでしょうが、あなたはわたしの人生の最後に、長いこと忘れていた幸せな気分を思い起こさせてくれました。まだすることが残っています。この手紙を、ありがとうと、しめくくることにします。ありがとう。

神崎敏子

十月十八日　夜」

解説

文芸評論家
池上冬樹

十六年ぶりに『夜にその名を呼べば』を読み返して、嬉しくなった。いや、懐かしくなったというべきか。ここには懐かしい佐々木譲がいる。ロマンティシズムの濃い世界がある。この独特の夜のムード、このしっとりとした情感、このたゆたう想念、そしてこのやさしい感傷に濡れたサスペンス。これこそが佐々木譲の持ち味のひとつだった。

だが、その『夜にその名を呼べば』の美質を語る前に、やはり昨年の秋に出た『警官の血』(新潮社)から話をはじめなくてはいけないだろう。『このミステリーがすごい！2008年版』のベスト1に輝き、惜しくも受賞は逃したものの直木賞にもノミネートされた傑作だ。佐々木譲の警察小説での活躍はめざましく、いまや横山秀夫と並ぶ警察小説の雄といえるけれど、それを決定づけたのが『警官の血』といっていいからである。

これは警察官三代を描いた大河小説である。戦後の混乱した時期を駐在所の警察官として生きた祖父、六〇年代の激しい学生運動の中で秘密の任務についた父親、バブルをへた時代の警察の腐敗に直面する孫の三代の物語である。物語全体を貫くのは祖父がひそかに追及していた男娼殺害事件と鉄道員の殺人事件だ。この未解決の事件が、関係者たちのその後の人生と深く絡みながら浮上してくる。フーダニットとホワイダニットの興趣もさることながら、それぞれの時代を生きた警察官たちの信条と倫理の葛藤が実に読ませる。

三代にわたる警察官の物語は、すでに海外ミステリでは、アイルランド系の警察官一家を描くドロシイ・ユーナックの『法と秩序』(一九七三年。この埋もれた傑作をぜひとも文庫化してほしいものだ)、三代にわたる警察署長の活躍を描くスチュアート・ウッズの『警察署長』(八一年。ともに早川書房刊)などの名作があるけれど、それに匹敵する傑作といっていいだろう。ユーナックとウッズが行ったように、時代の変遷とヒーローたちの変化を明確に捉え、警察小説が単なる謎解きのみならず、その時代を正確に映し出す鏡の役割をうちだしていた。警察小説がもつ徹底したリアリズムが圧倒的だ。

それは佐々木譲にとって初の本格的な警察小説、二〇〇四年の『うたう警官』(ハルキ文庫収録時に『笑う警官』と改題)の時から変わらない。いや、それ以前からそうである。警察小説を書き始める前の佐々木譲は、おもに冒険小説の旗手で、『ベルリン飛行指令』(八八年)、『エトロフ発緊急電』(八九年。日本推理作家協会賞、山本周五郎賞、日本冒険小説協会賞受賞)、『ストックホルムの密使』(九四年)などの第二次大戦三部作、『五稜郭残党伝』(九一年)、『北辰群盗録』(九六年)などのウエスタン調の箱館戦争もの、『昭南島に蘭ありや』（九五年）、『総督と呼ばれた男』（九七年）などの戦前のシンガポールを舞台にしたもの、さらに新田次郎文学賞を受賞した歴史大作『武揚伝』（二〇〇一年）などの傑作・秀作を多数生み出してきた。もちろんそのほかにも経済小説と恋愛小説を融合した『屈折率』（九九年。これは佐々木譲の隠れた名作）もあった。

ジャンルをひろげ、確実に秀作を送り出してきた佐々木譲なので、警察小説の分野に進出してもおかしくはないが、それでも『うたう警官』には驚いた。あまりにも堂に入っていることもあったが、オーソドックスな警察小説に安住せずに、さまざまな工夫をしていたからだ。物語は、北海道警察の女性巡査が殺された事件の真相をめぐって、射殺命令の出された容疑者（同僚の巡査部長）を守りつつ、所轄署の佐伯警部補たちが真犯人を追及するという変則的なスタイルで、しかも面白いのは、特別な能力をもつ人間がチームを組んで任務を遂行するというパターンを採用し、なおかつ決められた時間内に解決しなくてはいけないという時限サスペンスの枠を作っていることだった。

ミステリに対する造詣の深い佐々木譲ならではの巧みな小説だったが、『うたう警官』以上に緊密な仕上がりを見せたのが、『制服捜査』（〇六年）だろう。北海道警察の不祥事のあおりをくらい、十勝地方の〝犯罪発生率、管内最低〟の町に異動させられた警察官の活躍を描いた連作で、個々の短篇はみな見事な仕上がりだが、とりわけラストの「仮装祭」が圧巻だった。十三年前の少女失踪事件がふたたび焦点を結び、事件の意外な広がりを見せ、終盤はたたみかけるようなサスペンスの連続で、実にスリリングな一篇だった。「このミス」

第二位になったのも当然だろう。

そして最高傑作『警官の血』となるわけだが、ここには『うたう警官』のような警察内部の虚々実々の駆け引き、『制服捜査』のような駐在所の巡査を主人公にしたサスペンスと人情味、さらには作者が得意とする冒険・スパイ小説の要素が多数盛り込まれていて、二〇〇〇枚を一気に読ませた。国産の警察小説の記念碑のひとつといっていいだろう。


さて、『夜にその名を呼べば』である。

この小説は、九二年に早川書房からミステリワールドの叢書の一冊として刊行された。作品の位置としては、右でもふれた第二次大戦三部作の『ベルリン飛行指令』『エトロフ発緊急電』と『ストックホルムの密使』の間になる。冒険小説的要素が強くはないし、ボリュームたっぷりの『警官の血』やサスペンスみなぎる『制服捜査』などと比べるとややおとなしいかもしれないが、冒頭にも書いたように佐々木譲の本来の美質がつまった作品であり、佐々木譲がもつ端正な叙情が光る佳作といっていい。

物語は、一九八六年九月にはじまる。まだベルリンの壁があり、西側諸国から共産圏への輸出が厳しく取り締まられていた時代だ。

仕事で東ベルリンに滞在していた欧亜交易の社員、神崎哲夫は、西ベルリンに戻ってきたときに、新聞で、自分が関わった貿易が対共産圏輸出統制委員会（ココム）規制違反として、日本で騒がれていることを知る。

神崎はさっそく仕事を仲介してくれた貿易業者に電話をするが、受話器をとったのは警察官で、業者は殺されていた。ホテルに帰ると、上司の西田から伝言があり、あるバーでの待ち合わせを指示される。そこで神崎が待機していると、今度は元同僚から電話があり、ティアガルテンの戦勝記念塔の交差点に来てくれ、そこで車で拾うと言われる。

だがしかし、そこで待っていたのは、何者かによる狙撃だった。神崎は、自分が罠にはめられ、殺人の嫌疑までかけられたことを知り、東ベルリンへと逃亡をはかる。

そして物語は第二部に移り、五年後の一九九一年の東京で、事件関係者たちが神崎からエアメールをもらう場面が続く。彼らはみな指示にしたがい、それぞれの思いを抱きながら、小樽へとむかうことになる。神崎哲夫の母親の敏子はわが子に会いに、西田の一人娘の早紀は父親を殺したのが本当に神崎なのかを知りたくて。欧亜交易に影響を与えていた横浜製作所営業本部次長の重森と元同僚の寒河江はある思惑をひめ、スキャンダル仕立の本を上梓したフリーライターの川口はもう一度本であてようとして。そして五年前、厳しい取り調べをした警視庁公安部外事一課の警視正と部下は神崎を逮捕するべく……。

冒頭にも書いたけれど、ここには、佐々木譲の警察小説ではあまり見かけなくなったゆったりとした叙情がある。サスペンスの詩人と謳われたコーネル・ウールリッチ（別名ウイリアム・アイリッシュ）を想起させる甘い憂愁が（ウールリッチのような嫋々とひびかせることはないけれど、それでも）、各場面にうっすらとまとわりつく。それがたまらなくいいのだ。

佐々木譲は、あるエッセイで、〝私淑する作家はコーネル・ウールリッチ（ウイリアム・アイリッシュ）〟であり、事実上の長篇第一作『真夜中の遠い彼方』（八四年。のちに『新宿のありふれた夜』と改題）は〝濃厚にウールリッチの雰囲気をまとった小説だった〟と告白している。アイリッシュ名義の『暁の死線』を意識したボーイ・ミーツ・ガールの物語の基本形に刻限の設定、さらに〝トーンは、ずぶ濡れになるくらいにウェット。加えて、臆面もない感傷と叙情性。ウールリッチ節全面展開という作品である〟というほど。そして『ハロウィンに消えた』（九一年）とともにウールリッチ節の作品としてあげているのが、本書『夜にその名を呼べば』である。〝ベルリンでひと夜、小樽でひと夜のサスペンス。ウェットという点でも、これも濃厚にウールリッチ的な作品だと、自分では思っている〟と述べている（以上引用は、白亜書房刊『コーネル・ウールリッチ傑作短篇集3　シンデレラとギャング』所収「特別寄稿　ウールリッチと私」より）。

佐々木譲はウールリッチ好きなのである。強く影響を受けているがゆえに、近年はあからさまにそれをうちだすことにためらいがあったのだろうが、この作品では、その抑制をすこしといている。そもそも『夜にその名を呼べば』というタイトルからして、ウールリッチ的で、彼の小説にある悲哀と孤独と絶望を醸しだしていて印象的ではないか。

『夜にその名を呼べば』は、ウールリッチへの愛を率直に表明したサスペンス小説といっていいだろう。ウールリッチのファンなら、ある代表作へのオマージュであることが最後にわかるはずだ（佐々木譲自身、先のエッセイで、物語の原典は何々であると正直に語っている)。その代表作を愛する作家は多く、実は過去に山本周五郎がそのまま時代小説に置き換えて凄まじい復讐劇(しかしもちろん何ともいえない悲哀と哀愁と絶望にみちた傑作)をつくりあげている。山本周五郎の場合はほとんど換骨奪胎に近いが、佐々木譲はオマージュといっても換骨奪胎ではなく、激変する時代の流れをおさえ、群像劇風な味わいをつけて、見事なサスペンス小説に仕立てている(なお、ウールリッチと山本周五郎の関係については拙著『ヒーローたちの荒野』で詳しく検討している)。

それにしても、小樽という舞台が生きている。沈鬱で憂愁の雰囲気を醸しだして、犯人の切々たる思いを引き立てている。文中に「誰の言葉だったかしら。函館の文学はロマンチシズムで、小樽はリアリズムだっていうのね」という発言があるが(四一四頁)、たしかに物語の上ではリアリストたちが集まっているけれど、でもここで繰り広げられる復讐は、生々しい憎悪にみちたそれよりも、ある種の夢に殉ずる行為にも受け取れる。

この言葉はもともと、北海道函館出身の亀井勝一郎が「私の文学経歴」のなかで語っている言葉で、北海道の文学の精神の傾向を「札幌のピューリタニズム、小樽のリアリズム、函館のロマンチシズム」と表現したものである。北海道出身で現在も道内に住む佐々木譲の文学的傾向(小説の舞台と物語の関係)を重ね合わせると面白いかもしれないが、とりあえずは小樽を警察小説、函館をウールリッチ風サスペンスと置き換えると、佐々木譲の作品世界が見えてくるかもしれない。

ともかく本書『夜にその名を呼べば』は、近年警察小説の分野でいちじるしい活躍を見せている佐々木譲の別の側面（本来の持ち味）を強くうちだした作品である。佐々木譲の警察小説もいいが（いうまでもなく）、こういうムードたっぷりのサスペンスも魅力的であることをぜひ知ってほしい。できればこの手のジャンルの小説も、もっと書き続けてほしいものだ。

本書は一九九二年三月、早川書房より単行本として刊行され、一九九五年五月にハヤカワ文庫ＪＡに収録された『夜にその名を呼べば』の新装版です。

原尞の作品

そして夜は甦る
高層ビル街の片隅に事務所を構える私立探偵沢崎、初登場！　記念すべき長篇デビュー作

直木賞受賞
私が殺した少女
私立探偵沢崎は不運にも誘拐事件に巻き込まれる。斯界を瞠目させた名作ハードボイルド

さらば長き眠り
ひさびさに事務所に帰ってきた沢崎を待っていたのは、元高校野球選手からの依頼だった

愚か者死すべし
事務所を閉める大晦日に、沢崎は狙撃事件に遭遇してしまう。新・沢崎シリーズ第一弾。

日本冒険小説協会賞最優秀短編賞受賞
天使たちの探偵
沢崎の短篇初登場作「少年の見た男」ほか、未成年がからむ六つの事件を描く連作短篇集

ハヤカワ文庫

ススキノ探偵／東直己

探偵はバーにいる

札幌ススキノの便利屋探偵が巻込まれたデートクラブ殺人。北の街の軽快ハードボイルド

バーにかかってきた電話

電話の依頼者は、すでに死んでいる女の名前を名乗っていた。彼女の狙いとその正体は？

消えた少年

意気投合した映画少年が行方不明となり、担任の春子に頼まれた〈俺〉は捜索に乗り出す

探偵はひとりぼっち

オカマの友人が殺された。なぜか仲間たちも口を閉ざす中、〈俺〉は一人で調査を始める

探偵は吹雪の果てに

雪の田舎町に赴いた〈俺〉を待っていたのは巧妙な罠。死闘の果てに摑んだ意外な真実は？

次世代型作家のリアル・フィクション

マルドゥック・スクランブル
The 1st Compression——圧縮〔完全版〕
冲方 丁
自らの存在証明を賭けて、少女バロットとネズミ型万能兵器ウフコックの闘いが始まる。

マルドゥック・スクランブル
The 2nd Combustion——燃焼〔完全版〕
冲方 丁
ボイルドの圧倒的暴力に敗北し、ウフコックと乖離したバロットは〝楽園〟に向かう……

マルドゥック・スクランブル
The 3rd Exhaust——排気〔完全版〕
冲方 丁
バロットはカードに、ウフコックは銃に全てを賭けた。喪失と安息、そして超克の完結篇

マルドゥック・ヴェロシティ1〔新装版〕
冲方 丁
過去の罪に悩むボイルドとネズミ型兵器ウフコック。その魂の訣別までを描く続篇開幕！

マルドゥック・ヴェロシティ2〔新装版〕
冲方 丁
都市政財界、法曹界までを巻きこむ巨大な陰謀のなか、ボイルドを待ち受ける凄絶な運命

サラ・パレツキー／V・I・ウォーショースキー

サマータイム・ブルース〔新版〕
山本やよい訳
たったひとりの熱き戦いが始まる。女性たちに勇気を与えてきた人気シリーズの第一作！

レディ・ハートブレイク
山本やよい訳
親友ロティの代診の医師が撲殺された！ 事件を追う私立探偵ヴィクの苦くハードな闘い

バースデイ・ブルー
山本やよい訳
ボランティア女性が事務所で撲殺された。四十歳を迎えるヴィクが人生の決断を迫られる

ウィンディ・ストリート
山本やよい訳
母校のバスケット部の臨時コーチを引き受けたヴィクは、選手を巻き込んだ事件の渦中へ

ミッドナイト・ララバイ
山本やよい訳
失踪事件を追うヴィクの身辺に続発するトラブル。だがこの闘いは絶対にあきらめない！

ジョン・ダニング／古書店主クリフ

死の蔵書
宮脇孝雄訳
古書に関して博覧強記を誇る刑事が稀覯本取引に絡む殺人を追う。ネロ・ウルフ賞受賞作。

幻の特装本
宮脇孝雄訳
古書店を営む元刑事クリフの前に過去の連続殺人の影が……古書に関する蘊蓄満載の傑作

失われし書庫
宮脇孝雄訳
八十年前に騙し盗られたという蔵書を探し始めたクリフを待ち受ける、悲劇と歴史の真実

災いの古書
横山啓明訳
蔵書家射殺事件の調査を開始したクリフ。被害者は本をめぐる争いに巻き込まれたのか？

愛書家の死
横山啓明訳
馬主の蔵書鑑定依頼は意外な展開に……古書蘊蓄に加えて、競馬への愛も詰まった異色作

ハヤカワ文庫

レイモンド・チャンドラー

長いお別れ

清水俊二訳

殺害容疑のかかった友を救う私立探偵フィリップ・マーロウの熱き闘い。MWA賞受賞作

さらば愛しき女よ

清水俊二訳

出所した男がまたも犯した殺人。偶然居合わせたマーロウは警察に取り調べられてしまう

プレイバック

清水俊二訳

女を尾行するマーロウは彼女につきまとう男に気づく。二人を追ううち第二の事件が……

湖中の女

清水俊二訳

湖面に浮かぶ灰色の塊と化した女の死体。マーロウはその謎に挑むが……巨匠の異色大作

高い窓

清水俊二訳

消えた家宝の金貨の捜索依頼を受けたマーロウ。調査の先々で発見される死体の謎とは？

ロング・グッドバイ

レイモンド・チャンドラー

The Long Goodbye

村上春樹訳

私立探偵フィリップ・マーロウは、億万長者の娘シルヴィアの夫テリー・レノックスと知り合う。あり余る富に囲まれていながら、男はどこか暗い蔭を宿していた。何度か会って杯を重ねるうち、互いに友情を覚えはじめた二人。しかし、やがてレノックスは妻殺しの容疑をかけられ自殺を遂げてしまう。その裏には哀しくも奥深い真相が隠されていた。新時代の『長いお別れ』が文庫で登場

さよなら、愛しい人

Farewell, My Lovely

レイモンド・チャンドラー

村上春樹訳

刑務所から出所したばかりの大男、へら鹿マロイは、八年前に別れた恋人ヴェルマを探しに黒人街の酒場にやってきた。しかしそこで激情に駆られ殺人を犯してしまう。偶然、現場に居合わせた私立探偵のマーロウは、行方をくらましたマロイと女を探して夜の酒場をさまよう。狂おしいほど一途な愛を待ち受ける哀しい結末とは？　名作『さらば愛しき女よ』を村上春樹が新訳した話題作。

著者略歴　1950年北海道生，作家　著書『愚か者の盟約』（早川書房刊）『ベルリン飛行指令』『エトロフ発緊急電』『制服捜査』『笑う警官』『警官の血』他多数

HM=Hayakawa Mystery
SF=Science Fiction
JA=Japanese Author
NV=Novel
NF=Nonfiction
FT=Fantasy

夜《よる》にその名《な》を呼《よ》べば

〈JA922〉

二〇〇八年五月十五日　発行
二〇一二年九月十五日　十三刷
（定価はカバーに表示してあります）

著者　佐《さ》々《さ》木《き》譲《じょう》
発行者　早川浩
印刷者　矢部一憲
発行所　株式会社　早川書房

郵便番号　一〇一 - 〇〇四六
東京都千代田区神田多町二ノ二
電話　〇三 - 三二五二 - 三一一一（大代表）
振替　〇〇一六〇 - 三 - 四七七九九
http://www.hayakawa-online.co.jp

乱丁・落丁本は小社制作部宛お送り下さい。
送料小社負担にてお取りかえいたします。

印刷・三松堂株式会社　製本・株式会社川島製本所

ISBN978-4-15-030922-0 C0193

本書は活字が大きく読みやすい〈トールサイズ〉です。